FANTASTIC ORIENTAL HEROES

영웅 탄생 2

이동휘 新무협 판타지소설

초판 1쇄 찍은 날 § 2004년 10월 10일
초판 1쇄 펴낸 날 § 2004년 10월 20일

지은이 § 이동휘
펴낸이 § 서경석

편집장 § 문혜영
편집책임 § 서지현
편집 § 장상수 · 한지윤
마케팅 § 정필 · 강양원 · 김규진 · 홍현경

펴낸곳 § 도서출판 청어람
등록번호 § 제1081-1-89호
등록일자 § 1999. 5. 31
어람번호 § 제2-0440호

주소 § 경기도 부천시 원미구 심곡1동 350-1 남성B/D 3F (우) 420-011
전화 § 032-656-4452   팩스 § 032-656-4453
http://www.chungeoram.com
E-mail § eoram99@chollian.net

ISBN 89-5831-267-X 04810
ISBN 89-5831-265-3 (SET)

이동휘 新무협판타지 소설

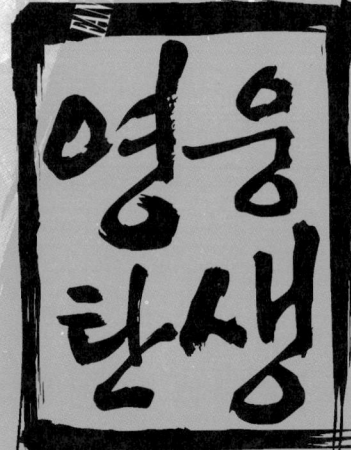

영웅탄생

|강북영웅(江北英雄)|

2

도서출판
청어람

■ 차례 ■

술.

사나이는 술을 마시고 있었다.

시름을 잊고 울분을 지우려 술을 마시는 사람이 흔히 그러하듯, 술의 맛도, 향도 느끼지 못했다.

오로지 목구멍을 타고 가슴으로 흘러 내려가는 술의 독한 기운을 빌어 응어리진 가슴을 달래려 할 뿐!

들이켜 부을수록 점점 육신을 나른하게 만드는 술의 능력을 빌어 터질 듯한 머리를 망각 속에 빠뜨리고자 할 뿐!

덜컹! 휘이이이……

갑자기 문이 열리고 사나이와 술만 존재하던 공간에 바람과 눈을 머금은 통로가 잠시 생겨났다.

낡은 객잔 안으로 들어온 초로의 노도인은 어깨와 머리에 잔뜩 쌓인 눈을 털어낼 생각도 하지 않고 객잔 한 구석을 응시했다.

벌써 사경을 훌쩍 넘긴 시간. 점소이도 자러 들어갔는지 어두컴컴한 작은 객잔 안에는 오로지 사내 혼자뿐이었다. 사내와 술과 그리고 사내가 앉아 있는 긴 의자 끝에 놓인 바구니.

도인은 사내에게로 다가갔다.

사내는 도인이 들어선 것도 모르는 듯 여전히 고통을 잊기 위한 액체를 입에 털어 넣고 있을 따름이었다.

틱!

술잔의 든 채 입가로 향하던 사내의 손이 도인에 의해 저지되었다. 갑작스런 방해꾼에 분노하여 고개를 쳐든 사내의 얼굴은 곧 당혹감으로 물들었다.

"…사부님."

"아직 사부라고 부를 정신이 남아 있다면 이쯤에서 그만 하거라."

사내는 괴로운 표정을 지었다. 사부의 말이 술을 그만 마시라는 뜻이 아니란 것을 알았기에.

"부끄러운 꼴을 보여 드려 죄송합니다. 이곳을 뜨겠습니다."

"놈! 끝까지……."

도인은 말을 잇지 못하며 강한 분노의 기색을 드러냈다.

잠시 침묵의 시간이 흘렀고, 화를 억지로 누른 듯한 도인의 목소리가 들렸다.

"누구나 실수할 수 있고, 실패도 할 수 있다. 진정 도를 깨우치려면 수 많은 실패와 오류를 딛고서야 비로소 가능하게 되는 것이다. 그런데 어찌 단 한 번의 실패로 인해 이토록 방황하여 사문과 사부를 실망시킨단 말이냐!"

잠시 말이 없던 사내는 고개를 조아렸다.

"뭐라 하셔도 할 말이 없습니다. 원체 제자가 부족했던 탓입니다."

"네놈이 끝까지……!"

다시 분노를 폭발시키려던 도인은 문득 들려온 소리에 말을 멈추었다. 그 소리는 사내의 옆에 놓인 바구니에서 들려왔다.

도인은 바구니 앞으로 다가갔다. 그리고 안의 내용물을 확인하고, 자신의 귀가 잘못되지 않았음을 확인했다.

"이… 아이는?"

도인의 설마 하는 물음에 이어 사내의 체념 어린 대답이 들려왔다.

"제… 아이입니다."

예상은 했으나 듣고 싶지 않았던 대답에 도인은 다리에 힘이 풀린 듯 옆 탁자의 의자에 털썩 주저앉았다.

종적을 감추었던 사내가 기루를 전전한다는 소문은 들었다. 그러나 행방을 감춘 지 근 일 년 만에 화산에서 멀지 않은 이 객잔에 나타났다는 보고를 받은 후 방황을 끝내고 귀환하는 중일 거라 예상했었다. 그런데 이런 일이……!

"아… 아이의 어미는 어디 있느냐?"

"죽었습니다."

도인은 서서히 입이 말라감을 느꼈다. 사내는 말을 덧붙였다.

"일가친척 한 명 없던 여자입니다. 제자가 아니면 누가 이 아이를 돌보겠습니까? 이제 이 못난 제자는 잊어주십시오."

도인은 아무 대꾸도 할 수 없었다.

강호의 명문정파로 우뚝 서 있는 사문의 계율은 엄격하다.

그럼에도 불구하고 거듭 실수를 저지른 사내를 존장들은 눈감아주었다.

그에게 거는 기대가 그만치 컸기 때문이다. 패배의 아픔을 달래려 무단으로 사문을 박차고 나가서 주색을 탐한 것, 그 정도까지는 젊은 기대주의 잠시간의 방황으로 넘어가 줄 수 있었다.

그러나 사내는 그러한 모든 기대를 저버리고 제 발로 나가겠다는 것을 지금 선언하고 있는 것이었다.

하긴 핏덩이만 남겨두고 다시 입산하라고 하는 것 자체가 말이 안 되는 얘기. 도인의 머리 속은 어지럽다 못하여 텅 빈 듯 멍해졌다.

불현듯 사내에 대한 분노가 다시 폭발했다.

"못난 놈! 그깟 패배 한 번이 뭐 그리 대수라고! 그저 잊어달란 한 마디로 그간 네게 걸었던 사문의 기대와 성원을 다 보상할 수 있으리라 생각하느냐!"

사내는 침통한 표정으로 고개를 숙일 뿐이었다.

"어디 한 번 말해 보거라! 지난 십여 개월간 대관절 무엇을 하고 있었는지! 꼬락서니를 보아하니 계집의 치마폭에 싸여 술로 세월을 보냈나 보군! 네놈의 의지가 얼마나 박약했는지 소상히 얘기해 보거라!"

도인은 매섭게 다그쳤지만 사내는 그저 고개를 떨군 채 술잔만 응시했다.

"얘기하라니까 뭘 하고 있어! 이젠 사부의 말도 말 같지 않나?"

도인의 호통에 사내의 어깨가 흠칫 떨리는 순간, 문 쪽에서 대답이 들려왔다.

"그 앤 나와 같이 있었네."

문가로 향한 도인의 시선에 계피학발(鷄皮鶴髮)의 노도인의 모습이 들어왔다.

어느새 들어온 것일까. 셀 수 없는 주름진 얼굴에 유현한 눈빛을 가진 노도인.

"사… 사조!"

도인은 놀라움을 금치 못했다. 사문에서 가장 높은 서열이며 세수이 갑자를 바라보는, 조사동 근처의 움막에 살며 은거한 상태라 몇 년에 한 번 얼굴 보기도 힘든 그의 사조가 뜻밖에 모습을 드러낸 것이다.

"지난 십여 개월 동안 나와 같이 있으며 작년의 비무에서 드러났던 문제점들, 그리고 패배로 인해 깨달은 것들을 자기 무공으로 승화시키려 노력해 왔네. 몸도 주화입마 이전처럼은 아직 모자라지만 많이 회복되었다네."

"그랬군요……."

노도인의 말에 도인은 적이 안심이 되면서도 의구심을 감출 수 없었다.

눈앞의 사조, 청원 진인(清元眞人)은 세수 이 갑자를 훌쩍 뛰어넘은 고령의 도인으로 현재 생존해 있는 유일한 청(清) 자 배분의 문인이고 따라서 사문의 가장 웃어른이나. 그러나 무공 방면에서 떼어난 성취를 이루거나 강호에 명성을 알렸던 인물은 아니다. 그저 마음 공부가 뛰어나 득도한 도인으로 평가받는, 그래서 사손들에게 존경받는 진인, 그 이상도 이하도 아니다.

그런데 비무의 패배로 인한 심화를 다스리지 못하고 주화입마에 걸려 내공을 크게 소실한 그의 제자가 왜 하필 사조를 찾아갔을까?

그것이 궁금했지만 그보다는 더 중요한 문제가 있었다. 도인은 제자에게로 다시 고개를 돌렸다.

"그렇다면… 이 아기는 어떻게 생긴 것이냐?"

왜 사조와 같이 있었다는 녀석이 화산에서 멀지 않은 이곳에 아기까지 데리고 이러고 있단 말인가?

사내는 체념한 얼굴로 그간의 얘기를 털어놓았다.

패배로 인한 심화로 인해 주화입마까지 당했던 사내는 크게 상심하여 산을 뛰쳐나와 기루를 전전했다. 그러나 곧 정신을 차리고 다시 입산하게 된다. 그렇지만 사부를 차마 볼 면목이 없던 그는 바로 산문으로 들어가지 못하고 주변을 기웃거리다가 우연히 조사동을 나와 산책하고 있던 태사조를 만나게 되었다. 그후 사내는 그의 거처에 은밀히 머무르며 심신을 회복시키게 되었다.

그러던 차에 그의 귀에 들려온 잠시 방황할 때 만났던 여인의 죽음, 그리고 죽음의 원인이었던 난산, 난산 끝에 살아남은 아이… 어쩔 수 없이 사내는 다시 하산하여 여인의 시신을 묻고 아이를 품에 안게 된 것이다.

사내의 이야기를 들은 도인은 형언할 수 없는 복잡한 표정을 짓고 있었다.

방황하던 그의 제자가 생각보다 빨리 정신을 차린 것에 대한 안도감과 한 순간의 실수로 태어난 아기 때문에 제자리로 돌아오려던 모든 것이 다시 꼬여 가는 현 상황에 대한 착잡함 등 만감이 교차하는 얼굴이었다.

"결국… 잠시간의 방황이었다 해도 그 결과는 네놈의 책임이다. 일이 이 지경에 이른 것은… 사소한 실수가 커져 이렇게 되었다 해도 전부 그 시발점인 너 스스로가 감당해야 할 몫인 게야. 옥운아, 어쩌자고 이런 짓을 했느냐?"

허탈감에 휩싸인 도인의 뇌까림이었다.

답을 듣자고 물은 얘기도 아니었지만 취기가 잔뜩 올라 있던 사내는 무심코 웅얼거리며 대답을 했다. 그 대답을 들은 도인과 그의 사조는 얼굴을 마주 보며 아연한 표정을 지을 수밖에 없었다.

한참 동안의 침묵이 흐른 후, 사조가 있는 것도 망각한 듯한 허탈한 도인의 웃음소리가 들렸다.

"허… 허허, 허허허!"

청원 진인은 고개를 절레절레 흔들며 문밖으로 나갔다. 진인이 나가기가 무섭게 도인은 앉아 있던 의자를 들어 다리를 잡아 뺀 뒤 그것을 몽둥이 삼아 사내에게 내려치기 시작했다.

사내는 신음소리 하나없이 매타작을 견뎌냈지만, 도인의 내리치는 몽둥이가 탁자 등과 부딪치며 시끄러운 소리를 내자 그것에 놀라 깬 아이의 울음보가 터져 버렸다.

"으아아아앙!"

어느 겨울의 늦은 밤, 바깥은 삭풍이 눈을 흩날리며 울부짖고 있었고, 객잔 안에는 달래줄 어미를 잃은 아이의 울음이 사부와 제자의 귀를 후벼파며 그들의 심정을 더욱 애달프게 하고 있었다.

제1장

영웅은 마지막에 출전하는 법이다

영웅은 마지막에 출전하는 법이다

화창한 늦여름의 아침. 팽가장은 오랜만에 분주하게 아침을 맞이하고 있었다. 백이십칠 명의 신랑 후보자가 들어섰고, 그 몇 배의 구경꾼이 모여들었다.

넓디넓은 내정을 참가자와 구경꾼들로 가득 매운 채 신랑 선발대회가 시작되었다. 상석에는 팽가의 가주인 팽유병과 소가주 팽주현, 그리고 함토리와 맹정우, 마지막으로 방금 잠에서 깨어난—엄밀히 말하자면 기절했다가 막 정신을 차린—그래서 참가를 못하게 돼 인상을 박박 쓰고 있는 방구병이 참관인 자격으로 앉아 있었다.

시진과 팽주현의 육촌 동생인 팽승현이 앞으로 나서서 참가자들에게 심사 절차를 설명했다.

심사 절차는 비교적 간단했다.

우선 일차 심사는 앞에 있는 천 근(600kg)짜리 바위를 허리 높이까지 들어 올려야 하고, 대청 바닥에 표시된 오 장 거리를 한 번의 도약으로 건너뛰어야 한다. 단, 경공이 약한 고수도 있기 때문에 오 장 거리의 도약이 필수 항목은 아니다. 대신 오 장을 다 못 뛰는 사람은 그 못 뛴 거리만큼 바위에 무게를 더한다. 예를 들면 삼 장을 뛴 사람은 천이백 근 이상을 들어야 한다는 식이다.

시진이 우선 나서서 가볍게 두 가지 시험을 통과하는 시범을 보였다. 그 다음에 곧바로 첫 번째 참가자부터 시험을 시작했다.

각양각색의 도전자들이 관객들의 탄성과 폭소를 유발시켰다. 천 근짜리 돌을 허리를 넘어 머리 위까지 들어 올리는 역사가 있는가 하면, 돌은 못 들겠으니 십 장 거리를 뛰어넘으면 통과시켜 달라고 박박 우기는 자도 있었다. 어떤 자는 너무 높이 뛰어 천장에 얼굴을 부딪쳐서 떨어지는 바람에 대회장을 웃음바다로 만들기도 했고, 불과 오 장에서 한 척이 모자라고 허리 바로 아래에서 돌을 떨어뜨려 탈락의 분루를 삼키는 자도 있었다.

이 과정에서 하북제일미의 얼굴이나 보려고 모여든 어중이떠중이들은 대거 탈락했다.

일차 탈락자의 수가 백 명이 넘어가자 지켜보던 팽유병과 팽주현의 이마에 굵은 주름이 생겨났다. 자격이 없는 자들이 생각 외로 너무 많았다. 이렇게 되면 대회의 질이 현격하게 떨어진다고 보아야 했다.

결국 일차 심사를 통과한 사람은 고작 열여덟 명이었다.

팽승현은 이들을 모아놓고 이차 심사의 내용을 발표했다.

"앞에 임시로 세워진 나무 벽은 단단한 참나무로 만들어져 있습니다. 그리고 그 옆의 돌벽은 역시 단단한 청석으로 만든 벽입니다. 여러분은 권장이나 병기 중에 한 가지를 선택하여 권장은 참나무 벽에, 병기로는 청석 벽에 흠집을 내야 합니다. 참나무 벽은 두께가 한 자에 달하는데 권력이나 장력으로 최소한 오 촌 이상의 자국을 내야 하고, 청석벽에는 병기로 삼 촌 이상의 흠집을 내야 합니다."

참가자들이 웅성거리는 가운데 시진이 가볍게 기준 이상의 흠집을 양쪽 벽에 내어 시범을 보인 후, 곧바로 심사에 들어갔다.

두 번째 심사 역시 만만치가 않았다.

청석 벽에 흠집을 내려면 검기를 구현할 정도의 고수여야 가능한 일이기 때문에 대다수의 후보자는 참나무 벽을 택했다. 그러나 참나무 벽 역시 단순하게 나무를 통째로 쓴 것이 아니라 참나무 판자를 단단하게 엇갈려 짜서 만든 벽이었기 때문에 오 촌 이상의 흠집을 내기가 쉽지 않았다. 결국 참나무 벽을 선택한 열네 명 중 단 세 명이 통과했고, 청석 벽을 선택한 무인 세 명 중 두 명만이 두 번째 심사를 통과했다.

마지막 심사는 시진과의 비무였다. 원래 계획상으로는 두 번째 심사를 통과한 이들을 참관인들이 실력을 평가해 대진표를 구성하여 비무 시합을 벌이게 한 뒤 마지막 남는 오 인과 시진과의 대결을 추진할 생각이었지만 워낙 통과자가 적어 바로 비무로 들어가기로 결정되었다.

비무가 시작되기 직전, 대청 뒷문이 열리면서 세 여인이 들어왔다. 중인들의 시선은 양쪽에서 시비의 보좌를 받으며 상석으로 걸어가는 면사여인에게로 쏠렸다.

"하북제일미다!"

"과연 눈부시게 아름다운 자태로구나!"

여기저기서 탄성이 터지는 가운데 팽보옥은 그녀의 부친 옆 자리에 다소곳이 앉았다. 면사로도 그녀의 미모는 조금도 가려지지 않았다.

드리워진 면사 위의 아름다운 두 눈은 안타까운 빛을 발하며 시진을 향하고 있었다.

시진은 가급적 뒤를 의식하지 않으려 애쓰며 후보자들을 향해 마지막 심사 방법을 설명했다.

"이제 본격적인 비무를 시작하겠습니다. 다섯 분이 순서대로 나와서 저와 상대하면 됩니다. 독과 암기를 제외한 모든 공격이 가능합니다. 한 사람과의 비무가 끝나면 일정 시간의 휴식이 있을 것입니다만 그리 길지 않도록 제 재량으로 조절하겠습니다. 또한 제가 비무가 어려울 부상을 입고 도전자를 이긴다면 상처가 어느 정도 회복될 때까지 그 다음 상대와의 비무가 연기될 것입니다. 물론 저를 꺾는 분이 두 분 이상일 시에는 승리자들끼리 비무를 해야 합니다."

비무가 시작되었고, 세 번째 비무까지는 일사천리로 진행되었다.

간신히 세 번째 심사를 통과한 1, 2, 3번 후보는 시진에게 한 풀 기가 꺾인 상태였고, 결여된 자신감은 무공 발휘에까지 영향을 끼쳤다. 그 결과 세 명 다 오 초 이내에 승부가 가려지고 말았다.

팽유병과 팽주현의 이마의 주름이 더욱 짙게 패이는 가운데, 네 번째 비무가 시작되었다.

네 번째 후보자는 하북에서 익히 알려진 쾌도수(快刀手)인 곽서(郭徐)라는 자로서 예의 빠른 도법으로 시진을 상대했다.

모인 군중은 간만에 흥미진진한 대결이 벌어지리라 기대했지만 시진의 실력은 그들의 예상을 뛰어넘는 것이었다. 시진은 불과 이십여 초 만에 곽서의 칼을 두 동강 내버림으로써 알려진 것보다 훨씬 높은 자신의 실력을 선보였다.

마지막 후보자는 강소(江蘇)에서 왔다는 곤봉을 무기로 쓰는 채이(蔡

二)라는 자였다. 그는 청석 벽을 곤봉으로 찍어서 무려 다섯 치 깊이의 구멍을 냄으로써 후보자들 중 최고수라는 것을 증명했기에, 이번 비무는 만만치 않을 듯싶었다.

두 사람은 정중히 포권지례를 취한 후, 대결에 들어갔다.

시진의 무기는 그의 별호이기도 한 뇌정검(雷情劍)으로, 그가 어릴 적에 장백산맥에서 만난 한 기인에게서 뇌정검법과 함께 물려받은 보검이었다.

시진은 별다른 기수식 없이 검을 뽑아 중단세를 취했다.

그 반면 채이는 여섯 자 정도 되는 곤봉을 상하 좌우로 휘두르고 내지르는 화려한 기수식을 선보여 갈채를 받았다.

둘의 대결이 시작되자 넓은 대청은 병기가 바람을 가르는 소리로 가득 찼다. 시진은 쾌도수인 곽서를 압도할 정도였던 쾌검을 구사했지만 채이도 만만치 않은 속도로 곤봉을 휘둘렀다. 게다가 그의 곤봉은 무슨 재료로 만들어졌는지 시진의 뇌정검에도 홈집조차 나지 않았다. 오히려 시진이 검날이 상할까 걱정할 정도였다.

순식간에 백여 초가 지나갔고, 차츰 우열이 드러나기 시작했다.

채이도 뛰어난 무위를 선보였으나 서서히 시진과의 격차가 드러났다. 그는 빠른 신법과 상대적으로 긴 무기의 효용성으로 버티고 있었으나 점점 수비 위주로 초식을 구사해야 했다.

이백 초가 가까워 올 무렵, 채이는 마침내 오른팔에 일검을 허용했다. 단지 피륙만을 다친 것이지만 처음으로 피가 흩뿌려지자 군중의 함성이 터졌고, 채이는 거기에 영향을 받은 듯 점점 초식의 구사가 불안해졌다.

"타앗!"

시진의 연속 공격을 간신히 피한 채이가 발악적으로 기합을 지르며 봉을 내지르자 시진의 눈에 회심의 빛이 감돌았다. 이번 찌르기는 수세를 역전시키고자 내지른 공격이지만 거리도 자신에게 미치지 못할뿐더러 무리한 동작으로 인해 허점이 크게 노출되었다.

시진은 가볍게 뒤로 두 발짝 후퇴하여 봉의 사정거리를 벗어난 후, 반격을 개시하려 중심을 앞으로 이동시키며 두 발에 힘을 주었다. 그런데 그 순간, 공격 실패 후 다시 뒤쪽으로 회수되는 듯하던 채이의 봉에서 붉은 빛이 번쩍였다.

"크억!"

시진은 심장 어림을 움켜쥐고 뒤로 몸을 뒹굴었다. 상석에서 팽보옥의 비명이 울려 퍼지는 가운데 길이가 여섯 자에서 아홉 자로 늘어난 채이의 봉이 다시 한 번 공중을 갈랐고, 일어서려던 시진의 옆구리로 꽂혀 들어갔다.

시진은 발악적으로 두 손을 들어 봉을 저지했으나 그 힘을 이기지 못해 삼 장을 붕 떠서 날아가 벽에 처박혔다. 봉에 실린 강력한 내기에 내상을 입었는지 입에서는 피가 꾸역꾸역 흘러나오고 있었다.

"쌍사곤(雙蛇棍)! 네놈은 양두사(兩頭蛇) 채가강(蔡加强)이로구나!"

채이는 함토리의 외침에 화답이라도 하듯, 이제는 장봉이 된 그의 병기를 기수식을 할 때처럼 화려하게 돌린 후 다시 정면으로 세워서 쿵 소리가 나게 바닥을 찍었다. 그러자 튀어나왔던 적색 부분이 다시 안쪽으로 쑥 들어가 버렸다.

"시 아우!"

팽주현과 팽승현 등 다른 식구들이 쓰러진 시진에게 달려가는 찰나, 팽유병은 새파래진 낯빛으로 함토리에게 말했다.

"함 협사, 저놈이 그럼 편강의 사제란 말이오?"

함토리는 무거운 표정으로 고개를 끄덕였다.

"그렇습니다. 저 검고 위쪽이 붉은 이중 구조로 되어 있는 곤봉이 바로 그의 애병인 쌍사곤입니다. 그리고 저 화려한 기수식과 마무리 동작은 남해도(南海島) 출신의 공통적인 특징이지요."

팽유병은 대청 중앙에 냉소를 띤 채 서 있는 채이, 실상은 채가강에게 뚜벅뚜벅 다가갔다.

"석태곤이 야심이 큰 인물이라고는 생각했으나 소인배인 줄은 몰라 봤으니 노부의 안목이 참으로 형편없었다 할 수 있겠구나. 비무가 닷새 앞으로 다가왔건만 이런 후안무치한 짓까지 할 정도로 간이 작았단 말인가? 채 가야, 네놈이 우리 식구를 상하게 했으니 오늘 살아 돌아갈 생각은 말아라. 혹시 구경꾼 중에 짝패가 있다면 일찌감치 다 나오거라. 노부가 오늘 하북 팽가가 아직 죽지 않았다는 사실을 네놈들의 몸으로 체득하게 해주마."

채가강은 여전히 차가운 미소를 지으며 고개를 갸웃거렸다.

"이것 참, 팽 가주께서 무슨 말씀을 하시는 것인지 본인은 전혀 이해할 수가 없구려. 이제 더 이상 도전자도 없으니 제가 사윗감으로 뽑힌 거 아닙니까? 설마 가주께서 하실 시험이 더 남아 있는 것은 아니겠지요?"

팽유병은 잠시 어리둥절해하다가 안색을 딱딱하게 굳혔다.

"네놈은 대체 무슨 수작을 하는 것이냐? 감히 네가 아직도 사윗감 운운을 할 자격이 있다고 생각하는 거냐?"

"아니, 그 자격이 왜 없다고 생각하시는 지요?"

채가강은 의아한 표정으로 말했다.

"제가 규칙을 어긴 것이 있습니까? 분명히 시 대협은 독과 암기가 허용이 안 된다고 했을 뿐이니 무기의 규칙을 어긴 것도 아니오, 이 몸은 아직 혼인한 적도 없으니 엄연한 총각인지라 사윗감으로 지원하는 데에도 하등의 문제가 없소이다. 게다가 이 대회의 취지에 걸맞는 무공을 갖춰 시 대협까지 쓰러뜨린 셈이니 자격 조건 운운은 고사하고 이보다 더 적격인 사윗감이 어디 있겠소?"

"닥쳐라, 이놈!"

어느새 다가온 팽주현이 분노의 일갈을 터뜨렸다.

"감히 뉘를 기만하려 하느냐! 네놈이 그렇게 떳떳하다면 어찌 가명을 쓰고 네 별호를 밝히지 않았느냐? 네놈의 그 쌍사곤인지 쌍구곤인지 하는 비열한 무기의 정체를 시 아우가 알았다면 감히 네놈이 아우의 머리칼 한 올이라도 상하게 할 수 있었겠느냐? 네놈이 황룡문의 주구로서 비무를 유리하게 이끌고자 그를 암습하러 왔다는 것을 이 자리에 있는 모든 사람이 알아차렸는데 이제 와서 어딜 발뺌하려 하는 것이냐?"

"허허, 이거 영 말귀를 못 알아들으시는구만."

채가강은 군중을 둘러보며 어깨를 으쓱거렸다. 자신은 무척 억울하다는 듯이.

"이 자리에 계신 여러분, 과연 누구의 처신이 올바른 것인지 여러분이 판정해 주시기 바라오. 우선 첫째, 채이는 본인의 본명이외다. 우리 집이 오 형제인데, 맨 위에 형부터 일, 이, 삼, 사, 오, 이런 식으로 이름이 붙여졌지요. 가강이란 이름은 바로 우리 사부께서 붙여주신 이름으로, 속도를 중시하는 본인에게 강(强)을 더하라는 뜻으로 내리신 이름이외다. 강호에서는 이 이름으로 더 잘 알려져 있소만, 아시다시피 이

대회는 인류지대사인 혼인을 목적으로 하는 대회 아니오? 그렇기에 당연히 본명을 쓴 것이외다. 여러분이라면 어떻게 하겠소? 사위 될 목적으로 이름을 밝히는 데 나중에 지어진 별명을 쓰겠소, 아니면 원래 부모님이 지어주신 본명을 사용하겠소?"

군중은 술렁거렸다. 몇몇 사람이 채가강의 말에 동의를 표했으나 대다수의 군중은 의혹 어린 시선을 아직까지 보내고 있었다.

채가강은 개의치 않고 말을 이었다.

"그리고 두 번째, 본인에게 황룡문의 주구라는 말을 하셨는데, 이 말씀은 받아들이기가 어렵소이다. 본인의 공식적이든 비공식적이든 황룡문의 행사에 아직까지 한 번도 참여해 본 적이 없소."

이때, 군중 중에 누군가가 소리쳤다.

"거짓말 마시오! 당신의 사형인 폭풍마번이 황룡문주와 의형제가 아니오? 그렇다면 당신도 당신의 사형과 함께 황룡문을 수시로 드나들었을 게 아닌가?"

"물론 황룡문을 몇 차례 방문한 적은 있소이다."

채가강은 여전히 자신만만하게 밀했다.

"그러나 그것은 어디까지나 사형의 의형에게 인사차 몇 번 찾아가 뵌 것뿐이오. 어디 팽가든 아니면 이 자리에 모인 누구든 간에 본인이 황룡문이 주도하는 사업이나 거래, 전투 등에 한 번이라도 모습을 비추는 것을 본 사람이 있으면 한 번 나와보시오. 아무도 없질 않소이까? 인사 방문 몇 번 한 것으로 주구로 불리게 된다면 본인은 소림사에 향불하러 두 번 갔던 적이 있으니 소림사의 주구도 될 것이오. 안 그렇소이까?"

군중 사이에 웃음이 감돌았다. 여기저기서 채가강에게 동의하는 목소리가 들려왔다.

"당신 말이 그럴듯하구려!"

"저자는 사위 될 자격이 있소!"

팽주현이 새빨개진 얼굴로 외쳤다.

"불가하오! 시 아우를 실력으로 꺾었으면 모를까, 암습을 하여 이긴 것은 인정할 수 없소이다!"

"이것 말이오, 장인어른?"

채가강은 말과 함께 쌍사곤을 흔들었다.

"닥쳐라, 이놈! 대체 누가 네 장인이라는 거냐?"

"진정하시구려. 암습이라니, 아무리 곧 장인될 분이라지만 기분이 좋질 않구려. 모름지기 암습이라는 단어의 통상적인 뜻은 숨어 있는 적에게 받는 공격이라고 알고 있소. 그러나 본인과 시 대협은 엄연히 정면 대결 중이었고, 쌍사곤의 두 번째 머리, 적두(赤頭)는 시 대협의 뒤에서 날아온 것이 아니오. 아래에서 날아온 것도 아니고, 그의 시야의 사각지대에서 날아온 것도 아니오. 그는 정면에서 날아오는 공격을 받아내지 못한 것이오. 정면에서 날아오는 공격을 팽가에서는 암습이라 부르오? 더군다나 이 적두를 내뻗으려면 본인의 육성 공력을 쌍사곤에 주입시켜야 하오. 무슨 기관 장치 같은 것에 의해 튀어나오는 암기가 아니란 말이오. 이것을 어찌 비겁한 수라 매도를 하시는 게요? 이는 정녕 이 대회를 주최한 사람들의 신의를 의심해 볼 수밖에 없는 수작이라 아니 생각할 수 없소. 사위의 나이, 출신, 신분 등을 따지지 않고 오로지 무공으로만 뽑겠다 하더니, 이제 와서 마음에 안 든다고 딴소리라니, 이런 부조리한 경우가 어디 있단 말이오? 안 그렇소이까, 여러분?"

군중의 분위기는 이제 완전히 채가강 쪽으로 넘어가 버렸다. 여기저기서 그의 말이 옳다는 목소리가 흘러나오고 있었다. 팽유병과 팽주현 역시 정연한 그의 논리에 뭐라고 대꾸할 말을 찾지 못했다. 그때 갑자기 장내를 울려 퍼지는 목소리가 있었다.

"좋소, 채가강, 당신이 사위 자격이 있다는 것을 참관인 자격으로 인정하겠소!"

군중의 시선은 참관인 석의 한 인물에게로 집중되었다.

채가강은 의외라는 표정으로 말했다.

"이것 참, 생각지도 못한 곳에 의인이 계셨구만. 실례지만 성함이 어떻게 되시는지요?"

"반가반가 함토리라 하오. 가가협객이라 하면 다들 더 잘 아실 게요."

"아! 함 대협이시구려."

"대협이라니, 감당하기 어렵소이다."

"어쨌건 감사하오. 본인의 사위 자격을 입증해 주셨으니, 이제 혼례 날짜만 결정하면 되겠군 그래."

채가강은 득의 어린 미소를 띤 채 새파랗게 질린 팽유병과 팽주현을 바라보며 말했다.

팽주현은 절망 어린 표정으로 머리를 감싸 쥐었다.

'아아, 모든 게 끝이로구나. 저놈이 설사 황룡문의 주구가 아니라 하더라도 제 사형의 의형의 무리와 비무를 할 턱이 없지 않은가! 대관절 저 함가라는 자는 어쩌자고 우리 가문의 일에 함부로 나서는 겐가!'

그는 원망 어린 시선으로 함토리를 바라보았다.

함토리는 주변의 반응에 별로 신경 쓰지 않고 채가강에게 말을 하고 있었다.

"잠깐 기다리시오. 혼례 날짜라니. 너무 성급하시구려, 채 협사."

"뭐가 성급하단 말이오? 이미 모든 것이 정해진 터인데."

"아직 사위 자리는 정해진 것이 아니라오. 후보가 한 명 더 있으니까."

"후보가?"

채가강뿐 아니라 대청 안의 모든 사람이 함토리의 말에 어리둥절한 표정을 지었다. 분명 최종 심사에서 통과된 다섯 명이 모두 비무를 마쳤는데 무슨 후보가 더 있단 말인가?

"함 대협의 지금 말씀은 이해하기가 어렵군. 대관절 그 후보가 어디 있단 말이오?"

"바로 저기 상석에 앉아 있소이다. 맹 소협, 일어나게!"

"네?"

맹정우는 어리둥절해하며 일어났다. 그때, 그의 귀에 예전에 영웅대회에서 들은 적이 있는 신기한 목소리, 구병이가 '전음'이라고 가르쳐 준 소리가 들려왔다.

"일단 이 상황을 넘어가야 할 것 같으니 내가 하는 대로 적당히 분위기를 맞춰주게."

그는 별수없이 앞으로 털레털레 걸어나왔다.

실상 어여쁜 소저를 저 못생긴 놈이 차지할 것 같이 돌아가는 분위기가 그도 마음에 들지 않았던 터라, 상황이 어떻게 돌변할지는 몰라도 그다지 망설여지지 않았다.

채가강이 안색을 굳히며 말했다.

"저자가 사위 후보라는 거요? 저자는 앞의 심사에 응하지도 않았지 않소이까? 정당한 절차를 겪지도 않은 자가 어찌 후보 자격이 있을 수 있소? 행여 내가 사위가 될 것을 막고자 급조한 후보라면 절대 받아들일 수 없소."

그의 말이 일면 타당한지라 여기저기서 동의하는 목소리가 튀어나왔다. 그러나 함토리는 여유를 잃지 않고 대꾸했다.

"허허, 채 협사, 운용의 묘라는 것을 인정하시지 않겠다는 것은 좀 심한 태도가 아니오?"

"운용의 묘라니, 무슨 소리요?"

"비무 대회에서 운용의 묘라 함은 뻔한 것이 아니오? 수많은 사람이 참가하는 이런 대회에서는 주최측에서 소속과 신분만으로 기본 실력을 인정하여 초반 심사를 넘어가는 관례가 있다는 걸 아실 게요. 구대문파의 직계제자나 그에 준하는 자, 가령 오대세가의 자제나 칠패 소속의 고수 정도 되면 그 소속 문파의 권위를 인정하여 주최 측이 예선에서 빼주고 본선으로 바로 올리는 것은 일반적인 일이외다. 이번 대회에서 맹 소협의 경우가 바로 그런 경우지."

"그럼 서사가 구파나 오대세기, 칠패 소속의 인물이란 말이오?"

"그런 것은 아니지만 그에 준하는, 아니, 그것을 넘어서는 인물이지요."

함토리는 바로 옆으로 다가온 맹정우를 멋들어지게 한 손을 휘둘러 가리키며 말했다.

"이 청년이 일검탈명 맹정우, 바로 섬서영웅이니 말이오."

그의 말이 끝나기가 무섭게 군중 사이에서 탄성과 함성이 흘러나왔다.

"섬서영웅!"

"저 청년이 바로 혈랑대의 섭평을 물리치고 섬서무림을 구한 영웅이란 말인가?"

"그렇다면 자격이 충분하다 못해 넘치지!"

채가강의 얼굴에서 처음으로 미소가 사라졌다. 그는 표정을 굳히며 말했다.

"이해할 수가 없군. 본인은 천하오성 중 일 인의 제자이며, 강북칠웅의 사제요. 본인은 그 자격이 미달되어 세 가지 심사에 다 참여하도록 만들었소?"

"허허, 이제 보니 생각이 짧은 양반이로군."

함토리가 안타깝다는 듯 혀를 끌끌 찼다.

"누가 본명으로 지원하랬소? 신청서에 채가강이라 썼으면 모를까, 채이라고 달랑 써놓고 별호도 안 써놨는데 당신이 남해노조의 내다 버린 제자인지, 폭풍마번의 창피한 사제인지 우리가 어찌 알 수 있겠소?"

"누가 내다 버린 제자란 말이냐!"

쾅!

채가강은 분노에 찬 고함을 내지르며 대청바닥에 곤을 내리꽂았다. 굉음과 함께 내리꽂힌 쌍사곤은 끝이 바닥에 박혀 버렸다.

"아이쿠, 진정하시구려. 그저 들리는 풍문을 잠시 읊은 것뿐이니까. 아, 아, 그리 잡아먹을 듯이 노려보지 마시오. 당신 상대는 노부가 아니라 맹 소협이니까 말이오. 원래 맹 소협도 시 협사와 비무를 해야 하나 시 협사를 채 협사께서 저 지경으로 만들어놓았으니 천상 둘이 대결하는 수밖에 없지 않겠소? 안 그렇습니까, 팽 가주?"

함토리의 물음에 팽유병과 팽주현은 죽다 살아난 표정으로 고개를 끄덕였다. 이 뜻밖의 반전에 그들이 반대할 이유가 뭐가 있겠는가?

채가강은 분노한 표정으로 바닥에 꽂힌 곤을 다시 뽑아 잡고 말했다.

"네놈들의 협잡을 더 이상 지켜볼 필요를 느끼지 못한다. 이렇게 된 이상 저 새파란 놈을 짓이겨 놓은 뒤에 다시 시시비비를 가리겠다. 덤벼라, 애송이!"

맹정우는 다소 난처한 표정을 지으며 앞으로 나섰다.

아까 전의 비무를 떠올리면 썩 자신이 없었다. 비무에서 보여준 두 사람의 엄청난 속도는 내공으로 안력이 몰라보게 증진된 자신도 간신히 따라갈 정도였기 때문이다.

게다가 천상 무기를 써야 하는데 맨손으로 박투를 하면 모를까, 익힌 것이 금나수법밖에 없는 상황에서 검을 써야 하니 곧 본색이 들통 날 듯도 하였다.

'하아, 이것 참 어렵구나!'

그는 가늘게 한숨을 내쉬었다. 결국 어떻게든 거리를 좁혀서 맨손 대결로 가야 한다. 그래야만 승산도 있고, 허접한 무공 실력도 탄로 나지 않는다.

스르릉!

경쾌한 소리와 함께 팔성검이 은빛의 검신을 드러내었다. 맹정우는 검을 들어 중앙에서 정면으로 세웠다. 그동안 저잣거리의 패싸움에서 몸으로 익혀온, 공방에 가장 알맞은 자세였다.

채가강은 화가 잔뜩 난 상황에서도 곤봉을 좌우로 돌리며 어찌 보면 멋지고, 어찌 보면 수선스러운 기수식을 다시 행했다. 상황이야 어찌 됐든 남해노조의 제자들에게 있어서 이 기수식은 결코 빼먹지 말아야 하는 예식이었다.

화가 머리끝까지 났던 그는 쌍사곤을 옆구리 쪽으로 끼운 채 천천히 횡보를 걸으면서 마음을 안정시켜 평정을 다시 회복했다.

장성 쪽에서 내로라하는 고수인 섭평을 무찔렀다면 절정고수임에 틀림없다. 일검탈명이라는 광오한 별호가 또한 그 사실을 뒷받침해 준다. 아마도 시진 이상의 쾌검수일 것이다. 빠른 신법과 장병의 이점으로 우위를 점해야 한다. 가급적 접근전은 피하는 것이 좋다.

"타앗!"

생각이 정리된 채가강의 일격이 날아들었다.

검을 뽑은 직후부터 채가강의 곤을 뚫어져라 쳐다보던 맹정우의 몸이 흐릿해졌다.

채가강의 시선이 그 잔영을 따라가니 어느새 맹정우는 찔러들어 가는 곤을 피해 오른쪽 앞쪽으로 이동해 있었다. 그런데 오히려 다가온 감이 있어서 곤의 회전 반경 안으로 더욱 들어온 꼴이 되었다. 쌍사곤이 파공음을 내뿜으며 우측으로 휘둘러졌고, 맹정우는 날아오는 곤의 옆면으로 검을 내질렀다.

서걱.

채가강은 들려오는 이상한 소리와 기이한 손의 감촉을 순간적으로 이해할 수 없었다.

그가 기다리고 있었던 곤과 검이 마주치면서 내는 파열음이 들리질 않았고, 강력한 충돌을 기대했던 손에 걸리는 이질적인 느낌은 뭔가 떨어져 나간 듯한 가벼움이었다.

재빨리 상황을 파악하려고 움직인 그의 눈동자의 동공이 더할 나위 없이 확대되었다. 반듯하게 절반으로 잘려 나간 쌍사곤의 모습이 눈동자에 비춰진 때문이었다.

맹정우의 입가에 처음으로 미소가 걸렸다. 날아오는 곤을 주시하며 제일식을 우측 앞쪽으로 시전한 작전이 주효했다. 적은 예상대로 횡으로 베어 들어왔고, 장병의 측면에 검격을 가할 수가 있었던 것이다. 적의 병기를 반 토막 내버린 이상, 절대적으로 상황이 유리해졌다.

채가강은 두 동강 난 자신의 애병을 바라보며 순간적으로 좌절감을 느꼈다.

과연 일검탈명이란 별호는 허명이 아니었다. 쌍사곤은 남해노조의 섬인 남해도에서만 자라나는 강목(剛木)이라는 단단하기 그지없는 나무를 특수한 약물 처리를 거쳐 만들어낸 병기로, 뇌정검 같은 보검에도 흠집조차 나지 않는 이기였는데 맹정우의 일격에 너무도 쉽사리 잘려진 것이다. 상대는 자신과 격이 다른 고수임에 틀림없었다.

"치잇!"

채가강은 자포자기하는 심정으로 반 토막 난 쌍사곤을 맹정우에게 던져 버렸다. 어차피 맞출 기대를 하고 던진 것은 아니었다. 지금은 장병으로서의 효용 가치가 없어진 쌍사곤보다는 다른 무기를 써야 할 때였다.

챙그랑!

그러나 채가강은 귀에 들려온 소리의 정체를 확인하고는 방금 전에 한 판단을 잠시 유보해야 했다.

채가강뿐 아니라 대청 안에 있던 모든 사람의 얼굴에 아연실색한 표정이 떠올랐다. 그가 될 대로 되라는 심정으로 던진 쌍사곤의 반 토막이 맹정우의 오른손에 부딪쳤고, 그 손에 들려 있던 검은 그만 저 멀리 날아가 버린 것이다.

"저 멍청이!"

아연한 가운데 방구병이 중얼거렸다. 친구 놈의 허섭스런 실력이 드디어 본색을 드러내고 말았다.

놈은 무인이 가져야 할 기본 원칙—항상 자신의 병기를 으스러지게 쥐고 있어야 된다는 덕목—조차 모르고 있었던 것이다.

이해하기 어려운 상황이었지만 이 기회를 놓칠 채가강이 아니었다. 그는 양손의 세 손가락을 구부려 세우고 맹정우에게 덤벼들었다. 남해 노조의 절기 중에 하나인 삼지혈조(三指血爪)였다.

함토리의 눈에 이채가 돌았다. 지금의 상황은 예전에 한번 보았던 상황과 비슷하지 않은가?

얼얼한 오른손을 쓰다듬으며 얼떨떨한 표정을 짓고 있던 맹정우는 달려드는 채가강을 향해 재빨리 제일식을 시전했다. 지금의 상황은 그도 예상치 못했던 전개이지만 박투라면 일단 유일하게 자신있는 분야였다.

가슴께로 파고드는 두 개의 혈조는 작은 원을 그려내는 맹정우의 손에 막혔다.

막힌 혈조는 다시 후퇴와 전진을 반복하며 맹정우의 요혈을 노렸지만 끊임없이 두 개의 원을 그리는 맹정우의 두 손에 막히다가 마침내 우측 혈조가 잡히고 말았다.

잡힌 오른쪽 팔이 와락 끌려 들어가며 채가강의 몸이 따라 들어갔고, 여지없이 맹정우의 무릎이 그의 가슴으로 파고들었다.

채가강은 아직 자유로운 좌측 혈조로 다가오는 무릎의 독비혈(犢鼻穴)을 찍어갔으나 올라오던 무릎은 급속히 방향을 바꿔 하강하며 쭉 펴지면서 그 끝의 왼발이 채가강의 허벅지를 강타했다.

"큭!"

채가강은 몸부림을 치면서도 좌측 혈조로 우수를 틀어쥐고 있는 맹정우의 팔을 공격하여 자신의 손을 놓게 만들었고, 성한쪽 다리로 껑충 뛰어 공중제비를 돌아 후퇴했다.

맹정우가 그를 따라가려 하는 순간, 채가강이 품 안에서 뭔가를 한 움큼 집어내어 흩뿌렸다.

"피해라! 암기다!"

함토리의 고함 소리가 들려왔고, 맹정우는 그를 안심시키려는 듯 제일식을 시전하여 날아오는 독질려를 가볍게 피해냈다. 그러나 채가강은 그가 피할 것을 예상하여 그 이동 경로를 노리고 있었다.

그는 암기를 던지자마자 사선으로 움직여 측면으로 이동 중인 맹정우를 향해 돌진했다. 번득이는 그의 손에는 품에서 빼낸 독 비수가 들려져 있었다.

"죽어라!"

상대의 움직임을 사전에 읽어 그 시기를 적절하게 맞춘 공격이었으나 맹정우의 눈에는 너무도 느리게 보였다. 마치 내공을 처음 얻은 후 털보의 공격을 보는 듯한 느낌이 들었다.

채가강이 한 다리를 다쳤기 때문에 그런 것일까? 맹정우는 신기해하며 제사식을 시선했나.

눈에 보이지도 않을 정도로 빠른 일 보가 디더졌고, 일 수가 휘둘러졌다. 그리고 비수가 공중으로 날아올랐다.

맹정우는 지치지도 않고 품 안에서 또다시 뭔가를 꺼내려는 상대를 응시했다. 그리고는 다시 일 보를 디디며 상대가 자신을 저지하려고 휘둘러 대는 팔을 잡아챘다.

맹정우의 팔이 잠깐 꿈틀거렸다.

"커억!"

채가강은 피보라를 토해내며 주저앉더니, 그대로 엎어져 버렸다. 엎어진 그의 입가 쪽에서 계속 피가 흘러나왔다.

맹정우는 쓰러진 그를 무심한 표정으로 내려다보았다. 그리고 자신의 손을 들여다보았다.

채가강을 무릎 꿇린 것은 처음으로 시전한 제칠식의 위력이었다.

투혼접(透魂接)이라고 명명된 칠식은 상대의 신체에 자신의 손이 접촉하는 순간 암경(暗勁)을 체내로 침투시키는 수법이었다. 그것이 어느 정도의 위력을 발휘할지 궁금했는데 예상 이상의 효과가 있어서, 실수를 쓴 꼴이 되어버렸다. 그러나 채가강이 먼저 암수를 썼기 때문에 죄책감 같은 것은 들지 않았다.

"이런, 이런, 조금 심했군."

함토리가 재빨리 다가와 엎어진 채가강의 몸을 돌리며 상세를 살폈다. 혈도를 몇 군데 누르니 피가 멎었다.

"하마터면 죽을 뻔했네. 물론 그냥 놔둬도 싼 놈이지만 뒷배경이 워낙 화려하니 후환을 남겨 좋을 것은 없겠지."

함토리는 벌떡 일어서서 군중을 향해 외쳤다.

"이봐! 거기 숨어 있는 거 다 알고 있다. 이놈과 같이 온 놈들은 빨리 나서서 놈을 수습해 가라. 지금 나오면 너희들에게는 일체 위해를 가하지 않겠다!"

잠깐의 시간이 흘렀지만 아무도 나서지 않았다. 함토리는 답답하다는 표정을 지으며 다시 외쳤다.

"너희들이 가만히 있으면 이놈은 곧 죽는다! 우리야 상관없는 일이지만 이놈의 사형이 무척 가슴 아파할걸? 당연히 동행한 자가 누구인지도 추궁할 테고. 그래도 좋으냐? 분명히 지금 나오면 위해를 가하지 않겠다고 했다."

그제야 군중 속에서 몇 명이 미적거리면서 앞으로 나왔다. 그들은 두려운 표정으로 맹정우의 눈치를 살피며 채가강에게로 다가오더니 재빨리 그를 들쳐 업고 대청을 빠져나갔다.

　"역시 저놈들이 군중 속에 숨어서 바람을 잡은 게로군. 놈이 교활한 음모를 꾸미는 정성의 절반만큼만 자신의 실력을 닦는 데 썼어도 남해도에서 쫓겨났다는 소리는 듣지 않았을 텐데."

　맹정우는 일행의 등에 업힌 채 대청 밖으로 빠져나가는 채가강의 뒷모습을 바라보며 말했다.

　"어디서 온 놈인지는 몰라도 품세는 엄청 요란하더군요. 이번 마무리는 요란스럽지 못했습니다만……."

　"남해도 출신의 특징이지. 저 친구가 외려 간략한 편이라네. 예전에 남해노조의 기수식과 마무리 동작은 화려하면서도 멋들어지기 그지없었지. 기수식은 거의 검무를 한 번 추는 수준이었는데 일단 그의 검무가 펼쳐지고 나면 상대가 거기에 휘말려 기가 한풀 꺾인 채로 결전에 임해야 할 정도였으니 말일세."

　채가강은 남해노조의 섬에서 배출된 세 제자 가운데 막내였다.

　남해노조는 특이한 경력의 기인으로, 해남파와 서안의 장가장(蔣家莊), 진주언가 등의 전통의 무가에서 무기명 제자로 몸을 의탁하며 자신의 독문신공인 경천일기공(景天一氣功)을 완성했다. 그런 뒤 강호로 뛰어들어 은밀히 천하의 고수를 찾아 비무를 청하여 당대의 최고수들을 모두 꺾고 천하제일인으로 불려졌다.

　그것이 삼십여 년 전의 일로, 지금은 은퇴하여 남해도에 머물고 있지만 여전히 천하오성의 수좌로 꼽히는 막강한 고수였다.

남해노조는 강호를 주유하다가 눈에 띄는 쓸 만하다 싶은 기재들을 자신의 섬으로 데려가 제자 삼았었는데, 그의 제자가 정확히 몇 명인지는 아무도 몰랐다.

그의 제자 중에 강호에 나온 것은 단 세 명뿐이었는데, 수제자였다는 냉검(冷劍) 노철기는 강호에 진출하자마자 절정고수로 떠올랐으나 당시 무당파 최고의 기재였던 현 무림맹주와의 비무에서 패배한 후 거기서 얻은 상처가 악화되어 그만 단명하고 말았다.

냉검이 사망한 지 몇 년 뒤에 모습을 드러낸 것이 바로 폭풍마번 편강이었다. 이자는 자기 사부의 전철을 철저히 밟으려는 듯 끊임없이 강자를 찾아다니며 비무를 행하여 자신의 무예를 닦았다.

그러던 차에 마지막으로 남해도에서 나온 것이 채가강인데, 이자는 앞의 두 사형과는 행보를 달리했다. 주로 편강의 그늘 아래서 그와의 인맥을 이용하여 이득을 챙기고 권세를 얻으려는 등 보는 이로 하여금 눈살을 찌푸리게 하는 행동이 잦았고, 그로 인한 것인지는 몰라도 남해도에서 내쫓겨 나온 것이라는 풍문이 돌고 있는 실정이었다.

강호인들이 특이하게 생각하는 것은 남해노조였다. 수제자가 나와서 칼에 맞아 죽고, 자질이 떨어지는 제자가 나와서 사문의 체면을 깎아내리는 짓을 하고 다닌다면 직접 나서던가 하다못해 무슨 언질이라도 주는 것이 정상일 텐데 전혀 신경을 쓰지 않는 듯 묵묵부답이었다. 그래서 요사이는 남해노조가 이미 사망한 것이 아니냐는 소문까지 흘러나오고 있었다.

"어쨌든 수고했네, 맹 소협. 그래도 만만치 않은 자였는데 쉽게 처리했군. 역시 섬서영웅이야!"

"하하하, 별 말씀을요."

두 사람이 덕담을 주고받는 찰나, 조금 전까지의 어두웠던 모습이 모두 사라져 버린, 입이 귀에 걸려 있는 팽유병과 팽주현이 다가왔다.

팽유병이 기분 좋은 목소리로 말했다.

"축하하네, 맹 소협. 아니, 이제 손주사위라고 불러야겠나?"

"네?"

맹정우가 어리둥절한 표정을 짓자 팽주현이 너털웃음을 터뜨리며 말했다.

"핫핫핫, 이 사람 참 뭘 그리 놀라는 척하나? 자, 여러분, 우리 팽가의 사위가 결정되었소이다, 바로 섬서영웅, 일검탈명 맹정우 소협이오!"

군중의 우레 같은 박수갈채가 쏟아졌다.

대청 안에 축제의 분위기가 감도는 가운데 방구병은 한곳을 주시하고 있었다.

대청의 한쪽 구석에는 의원의 도움을 받아 이제야 정신을 차리고 있는 시진과 그의 옆에서 애틋한 눈빛으로 그를 부축하고 있는 팽보옥이 있었다.

'흐흠, 뭔가 심상치 않아.'

방구병은 까칠까칠한 턱수염을 만지작거렸다. 극적으로 자신을 흉적의 손에서 구출한 신랑을 쳐다보지도 않는 신부라? 이건 뭔가 이상한 일이었다. 예민하고 분위기를 잘 읽기로 세명로에서 소문난 그의 직감에 이상 징후가 느껴지고 있었다.

제2장

영웅에게는 미녀와 가인이 따라붙는다

7월 8일.

오래간만에 붓을 잡는다.

불과 이십 일 전에 섬서영웅이라는 기대하지 않았던 칭호를 얻었는데 어제는 강호의 명문가라는 팽가의 데릴사위까지 되고 말았다.

신부감이 워낙 엄청난 미인인지라 기분이 과히 나쁘지는 않았으나 풍류남아 맹정우가 벌써 한 여자에게 매인다는 생각은 해본 적이 없기에 한참 망설이고 있는 중이다. 더군다나 사위 자리에 오르기까지는 복잡다단한 관문이 잔뜩 도사리고 있다.

우선 미래의 처가(팽가)에서는 이번 비무에 내가 참가하는 것을 기정사실화하고 있다. 사실 내가 그 못생긴 놈을 물리쳤을 때 그들이 그렇게 미친 듯이 좋아했던 것은 비무의 승산이 한층 높아졌다고 생각했기 때문이리라.

금나수법도 거의 터득했고 만만치 않은 놈까지 무찌르고 보니 내 무공에 어느 정도 자신감은 생겼지만 강호에서도 난다 긴다 하는 놈이 우글우글할 황룡문과의 비무라니, 정말 사양하고 싶다. 그러나 거절하기에는 상황이 좋지 않다.

섬서영웅인 내가 황룡문과 팽가의 비무에 참가할 것이라는 소문이 벌써 하북에 쫙 퍼진 상태인데 일검탈명의 체면상 이제 와서 발을 빼기가 힘들고, 무엇보다도 팽 소저의 미모가 내 발목을 꼭 부여잡고 있었다.

혼례 절차는 비무가 끝난 후에 결정하기로 했으니 그 한참 뒤로도 미룰 수가 있을 것이다. 일단 한 명을 찜한 셈이니 나머지 네 명의 소저 또한 천천히 만나볼 기회가 생길 수도 있을 듯하다. 이렇게 생각이 정리되니 결국 비무는 해야 할 듯싶다.

아참, 그러고 보니 이미 두 명은 찜한 셈이다. 구병이 놈에게 무림삼봉의 설명을 듣고 보니 내가 음약에 중독된 것을 구해준 창천보의 은 소저가 바로 삼봉 중의 일 인이었다. 게다가 그녀는 강호사미에도 속한다고 한다. 그러나 제정신이 아닐 때 보아서 그런지 몰라도 그녀보다는 팽 소저가 훨씬 이뻐 보인다.

그런데 어제 대회 끝날 무렵에 인사한 이후로 팽 소저를 한 번도 만나지 못했다. 시비한테 물어보니 시 협사의 방에서 그를 열심히 간호하고 있다고 한다. 예쁜데 다가 마음씨까지 착한 것을 보니 그녀가 내 이상형이라는 생각이 점점 들기 시작한다.

7월 9일.
비무는 사흘 앞으로 다가왔다. 거의 모든 시간을 내공심법과 경신법의 수련에 쏟고 있다.

그저께 저녁에 금나수법의 마지막 초식을 여섯째 보석에 주입시키자 보석은 손쉽게 빠져 나왔다. 다섯째 보석 역시 같은 방법으로 빼냈고, 두 개의 보석 안에는 내가 문외한이라 그런지 몰라도 무척 쉬워 보이는 내공심법 한 가지가 갈무리되어 있었다.

그저께 밤에 구결을 달달 외운 후에 어제부터 전심전력으로 수련하고 있다. 수련을 하면 할수록 몸 안의 진기의 흐름이 명확해지는 느낌이다. 그리고 어제는 경신법이 적힌 셋째, 넷째 보석도 빼낼 수 있었다. 대환단의 영향으로 인한 기본 내공력이 워낙 뛰어나다 보니 삼성의 경지는 이미 넘어선 듯하다.

구병이란 놈은 나와는 달리 전혀 진도가 나가질 않는다. 금나수법 제일식은 신기하게도 쉽게 터득한 놈이 어찌 된 일인지 이식부터는 전혀 이해하질 못하고 있다. 내가 못 알아듣는다며 신경질을 부리자 놈은 또다시 기연이 어쩌고 하며 내가 뭔가 숨기고 안 가르쳐 주는 양 대들었다. 그래서 결국 쥐어 팰 수밖에 없었다. 그런데 원체 맷집이 좋은 놈이긴 했지만 반응이 좀 이상했다. 쓰러졌다 일어서면서 키득키득거리며 기분 나쁜 눈초리로 나를 쳐다보는 것이었다. 혹시 너무 맞아서 돈 게 아닌가 생각하던 중에 놈이 이런 말을 했다.

"이봐, 맹 영웅. 세상일이 네 생각처럼 녹록하게 돌아가지 않을 거라는 것만 알아두라고. 크크크. 강호사미라. 세명로에서 여급이나 꼬시던 너에게는 그리 쉽지 않아."

놈의 말에 왠지 기분이 나빠져서 몇 대 더 때렸다.

7월 10일.
팽 소저는 아직도 시 협사를 간호하고 있다. 시 협사의 내상이 빨리 낫

지 않으면 오 대 오 비무에서 크게 세가 불리하게 되므로 몹시 걱정이 된
다.

아침 식사 자리에서 함 노사에게 시 협사가 걱정된다는 말을 하자 갑자
기 옆에서 구병이가 어제와 같은 기분 나쁜 웃음을 터뜨리며 나를 곁눈질
했다. 그 눈초리가 하도 기분 나빠서 손가락으로 놈의 두 눈깔을 찔러 버
렸다.

놈이 두 눈을 감싸 쥐고 자빠지면서 탁자를 발로 걷어차는 바람에 탁자
위의 음식들이 함 노사에게 몽땅 쏟아져 버렸다. 그 덕택에 늘 웃음기가
머물러 있던 함 노사의 얼굴이 잠시 싸늘해지는 모습을 구경할 수 있었다.

아침의 소란이 정리된 후 구병이에게는 이, 삼식을 혼자 연습하라 이르
고 후원의 작은 연무장으로 가서 내공심법 수련을 계속했다. 그리고 한두
시진쯤 지났을까? 연무장의 문이 열리면서 대단히 키가 큰 여인이 들어왔
다. 얼추 육 척에 가까운 키의 소유자였는데, 보통 그 정도로 키 큰 여자들
이 둔해 보이는 것과는 달리 몸매가 탄탄하게 균형이 잡혀 있었고, 얼굴도
그 정도면 준수했다. 그녀는 들어서자마자 나를 발견하고서 말했다.

"당신이 일검탈명 맹정우인가요?"

내가 그렇다고 하자, 그녀는 다짜고짜 허리에 차고 있던 칼을 뽑았다.

"남궁세가의 남궁재영(南宮才英)이 비무를 신청합니다. 어서 칼을 뽑아
요!"

이 황당한 상황에 내가 적응을 못하고 있을 찰나, 뒤이어 팽 소저가 따
라 들어왔다. 그녀는 나를 보고는 얼굴을 붉히며 그 남궁재영이란 처자의
팔을 잡아끌었다.

"아이 참! 언니, 어딜 갑자기 달려가나 했더니 여기까지 와서 대체 무슨
짓이에요! 맹 소협한테 큰 실례잖아요. 빨리 나와요!"

팽 소저가 열심히 팔을 잡아당겼지만 남궁재영은 제자리에서 꼼짝도 하지 않았다.

"너는 가만있어. 나는 네 언니로서 이 사람이 네 신랑감으로 자격이 있는지 직접 알아봐야 하겠으니까!"

그 뒤로도 한참 설왕설래가 오고 간 후에야 그녀의 정체를 알게 되었다.

그녀는 무림맹 함 당주의 부인이 소개시켜 주겠다던 남궁가의 철심낭자였다. 무림삼봉 중에 강호사미에 유일하게 속하지 않은 여인, 그러나 딱히 박색이라 할 수 없는 용모로 여자 무인 특유의 중성적인 미는 나름대로 갖추고 있었다.

특이하게도 강호사미에는 속하되 삼봉에는 끼지 못하는, 상반된 처지의 팽 소저와 친자매같이 절친한 사이라고 한다. 그녀는 이번 비무에 팽가 측 무인으로 출전하러 온 거라 했다.

그녀는 시 협사를 무척 높이 평가하고 있는 모양이었다. 시 협사를 해치운 채가를 내가 가볍게 해치웠다는 것을 못 믿겠다면서 그가 다 잡아놓은 놈을 운 좋게 뒤처리한 것이 아니냐는 식으로 몰아갔다. 그쯤 되자 항상 하해(河海)와 같은 아량으로 여성을 내하는 나였지만 화가 나지 않을 수 없었다. 결국 비무에 응해 버렸고, 그 결과 오랜만에 여인을 울리고 말았다.

사실 여인을 여럿 울려본 나였지만 두들겨 패서 울린 것은 이번이 처음이어서 기분이 찝찝하다. 남궁 소저도 남궁 소저지만 팽 소저가 나를 여자나 두들겨 패는 놈으로 보지 않아야 할 텐데 걱정이다.

＊

"그 자식, 꼭 죽여 버릴 거야. 죽이고 말 거야!"

남궁재영은 침상에 엎드려서 이불을 두 손으로 움켜쥐고 잘근잘근 짓이기면서 원독에 찬 음성을 내뱉었다. 팽보옥이 시진의 용태를 살피러 가기 전까지 한참 동안 그녀를 달랬지만 머리끝까지 오른 분은 전혀 풀리지 않았다. 생각하면 할수록 분하고, 아주 음흉한 놈이었다.

아까의 비무 장면이 또다시 그녀의 머리 속에 그려졌다.

"검을 쓰지 않으실 생각인가요?"

그녀는 의아함을 감추지 못했다. 일검탈명이라는 별호를 가지고 있으니 검의 달인이라 생각했기에 자신도 검을 빼 든 것이었는데, 막상 상대는 맨손으로 자신의 앞에 서는 것이 아닌가.

"설마 하니 무슨 원수진 것도 아닌데 진검으로 승부하실 것은 아니겠지요. 그렇다면 맨손 박투가 낫지 않겠습니까?"

맹정우의 느물느물한 대답에 그녀는 고개를 갸웃거렸다.

"검객이 검을 쓰지 않겠다니, 설마 저를 경시해서 그러시는 건가요? 목검이라도 쓰도록 해요."

그러나 연무장 안에는 목검이 없었다.

"보옥아, 여긴 목검이 없구나. 앞쪽의 대연무장에 가면 있을까?"

팽보옥은 고개를 저었다.

"언니, 알다시피 우리 가문은 도법만을 써요. 연습도 실전에 가깝게 하기 때문에 날이 없는 무거운 철도를 쓰죠. 그래서 목검은 찾기가 힘들 거예요."

검과 도는 다른 병기이니 철도를 쓸 수도 없었다.

그 느끼한 자식이 다시 느물거렸다.

"남궁 소저 가문의 무공은 검법밖에 없나 보군요. 이거 야단났군. 팽 소저, 단도를 하나 주시면 뒤뜰의 나무를 잘라 재빨리 남궁 소저의 손에 딱 맞는 목검을 깎아 올리겠습니다."

"푸훗! 맹 소협, 농담도 잘하시네요."

팽보옥은 별로 웃기지도 않은 농담에 웃음을 터뜨렸고, 그녀는 왠지 맹정우에게 뒤처지는 것 같아 차고 있던 검을 집어 던졌다.

"좋아요, 남궁세가 권법의 무서움을 실감하게 해드리죠. 검을 사용했다면 힘 조절이 가능할 텐데 애석하게도 제 권법의 화후가 검법에 비해 한참 모자라니 맹 소협이 혹여 다치실까 걱정이 되는군요."

"하하, 별말씀을. 미인의 손에 상하는 것도 남자의 영광이죠."

그녀는 그 느물느물한 말투가 정말 싫었다.

그녀는 팽보옥과 친자매같이 가까운 사이인지라 팽보옥과 시진의 애틋한 관계를 잘 알고 있었다. 그리고 시진이 알려진 것 이상의 고수라는 것 또한 알고 있었기에 그가 이번 신랑 선발대회에서 도전자들을 다 꺾어버리고 당당히 팽보옥을 맞이하기를 진심으로 바랐다.

그녀는 대회 당일까지 이곳에 도착하려 했으나 집안에 갑자기 일이 생기는 바람에 그것을 해결하고 오느라 며칠 늦고 말았다. 그런데 팽가에 도착해 보니 시진이 있어야 할 자리에는 웬 기생오라비 같은 놈이 떡하니 자리를 잡고 있었고, 팽보옥이고 시진이고 거의 자포자기한 상태가 되어 있었다. 그렇기에 이 기생오라비에게 쓴맛을 보여 기를 죽여놓고 시진을 독려하여 이번 비무에서 맹활약을 하도록 도와주려는 것이 그녀의 의도였다.

자신의 의도대로만 된다면 어려운 사랑을 나누고 있는 두 사람이 연결될 가능성이 있었다.

'그러자면 일단 이놈을 떡이 되도록 패놔야지!'

각오를 다지는 그녀였지만 약간은 걱정이 앞섰다. 천풍검(天風劍)과 창궁무애검법(蒼穹無涯劍法)의 성취가 가문의 남자들을 압도하여 무림 삼봉으로 꼽히는 그녀지만 권각법은 수준이 그다지 높지 않았다. 어렸을 적에 배운 대연십구식(大衍十九式)의 기초 외에는 특별한 권법을 익힌 적이 없었다. 그러나 자존심 높은 그녀인지라 목검도 없다는데 계속 검으로 비무를 하자고 할 수도 없는 노릇이었다.

'경신법으로 혼을 빼놓은 다음에 적당히 몇 대 두들겨 주면 되겠지.'

남궁재영은 검법 외에 가장 자신있는 특기인 경공을 십분 발휘하기로 마음먹었다.

"자, 준비 다 됐어요. 덤벼요!"

그녀는 절도있게 기수식을 취했다. 맹정우도 그녀를 따라 팔을 들어올려 자세를 취했는데, 정말 그런 기수식이 있는지 의심될 만큼 허술한 자세였다. 꼭 억지로 싸우려는 사람 같았다.

'건방진 놈, 이가 몇 대 나가고도 그 따위 자세를 취할 수 있나 한 번 보자.'

남궁재영은 속으로 이를 갈면서 움직이기 시작했다. 남궁세가의 비전신법인 천리호정(千里戶庭)이 발휘되면서 그녀는 빠른 속도로 맹정우 주변을 돌기 시작했다. 그러다가 시야의 사각지대로 들어왔다고 생각하는 순간, 바람같이 그와의 거리를 좁혔다. 그리고 이제야 몸을 이쪽 방향으로 돌리고 있는 맹정우의 옆구리를 우권으로 강타하려는 순간, 왼쪽 볼에서 번쩍 하고 불이 일었다. 그리고 갑자기 천장이 보이고 하늘이 빙글빙글 돈다는 느낌이 들었다.

"언니, 괜찮아요?"

어느새 팽보옥이 달려와 자신을 부축하고 있었다. 그녀는 그제야 자신이 맹정우에게 뺨을 얻어맞고 나뒹굴었다는 것을 알 수 있었다.

"아이고, 이거 미안합니다, 소저. 제오식을 구사한 건데 소저가 너무 빨라서… 설마 뺨에 맞을 줄은 몰랐네요."

놈이 무슨 말을 하든 다 놀리는 것으로 들렸다.

"저리 비켜, 비무 중이야."

남궁재영은 팽보옥을 밀쳐 내며 벌떡 일어섰다.

그녀의 눈에서 불길이 일었다. 남자에게 뺨을 맞아본 것은 태어나서 오늘이 처음이었다. 놈에게 똑같이 해주지 않고는 오늘 밤 잠을 못 이룰 것이다.

"타앗!"

낭랑한 기합성과 함께 그녀는 다시 맹정우에게로 뛰어들었다. 순식간에 십여 권이 오고 갔다. 맹정우는 방어하기가 몹시 수월했다. 남궁재영의 공격이 얼굴 쪽으로만 십중뇌었기 때문이다.

'이거 쉬운걸.'

맹정우는 남궁재영의 다음 공격까지도 예측할 수 있었다. 연속으로 십여 초를 구사한 그녀의 좌권이 약간 느리게 다가오는 것이 기회였다. 바로 제삼식으로 들어가서 날아오는 좌권을 우수로 막음과 동시에 좌수로 팔목을 나꿔챘다. 그리고 곧바로 몸 쪽으로 끌어당겼고, 다가오는 그녀의 가슴을 향해 무릎을 내뻗었다.

'이키!'

팽 소저에게 색마 소리 듣지 않으려면 이 공격은 곤란하다는 생각이 머리 속을 번개같이 스치고 지나갔다.

"에라!"

그는 쳐올리던 무릎을 쭉 뻗어 발로 그녀의 허벅지를 걸어찼다. 그런데 남궁재영이 딸려오던 중에 한 발을 앞으로 디디는 바람에 허벅지를 찬다는 것이 정강이의 촛대 뼈를 걸어차고 말았다.

"아악!"

남궁재영은 날카로운 비명을 지르며 정강이를 부여잡고 나뒹굴었다. 촛대 뼈를 공력이 실린 발에 걸어채였으니 그 통증은 어마어마했다. 그나마 맹정우가 차는 순간 힘을 약간 뺀 덕분에 뼈가 안 부러진 것이 다행이었지만 그녀는 그런 생각을 할 겨를이 없었다.

통증 때문에 머리 속이 새하얘졌고, 눈에서는 눈물이 줄줄줄 흘러내렸다. 실전에서 칼도 맞아본 적이 있는 그녀였으나 통증만으로 비교한다면 그때도 이에 비할 바가 아니었다.

"아이고, 이런. 구병이 약 먹일 시간인데. 팽 소저, 저는 이만 실례할 테니 남궁 소저를 돌봐주시기 바랍니다."

뒤가 구린 맹정우는 말도 안 되는 변명만을 남기고 잽싸게 사라졌다.

그로부터도 일각을 다리를 붙잡고 엉엉 울던 남궁재영은 간신히 몸을 추스린 후 맹정우를 찾기 시작했다.

"보옥아, 그놈 어딨어, 응? 어딨어?"

"언니, 맹 공자 벌써 가셨어요. 비무도 끝난 셈이니 이제 진정하세요."

"지금 이게 진정할 일이니!"

그녀는 말리는 팽보옥을 뿌리치며 바닥에 내려놓았던 검을 뽑아 들었다.

"이건 무효야! 사기꾼 놈이 지가 자신있는 권각으로 비무를 하자고 해서 속은 거야! 검으로 다시 해야 해!"

그녀는 분을 참지 못하고 쩔뚝거리며 연무장을 나서서 맹정우를 찾아다니기 시작했다. 맹정우는 숙소고 어디고 어느 곳에도 없었고, 그녀는 미친 듯이 펄펄 뛰었다. 결국 팽주현과 팽유병까지 나서서 달래고 나서야 간신히 진정될 수 있었다.

그러나 숙소에 들어와서 혼자 있으면서 아까 일을 생각하니 또다시 분통이 치밀어 올랐다. 별호가 철심낭자인 그녀가 이렇게 흥분을 해본 적 없었다.

가문의 같은 연배의 남자 형제들보다도 성취가 빨랐던 그녀이고, 그 성취는 실전에서도 훌륭하게 발휘되었기 때문에 누구한테 이렇게 비참하게 깨져 본 적도 없었다.

그녀가 생각하는 패배의 원인은 순전히 자신없는 권각법으로 대련했기 때문이다. 상내를 경시했기 때문일 수도 있지만, 그보다는 그 음흉한 놈의 속셈에 말려든 것이 주원인이다.

'그래, 어디로 도망갔는지는 몰라도 내일 아침에는 볼 수 있겠지. 그때가 네 제삿날인 줄 알아라.'

밤새 그녀의 숙소에서는 뿌드득뿌드득 이를 가는 소리가 새어 나왔다.

*

"아우, 몸은 좀 어떤가?"

"걱정 마십시오, 형님. 내일 비무에는 전혀 지장이 없을 정도입니다. 이렇게 일어난 걸 보면 아시지 않습니까?"

"비무 건에 대해서는 무리할 것 없네. 맹 소협도 있고 하니까 이제야 내상이 치유된 자네가 나서지 않아도……."

시진은 자신의 앞에 있는 팽주현을 똑바로 바라보며 말했다.

"형님, 그리 말하시면 정말 섭섭합니다. 이 시진, 제 한 몸의 안위를 위해 은인을 저버리는 짓은 하지 않습니다. 다섯 번 승부를 해야 하는 비무입니다. 지금 한 명이 아쉬운 상황에서 제가 빠져 버린다는 것은 한 번의 승부를 아예 포기한다는 말이 되는데, 나머지 시합에서 필승을 자신하시는 것입니까? 그러하신 것이 아니라면 그 말씀은 거둬주십시오."

팽주현은 착잡한 표정을 지었다. 나머지 시합에서도 필승은커녕 반타작도 어려웠다. 팽가에서 예상할 수 있는 가장 좋은 결과는 맹정우와 시진이 석태곤을 제외한 나머지 인물과 붙어 이 승을 거두고, 팽유병이 역시 석태곤을 제외한 다른 사람과 붙어 승리하는 것이다.

팽주현 자신이야 나서긴 하겠지만 스스로도 필패(必敗)인 것을 알고 있었다. 그럼에도 불구하고 시진에게 이런 얘기를 하는 것은 그에게 너무 미안했기 때문이다. 강호 출도 초기에 다소 어려워하는 시진을 약간 후원해 준 것뿐인데, 그는 그 사소한 은혜를 갚기 위해 남들이 다 떠나 버린 이 기울어가는 세가를 끝까지 지켜주고 있었다.

"시 아우, 내일 비무가 어떻게 끝날지 모르지만… 우리의 승리로 끝난다면 이 우형(愚兄)의 부탁을 한 가지만 들어주게."

"말씀하십쇼."

"전에도 얘기한 적이 있었네만… 이 우형과 정식으로 형제의 연을 맺는 게 어떻겠나?"

"의형제… 말씀이십니까?"

"그렇네. 내 비록 자네 같은 호협(豪俠)의 형 노릇을 하기에는 너무도 부족한 놈이지만 한번 기회를 허락해 주겠나?"

"원, 형님도 별말씀을 다 하십니다. 다만……."

시진은 말꼬리를 흐렸다. 그 역시 그간 팽주현과 쌓아온 교분을 생각한다면 의형제의 연을 맺는 것을 마다할 이유가 없었다. 그러나 순간적으로 머리 속에 팽보옥이 떠오른 것이다.

그는 이내 그 생각을 머리 속에서 지워 버렸다. 이미 번듯한 신랑감까지 나타난 마당이다. 더 이상 뭘 망설일 것이 있겠는가? 그저 숙부로서 그녀의 행복을 지켜보면 충분할 것이다.

"다만, 뭔가?"

"아닙니다. 다만 미루한 출신인 저 같은 무명소졸이 형님 같은 명문가의 자제와 의형제를 맺는다는 것이 형님께 누가 되지 않을까 생각하여……."

"예끼, 이 사람. 그런 소리 한 번만 더 하면 내 다시는 자네를 보지 않겠네. 자네는 나를 신분과 재력으로 사람을 판단하는 소인배로 보는 겐가?"

무심코 한 변명에 팽주현이 버럭 화를 내자 시진은 부랴부랴 그를 달래야 했다.

"하하, 형님, 진정하십시오. 이 부족한 의제를 앞으로 성심껏 지도편

달해 주시면 그런 헛소리는 안 하게 될 것입니다."

"오오, 그럼 허락해 주는 건가!"

"허락은요. 제가 영광인데, 분에 넘치게 감사할 따름입니다."

두 사람이 화기애애하게 손을 맞잡고 있는 사이, 방문이 열리면서 탕약이 올려진 쟁반을 든 팽보옥이 들어왔다. 팽주현은 두 사람을 보고 의아한 표정을 짓는 팽보옥에게 기쁜 목소리로 말했다.

"보옥아, 네 혼인에 이어 경사가 또 한 번 겹치는구나."

"무슨 일이 생겼나요, 아버지?"

"시 숙부와 네 아비가 정식으로 의형제의 연을 맺기로 했다."

팽보옥의 얼굴에 핏기가 사라졌다.

"의… 형제요?"

"그래, 진작부터 생각해 왔던 것이지만 시 아우가 그 얘기만 꺼내면 미적미적거려서 성사를 못 시켰었는데, 이제야 허락을 해주는구나. 참으로 기쁜 일이야. 뛰어난 사위와 출중한 동생이 동시에 생겼으니 이제 내일 비무만 승리로 이끌 수 있다면 팽가가 다시 한 번 부흥의 기틀을 마련할 수 있겠구나."

팽보옥은 흐뭇해하고 있는 팽주현에서 시진에게로 시선을 옮겼다.

시진은 그녀를 외면했다.

팽보옥은 이제야 자신의 혼인이 현실로 인식되었다. 남궁재영이 그녀의 맹랑한 계획을 실천하려 할 때 열심히 말리긴 했었지만, 실상 팽보옥 역시 소녀다운 구석이 남아 있어서 내일 비무가 벌어지면 시진이 멋들어진 활약을 펼친 후 당당히 자신을 달라고 아버지에게 말하리라 은연 중에 기대하고 있었다.

맹정우가 대회에서 우승하긴 했지만 시진과 비무를 한 것도 아니니 그 문제 역시 시진이 해결해 주리라 생각하고 있었건만, 현실에 있는 그녀의 마음속 연인은 사랑보다는 의리가, 파격보다는 예의가 더 어울리는 사람이었다.

그녀는 조용히 탕약을 탁자 위에 올려놓고 몸을 돌려 방을 나갔다. 그녀가 나간 문을 바라보는 시진의 눈빛은 말로 형용할 수 없는 복잡함을 담고 있었다.

제3장

영웅도 남녀상열지사(男女相悅之詞)는

해결하기 어렵다

쾅!

방문이 부서지는 듯한 비명을 내며 벌컥 열렸다. 아침 식사 중이던 함토리와 방구병은 그 소리에 약간 움찔하긴 했으나 크게 놀라지는 않았다. 어제부터 몇 번이나 발생했던 일이기 때문이다.

"그 자식 어딨죠?"

"소저, 집 무너지겠소."

"농담할 기분 아녜요. 그 자식 어딨어요?"

남궁재영의 닦달에 방구병은 어깨를 으쓱했다.

"우리도 궁금합니다. 어제부터 보이질 않으니, 혹시 내일 비무가 겁나서 도망갔는지도 모르지요."

"노부가 보기에는 남궁 소저가 무서워 도망간 것 같은데?"

남궁재영은 날카로운 눈으로 방 안을 살피더니 다시 문을 쾅 소리가 나게 닫고 나갔다.

방구병이 혀를 차며 말했다.

"저저, 성질머리 하고는. 강호 여인들은 다 저런가요?"

"글쎄, 일단 바늘이나 붓보다 칼을 드는 시간이 더 많은 여인들이니 일반 여성들보다는 아무래도 활동적인 성격이라 할 수 있지. 저 소저는 특히 유별난 편인데, 노부도 들은 얘기지만 남궁세가에서도 어지간히 골치를 썩고 있다더군."

"아니, 왜요? 그래도 무림삼봉의 수좌에다가 남궁세가의 세력 확장에도 혁혁한 공을 세웠다고 들었는데요. 그 뭐냐, 오행산 녹림도들과의 결전이라던가, 장강에서 벌어졌던 대묘파(大錨派)와의 격전에서 남궁가의 위명을 가장 떨친 이가 철심낭자 아닙니까?"

"그게 바로 문제라는 걸세. 강호란 곳의 모든 기준의 척도는 무공이라고 할 수 있지. 선악과 미추, 신분과 성별을 막론하고 강한 무인은 존중을 받기 마련인지라 일반 세상에 비해서 오히려 공평하다고 생각될 때가 있네. 여류 무인의 경우 역시 무공만 강하다면 능히 일파를 대표하는 무인으로 인정받을 수가 있지. 그러나 그것이 무림세가일 경우에는 얘기가 조금 달라지네. 세가라는 곳은 여타 문파의 공통된 목표인 자파 무공의 번영만큼이나 중요한 목표가 하나 더 있는데, 그것은 대를 이어야 하는 것이지. 자손을 이어가려면 후사가 중요하고, 무엇보다도 기둥뿌리로 성장해야 할 아들이 중요한 게 당연하지 않겠나? 그렇기에 모든 무림세가의 염원은, 대를 이을 사내자식이 있고, 또한 그의 무공 성취가 뛰어나야 한다는 것이네."

방구병은 그제야 알았다는 듯 고개를 끄덕였다.

"그러니까 노사의 말씀은, 철심낭자의 무공 성취가 저렇게 뛰어나

봐야 남궁세가에서는 별로 좋아하지 않는다는 말씀이시군요? 대를 이을 아들자식이 아니기 때문에."

"뭐 나쁠 일이야 있겠나? 다만 문제는 그녀가 너무 도드라지는 바람에 그녀 연배의 다른 도련님들의 기가 팍 죽어 있다는 것이지. 종손인 남궁정이 그녀에게 십 초를 버티지 못한다는 것은 세가가 있는 안휘 무림에서는 공공연한 비밀이네."

"그래도 팽가보다야 남궁가의 형편이 낫지 않습니까? 여기는 그나마 아들자식 없어서 정우 같은 놈을 데릴사위로 들이는 판인데."

"허허, 어디 사람이 자기 형편을 더 나쁜 쪽과 비교하나? 항상 더 좋은 쪽과 비교하며 스스로가 만든 불행에 몸부림치는 것이 인간의 숙명이지. 안 그런가, 팽가 데릴사위? 남궁 소저 떠났으니 이제 그만 나오게."

함토리의 말이 끝나자 침상 밑에서 맹정우가 굴러나왔다. 그는 옷에 묻은 먼지를 털어내며 말했다.

"그래서 그 계집애의 성질이 그렇게 나쁜가 보군요. 살다살다 저리 독한 계집은 처음입니다."

"선천적으로 지기 싫어하는 오기가 있었기에 저 정도 고수로 성장할 수 있었겠지. 그녀도 아들만을 대우하는 무림세가에서 성장했으니 그 뛰어난 자질을 가지고도 마음 고생 어지간히 하면서 컸을 거야. 자네가 이해하게."

함토리는 맹정우를 새삼스러운 눈초리로 바라보며 말을 이었다.

"그나저나 자네, 정말 대단하군. 남궁 소저가 남궁가의 독문검법인 천풍검을 십 성의 성취까지 이뤄냈다는 얘기를 들었네만, 만만치 않았을 텐데 대관절 얼마나 간단하게 제압했기에 비무를 다시 해야 한다면서 저리 날뛰는 건가?"

"하하, 제가 여인을 다루는 솜씨에는 좀 일가견이 있지요."

맹정우가 너털웃음을 터뜨리는 가운데 방구병이 한마디 덧붙였다.

"지랄한다."

맹정우가 방구병의 말에 주먹으로 답례하려 다가갈 즈음, 다시 방문이 열리고 여성의 목소리가 들려왔다.

"맹 공자, 잠깐 이야기 좀 할 수 있을까요?"

남궁재영인 줄 알고 덜컥했던 심장을 진정시키며 맹정우가 대답했다.

"물론입니다, 팽 소저."

두 사람은 후원에 있는 정자로 갔다.

맹정우는 가슴이 다시 급하게 뛰기 시작하는 것을 느낄 수 있었다.

팽보옥과 이렇게 단둘이 얘기하는 것은 처음이었다. 곁눈질로 그녀의 옆모습을 보니 역시 천하절색이었다.

꽤나 많은 여인을 접했던 그였지만 이런 미모의 여인은 접해본 적이 없는지라 처음으로 여인을 만나는 소년인 양 가슴이 두근거렸다.

정자의 자리에 앉은 팽보옥은 차분한 목소리로 말했다.

"시 숙부 간호 때문에 자주 찾아뵙지 못해서 정말 죄송해요. 내일 큰일을 치러야 하시는데 언니까지 귀찮게 하고… 많이 곤란하셨지요?"

"아하하, 별말씀을요. 의당 제가 할 일을 하는 것인데, 곤란하고 말고 할 게 있겠습니까. 팽 소저야 혼인을 한 이후에 얼마든지 볼 수 있으니 며칠 얼굴 못 봤다고 해서 못 견딜 정도는 아닙니다."

팽보옥은 살포시 미소를 띠며 말했다.

"그리 말씀하시니 정말 감사해요. 그런데 맹 공자."

"예, 말씀하시죠."

"공자께서는 사랑했던 사람이 있나요?"

"예?"

맹정우는 기대치 않았던 물음에 적이 당황했다. 그의 표정을 바라보던 팽보옥은 입술을 깨물며 잠시 망설이다가 말했다.

"너무 놀라지 마세요. 저희는… 혼인해야 할 사이이니 마음속에 비밀 같은 것은 없어야 한다고 생각해요. 그냥 솔직히 말씀해 주세요. 저도 그럴 테니까."

"사랑했던 사람이라……."

맹정우는 가만히 옛 여인들을 떠올려 보았다.

'한둘이었어야 말이지.'

맹정우는 고뇌하기 시작했다. 그 수많은, 눈물 없이는 들을 수 없는 구구한 사연들을 어찌 이 자리에서 다 풀어낼 수가 있겠는가(여기서 눈물이란 그 지저분한 얘기를 듣고 팽보옥이 기가 막혀서 흘릴 눈물을 가리키는 것이다).

팽보옥이 다시 말했다.

"너무도 간절히 사랑해서 그 마음을 잊지 못하는, 그런 사랑을 해보셨나요?"

"아니오, 그런 것은 전혀 못해봤습니다."

맹정우는 재빨리 딱 잘라 말했다.

여자랑 잔 뒤 한 시진 후면 그 여자 이름도 잊어버리는 그였으니 그런 절절한 사랑을 해봤을 턱이 없었다. 고로 이번 대답에는 거리낌이 없었다.

"그러셨군요……."

팽보옥은 어두운 낯빛으로 고개를 끄덕였다.

그걸 바라보던 맹정우는 이상한 낌새를 느꼈다. 여성의 감정 변화를 순간적으로 읽어내는 재주가 뛰어난 그의 감성이 이상 신호를 보내오고 있었다.

"팽 소저, 그럼 혹시 팽 소저께서는……."

맹정우의 다음 말은 정자 입구에서 들려온 천둥 치는 듯한 고함 소리에 묻혀 사라져 버렸다.

"여기 있었구나, 이 사기꾼 놈!"

팽보옥은 재빨리 일어나 기세 등등하게 칼을 뽑는 남궁재영의 두 손을 붙잡았다.

"언니, 부탁이에요. 지금 맹 공자와 몹시 중요한 얘기를 나누고 있는 중이니까, 언니 문제는 나중에 해결하도록 해요, 예?"

"그럴 거 없어! 어차피 이놈은 나와의 비무가 끝나면 걷지도 못할 테니까 그때 가서 차분히 옆에 앉아서 몇 시진이고 담소를 나누라고! 이 사기꾼 놈아, 당장 칼을 뽑아라!"

그때 그녀의 뒤에서 들린 나지막한 부름이 그녀의 움직임을 멎게 만들었다.

"재영아."

누군가가 정자 위로 성큼성큼 걸어 올라왔다.

"패… 팽 숙부."

그는 바로 팽주현이었다.

"내 어제도 그리 알아듣게 설명했건만, 또다시 이래서야 쓰겠느냐? 네가 항상 우리 보옥이를 친동생처럼 돌봐줘서 늘 고마웠고, 나 역시 너를 친딸처럼 생각해 왔으나 어제 그 소란도 모자라서 오늘까지 이러는 것을 보니 약간 실망스럽구나."

남궁재영은 고개를 푹 수그렸다. 그녀는 괄괄하기 그지없는 성정을 가졌지만 팽주현에게 유달리 약했다. 그녀가 팽가를 즐겨 찾는 것은 좋아하는 팽보옥을 만나는 것이 주목적이었지만, 그 다음으로 좋아하는 사람이 팽주현이었다.

남궁세가의 점잔 빼는 어른들이 아들만을 유독 편애하는 바람에 자신이 노력한 만큼의 칭찬이나 관심을 못 받고 자란 그녀는 무인답지 않은 너그러운 성정의 팽주현이 팽보옥을 보러 오는 자신을 반갑게 맞아줄 때면 그에게 자신의 아버지에게서 찾기 어려웠던 부정(父情)을 느끼고 있었던 것이다. 그렇기에 그런 팽주현에게 꾸중을 듣자 그녀는 당황하여 어찌할 바를 몰랐다.

"그리고 야단칠 게 하나가 더 있다. 보옥이한테서 들은 얘기다만 내일 비무에 참여하겠다고 했다면서?"

남궁재영은 수그렸던 고개를 번쩍 쳐들고 말했다.

"숙부, 그것만은 거설하시 말아주세요. 제 무위가 어느 정도인지는 아시지 않아요? 충분히 도움이 될 수 있을 거예요."

그녀의 음성은 방금 전까지와는 달리 진중해져 있었다. 세가에서 느끼지 못했던 잔정을 이곳에 와서 많이 받을 수 있었던 그녀기에 이번 일에 꼭 힘을 보태고 싶었던 것이다. 그러나 팽주현의 음성은 더욱 딱딱해졌다.

"절대로 그럴 수는 없다."

"숙부!"

"네가 우리 식객이었다면 나 역시 세가 불리한 상황에서 거절은커녕 먼저 도움을 청했을 것이다. 그러나 너는 남궁세가의 식구가 아니냐? 팽가가 힘이 없어서 남궁세가에까지 손을 벌렸다고 세상 사람들이 손가락질할 것을 생각해 보아라. 그리고 행여 네가 비무에서 몸을 상하기라도 한다면, 내가 너희 가족들을 볼 면목이 있겠느냐? 그러니 쓸데없는 소리 말고 오늘 집으로 돌아가거라. 비무 결과가 궁금하면 내일까지 보옥이와 함께 이곳에 머물던가."

"남궁세가가 뭐 어때서요. 저는 황룡문의 처사가 부당하다고 생각되어 팽가를 도우려고 하는 거예요. 협을 세우는 일을 하려는데 제가 어느 곳의 소속인지가 그렇게 중요한가요? 그리고 설사 몸을 상하는 일이 있다 해도 그것은 제가 선택한 일이니 스스로 감당할 것이고, 숙부가 우리 식구들에게 미안할 것은 하나도 없어요. 숙부께서는 무림삼봉인 저를 아직도 어린애 취급하시나요?"

팽주현은 고개를 설레설레 저었다.

"너는 내 말뜻을 전혀 이해하지 못하는구나. 무림세가라는 곳은 사제지연으로 연결된 여타 문파와는 달리 혈연의 끈으로 자존하는 곳이다. 우리가 뭐 하러 사위 선발대회 같은 촌극까지 벌이면서 고수를 섭외하려 했겠느냐? 상황이 불리하다고 해서 여기저기에 힘을 구걸한다면 이미 그 가문은 무림세가로서 존재할 가치가 없어지는 것이다."

"비무에 패배한다면 그 가치를 따져 볼 기회조차 없을 텐데요? 제가 참여한다면 승리할 가능성이 한층 높아진다는 것을 알고 계시잖아요. 강호에서 가장 중요한 것은 명예보다는 승리 아닌가요?"

팽주현은 잠시 할 말을 찾지 못했다. 그녀의 말이 정곡을 찔렀기 때문이었다.

실상 그녀가 비무에 참가해 준다면 석태곤을 제외한 모든 황룡문인과도 해볼 만했고, 승률은 거의 절반 가까이 상승한다고 볼 수 있었다.

확실히 결투에서 가장 중요한 것은 승리이다. 그것이 명예로운 승리인지 아닌지는 일단 이기고 나서 따져 보는 것이 순서인 것이다. 패배자는 명예롭든 아니든 별 상관이 없다. 아무도 어떻게 패배했는지에 대해서는 관심을 가지지 않기 때문이다.

"그래도 안 된다."

우직한 그는 끝내 고개를 저었다.

그와 교분이 돈독한 그녀의 아버지를 생각해서라도 그의 딸을 그 위험한 비무에 참가시킬 수 없었다.

"벌써 출전할 사람도 확정해 놓았다. 아버지와 나, 시 아우, 맹 소협, 그리고… 남 총관이다."

"남 총관이요?"

가만히 앉아서 그들의 대화를 듣던 팽보옥이 벌떡 일어섰다.

"칠숙은 어쩌고요?"

"네 칠촌당숙 말이냐? 며칠 전부터 허리가 아프다고 깔딱깔딱하더니 어제 의원에 가서 아직 안 돌아왔다. 의원에서 전갈이 왔는데 허리가 삐끗했다고 침 맞으면서 며칠 요양해야 한다고 하더구나."

팽보옥은 어이없는 표정을 지었다. 평소에 큰소리치기 좋아하는 그녀의 당숙이 결국 제 말을 감당 못하고 도망친 것이다.

본래 그녀의 당숙 팽승현은 본가 소속의 무인이 아니었다. 먼 친척이 절강 쪽에서 경영하는 표국의 표두였는데 최근 악화일로를 거듭하는 본가 지원차 이곳에 투입된 인물이었다.

허풍이 심하긴 했지만 가주와 소가주를 제외한다면 개중 무공이 나은 편이었다.

"하지만……."

팽주현은 팽보옥의 말을 가로막았다.

"되었다. 나도 다 알고 있다. 어차피 놈이 참가를 하든 남 총관이 참가를 하든 별 상관이 없어. 나와 또 한 명은 바둑으로 치자면 사석(死石)인 셈이니. 어차피 필패(必敗)인 우리 둘의 유일한 목표는 석태곤이 비무 상대로 걸리는 거다. 둘 중 하나가 그를 물고 넘어지고, 나머지 세 비무에서 전승을 한다면 그걸로 충분하다."

팽보옥은 여전히 불안한 표정으로 말했다.

"하지만 남 총관이 무공을 익힌 적이 있던가요? 저는 그가 칼을 잡은 모습을 본 적이 없는데……."

"호신용 무공 정도는 익혔지. 명색이 무림세가의 총관인데 백면서생이겠느냐? 너 어릴 적에는 본가 훈련 일과에 참여하기도 했었는데……. 사실은 그를 뽑은 결정적인 이유는 그가 엄청 늙어 보이기 때문이다."

"……?"

"너도 알다시피 나하고 몇 살 차이도 안 나는 친구가 환갑은 넘어 보이는 생김새 아니냐. 게다가 무공도 형편없으니 절정의 고수인 황룡문인들이 설마 죽이기야 하겠느냐? 그러니 사석으로는 아주 제격이지."

듣고 있던 팽보옥과 남궁재영은 어이가 없었다. 아무리 팽가가 사람이 없다지만 이건 해도 너무했다. 만약 사위 선발대회가 없었다면 대관절 비무를 어떻게 이길 생각이었을까?

듣다 못한 남궁재영이 말했다.

"숙부, 그러지 마시고 저를 끼워 넣으세요. 지금은 우선 승리가 먼저예요. 그런 식의 요행을 바라는 작전으로 칠패의 일원인 황룡문을 이길 수 있다고 생각하세요?"

"글쎄, 안 된다. 이건 세가의 마지막 자존심이야. 아버지와도 이미 합의한 일이다."

그때 누군가가 헐레벌떡 정자로 뛰어들어 왔다.

팽주현이 그의 얼굴을 확인하고 말했다.

"장 집사, 무슨 일인가?"

장 집사는 가쁜 숨을 고르며 급히 말을 내뱉었다.

"소가주, 큰일 났습니다. 총관님이… 총관님이……."

"남 총관이 뭐 어쨌다는 건가? 침착하게 말하게."

"아무래도 장을 떠나신 것 같습니다."

팽주현은 어이가 없는 듯 코웃음을 쳤다.

"그 친구가 어디 갈 데가 있다고 여길 떠나겠나? 말도 안 되는 소리 말게. 측간이라도 간 걸 자네들이 못 찾은 거 아냐? 변비가 있어서 측간에 한 번 들어갔다 하면 나오기까지 몹시 오래 걸리는 친구잖아."

장 집사는 들고 있던 종이를 건네며 말했다.

"그런 게 아닌 것 같습니다. 방 안에 있던 옷가지 등이 없어졌고, 이런 쪽지가 있었습니다."

팽주현이 받아 든 쪽지에는 이런 글귀가 써 있었다.

가주, 소가주, 목숨 다할 때까지 모시지 못하고 떠나는 부덕한 소인을 용서하십시오. 내일 죽는다고 생각하니 고향에 두고 온 노모의 얼굴이 아른거려 차마 칼을 잡을 수가 없었습니다. 부모가 돌아가시기 전에는 목숨을 부지해야 하는 것이 자식 된 도리라고 생각하기에 어쩔 수 없이 팽가를 저버리고 고향으로 떠나오나 두 분께서 그동안 제비 베푸신 은혜는 죽는 날까지 잊지 않고 내세에 꼭 보답할 수 있도록 하겠습니다.

　팽주현은 쪽지를 와락 구기며 말했다.
　"이봐, 장 집사. 이 친구 십오 년 전쯤에 고향에 가서 약식으로 삼년상 치르지 않았나? 그때 분명히 모친상을 당한 것으로 아는데?"
　장 집사는 머리를 긁적였다.
　"글쎄 말입니다요. 저도 그렇게 알고 있습니다만. 그새 아버님이 새장가라도 드신 게 아닐까요?"
　"편모 슬하에서 자랐다는데 아비는 무슨……."
　팽주현은 코방귀를 뀌었다. 그렇게 아무 일 없을 거라고 열심히 설명했건만 겁을 집어먹고 내뺀 모양이었다.
　"이 일을 어쩐다……."
　난감해하던 그는 문득 시선을 돌려 장 집사를 새삼스레 바라보았다. 그리고 은근한 목소리로 말했다.
　"이봐, 장 집사. 자네 기운 좀 쓰지 않나?"
　"소… 소인이요?"
　장 집사는 화들짝 놀란 표정을 짓더니 대뜸 무릎을 꿇고 팽주현의 다리를 와락 껴안았다.
　"아이고, 소가주! 제발 목숨만은 살려주십시오. 저는 장가도 못 가보고 사지에 끌려가기는 싫습니다요."
　"자네 홀아비 아니었나?"
　"…그러니 새장가를 가야 합죠!"
　이 한바탕의 촌극을 보다 못한 팽보옥이 나섰다.
　"장 집사님, 진정하시고 일어나세요. 내일 어디에도 안 데려가요.

팽가장만 잘 지키고 계시면 될 거예요."

"아이고, 아씨, 고맙습니다요."

주저앉은 채로 팽보옥에게 연신 절을 하던 장 집사가 갑자기 생각난
듯 말했다.

"아참, 시 대협께서 아씨를 찾고 계시던데요?"

"시 숙부가요?"

팽보옥의 눈동자가 심하게 떨렸다.

그녀는 고개를 돌려 맹정우를 잠시 동안 응시하며 입술을 잘근잘근
깨물다가, 결심한 듯한 음성을 내뱉었다.

"맹 공자, 나중에 다시 찾아뵐 테니 그때 마저 얘기해요. 정말 죄송
해요."

그녀는 맹정우를 향해 몸을 구부린 후 몸을 돌려 정자를 나가 버렸
다.

남궁재영은 다시 한 번 팽주현에게 간곡한 어조로 말했다.

"숙부, 그 정도 고집 부리셨으면 됐잖아요? 아까도 말했듯이, 일단
이기는 게 가상 중요한 것이니 제 말씀 들으세요."

"어허! 글쎄 안 된대도……."

말꼬리를 흐리는 그의 음색에는 왠지 자신이 없어져서 갈등하는 빛
이 역력했다. 그는 겸연쩍은 듯 헛기침을 한 후, 아버님을 만나 상의해
봐야겠다는 말을 남기고 자리를 떴다.

시끌벅적하던 정자가 고요해지고 남궁재영과 단둘만이 남게 되자,
긴장한 맹정우가 재빨리 자리에서 일어섰다.

"아차, 이거 구병이 약 먹일 시간인데… 그럼 저도 이만……."

그는 급히 정자 밖으로 나가려 했으나 착 가라앉은 음성이 그를 붙

잡았다.

"맹 소협, 거기 서요."

"아니, 좀 바빠서……."

"이제 싸우자는 얘기 안 할 테니 다시 앉아봐요."

맹정우가 은근 슬쩍 눈치를 살피니 남궁재영의 안색은 그녀의 음색처럼 가라앉아 있어서 가까이 다가가도 죽이겠다고 칼 뽑아 달려들 것 같지는 않았다.

맹정우가 슬슬 눈치를 살피며 다가와 그녀의 앞에 앉자, 남궁재영은 입을 열었다.

"우선 어제와 오늘의 무례에 대해 용서하세요. 어찌 되었든 진 건 진 건데 억지를 부려서 미안해요. 더구나 내일 중요한 결투를 앞두고 계신 몸인데, 실례가 많았어요."

"아하하, 그럴 수도 있는 거지요. 충분히 이해합니다."

"단! 분명히 말씀드리지만 내일 비무가 끝난 후 공자의 몸이 성할 시에는 모레 다시 한 번 검으로 승부를 가리기로 해요. 물론 다치신다면 다 나을 때까지 기다리겠어요."

"하지만 그것은……."

맹정우는 거절하려 했으나 그녀는 칼로 자르듯이 그의 말을 딱 끊었다.

"그 얘기는 일단 내일 비무가 모두 끝난 다음에 다시 하기로 해요. 큰 행사를 앞두고서 그 뒤의 일을 가지고 심력을 어지럽히는 일은 둘 다 피해야겠죠. 단, 지금부터 제가 하려는 얘기는 아무리 내일 비무가 큰 행사라 하더라도 반드시 짚고 넘어가야 할 대목이에요."

맹정우는 고개를 갸웃거렸다. 이 성질 사나운 아가씨가 자신의 실추

된 자존심 회복보다도 우선 해야 할 게 뭐가 있을까?

팽보옥은 후원에서 본채 쪽으로 오는 길목에서 맞은편에서 걸어오던 시진과 마주쳤다. 잠시 아무 말 없이 팽보옥을 응시하던 시진은 뒤쪽 길로 걸어가기 시작했다. 팽보옥도 그가 어디로 가는 것인지 아는 듯 조용히 그의 뒤를 따랐다.

팽가장의 바로 뒤편에는 야트막한 동산이 하나 있다. 그 동산으로 향하는 작은 길가에는 여름의 화려함을 대변하듯 아름다운 꽃들이 만발해 있었지만 앞뒤로 몇 걸음 떨어져서 걷고 있는 두 사람은 서로의 벌어진 공간에 대한 아쉬움으로 인해 아름다움을 만끽할 여유가 없었다.

두 사람은 동산 중턱에 위치한 작은 빈터에 다다랐다. 이곳은 전망이 좋아 팽가장은 물론 그 앞에 펼쳐진 너른 초원과 저 멀리 상덕촌까지 한눈에 바라볼 수 있었다.

두 사람은 누가 먼저랄 것도 없이 약간 떨어진 곳에 위치한 두 개의 나무 그루터기에 각각 앉았다.

시진은 눈을 들어 짙은 초록으로 뒤덮인 초원을 바라보았다. 지난 몇 년간에 자주 왔던 공간, 자주 앉아 있던 자리, 늘 옆에 있던 사람과 함께 있는 지금이지만 눈앞에 펼쳐진 초록빛이 이질적인 것처럼 모든 것이 낯설었다.

팽보옥 역시 정면을 바라보고 있었다. 그녀는 육 년 전 겨울, 그녀가 열세 살 적에 이곳에서 있었던 일을 생각하고 있었다.

사람 사귀기 좋아하는 팽주현이 겨울을 지내고 갈 식객들을 한 뭉텅

이로 끌고 온 어느 저녁, 지금은 돌아가시고 안 계신 어머니는 거친 사람들하고 마주칠 것 없다며 접객당 근처에는 얼씬도 못하게 했다.

며칠 뒤 어느 아침, 밤새도록 함박눈이 펑펑 내렸다는 것을 확인한 그녀는 가끔 올라가던 뒷동산의 빈터로 쪼르르 올라갔다. 전망 좋은 그곳에서 새하얀 설경을 만끽하고 싶었던 까닭이다. 기대에 부풀어 올라간 그녀의 비밀 장소에는 웬 침입자 한 명이 벌써 자리를 잡고 있었다. 평소 숫기가 별로 없는 그녀였지만 자신만의 보금자리에 침범한 자에게 막무가내로 화를 냈고, 침입자는 순박한 얼굴을 붉게 물들이며 아무 말도 못하고 쩔쩔맸다. 어깨가 축 처져서 내려가는 침입자의 뒷모습을 보자니 왠지 안쓰러운 마음이 들어 부리나케 쫓아가 다시 손을 잡아끌고 빈터로 올라왔다. 그 이후로 그들은 밤새 함박눈이 내린 다음날 아침이면 약속이나 한 듯 그 장소에서 만났다.

침입자는 무남독녀에다가 내성적인 팽보옥의 좋은 친구가 되었다.

그는 매년 겨울마다 어김없이 식객으로 팽가장을 찾았고, 어머니가 돌아가신 이 년 전부터는 아예 초빙무사로 눌러앉았다. 그녀의 어머니가 작고했을 때를 기점으로 가세가 급격히 기울어 많은 식솔들이 세가를 떠나갔지만, 그는 끝까지 팽주현과의 의리를 저버리지 않았고, 팽보옥은 그런 그를 바라보며 점차 친밀한 감정이 사랑으로 바뀌어감을 깨닫게 되었다.

"아버지와… 의형제의 연을 맺기로 하셨다면서요."

침묵을 깨고 팽보옥이 입을 열었다.

"그래… 그렇게 되었구나."

시진은 더 이상 무슨 말을 해야 할지 알 수가 없었다. 그녀를 불러낸 것은 그였으나 막상 이렇게 얼굴을 마주치고 보니 복잡한 머리 속이 더욱 혼란스러워질 따름이었다. 나름대로 마음을 정리했다고 생각해서 부른 것인데, 실상은 그렇지 않았나 보다.

그 역시 과거를 회상하고 있었다.

육 년 전 처음 만났던 귀여운 소녀는 매년 다시 얼굴을 마주칠 때마다 부쩍 성숙해졌고, 겨울마다 팽 형님을 만나러 팽가를 방문하는 즐거움에 덤으로 끼어 있던 그녀와의 만남은 어느새 겨울을 기다리는 가장 큰 이유가 되어버렸다.

그리고 이 년 전, 팽가의 세가 기울고, 그녀의 어머니까지 지병으로 명을 달리하자 차마 그는 이곳에서 발길을 뗄 수 없었고, 급기야 황룡문과 창천보의 빈객 제의까지 물리치고 팽가의 초빙무사로 정착하고야 말았다.

팽주현과의 의리를 지키려 그리하였다고 늘 생각해 왔으나 이제 와서 생각해 보면 그 이유 때문만이 아니었던 것 같다.

그러나 이제 와서 그걸 깨달으면 무얼 할 것인가. 그녀 옆에는 이미 훌륭한 신랑감이 대기하고 있는데.

그는 쌍사곤에 맞았던 심장 어림을 가만히 쓰다듬었다.

팽주현에게는 다 나았다 말했지만 사실은 아직 오 할 정도밖에 내상이 치유되지 않았다. 이런 상태라면 내일 비무에서 목숨을 잃을 수도 있다. 그렇기에 마지막으로 팽보옥의 얼굴을 한 번 보고, 덕담이라도 들려주려 했다. 그러나 덕담은커녕 그녀의 신랑과 관련한 어떤 얘기도 입 밖으로 끄집어낼 수 없었다.

'그때 그렇게 쓰러지지만 않았어도……'

채가강과의 시합에서 암습당한 것이 못내 한스러웠다.

물론 비무를 앞두고 부상을 입었다는 것이 아쉽기도 하지만 신랑 선발대회를 다 마치지 못하고 쓰러졌다는 것이 더 더욱 아쉬웠다. 실상 그 역시 대회에 임할 때 마음속 깊은 곳에서는 입후보자들을 모두 꺾고 팽보옥을 차지하고 싶은 마음이 있었던 것이다. 그러나 암습을 받고 혼절했다 깨어난 후, 그녀의 옆에는 팽가가 원하는 신랑이 이미 나타나 있었다.

　누운 채로 맹정우를 바라보던 당시의 비통한 심경은 아직도 잊을 수가 없다. 차라리 맹정우와 건곤일척의 승부를 벌여 깨끗하게 패했더라면 이런 기분을 느끼지는 않았으리라.

　"보옥이가 며칠간 간호해 줘서 몸이 이렇게 쾌차되었구나. 정말 고맙다는 말을 하려고 했다. 팽가에는 늘 신세만 졌는데 이제 형님의 의동생으로 정식 식구가 되었으니 지금부터라도 열심히 갚아야겠지. 내일 비무는 너무 걱정하지 말거라. 내 몸도 다 나았고, 맹 소협도 있으니 승리는 문제없을 거야. 상권을 되찾고 나면 네 혼례도 성대하게 치를 수 있을 게다."

　그는 정리되지 않은 말들을 두서없이 쏟아낸 다음 자리에서 일어섰다. 도저히 이곳에 더 있을 수가 없었다.

　"잠깐만요, 시 숙부."

　급히 몸을 돌려 내려가려는 그를 절절한 음성이 붙잡았다.

　"여기까지 와서 하실 말씀이 고작 그것이었나요?"

　잠시 멈칫했던 시진은 다시 발걸음을 떼고 산 아래로 내려가기 시작했다.

　"시 숙부!"

　팽보옥은 자리에서 일어나 빠른 걸음으로 이제는 들은 척도 하지 않고 내려가는 그를 뒤쫓았다.

"숙부, 기다리세요!"

그녀는 뛰듯이 걸어서 앞서 가는 시진의 팔을 붙잡았다. 시진은 할 수 없이 몸을 돌리며 말했다.

"이쯤에서 그만 하자. 괜스레 여기까지 올라오게 한 것 같아 미안하구나."

팽보옥은 완강히 고개를 흔들었다.

"미안하다는 얘기는 듣고 싶지 않아요. 다른 얘길 해주세요."

"더 이상 우리 사이에 무슨 얘기가 필요하다는 것이냐? 너도 상황이 이렇게 되었으니 돌이킬 수 없다는 것쯤은 알고 있지 않느냐?"

"아뇨, 돌이킬 수 있어요."

팽보옥은 이제는 확신에 찬 목소리로 대꾸하고 있었다.

"내일이 지나면 모를까, 아직은 돌이킬 수 있어요. 신랑 선발대회의 목적이 뭐였지요? 비무에 참가할 사람을 뽑으려 했던 거잖아요. 아직 비무가 열리지 않았으니 정혼을 취소하고 맹 소협을 돌려보낸다면 얼마든지 돌이킬 수 있는 상황이에요."

시진은 말도 안 된다는 표정으로 고개를 저었다.

"그게 무슨 뜻인지나 알고 하는 소리냐? 맹 소협이 빠져나간다면 비무는 필패(必敗)야. 이번 비무에서 패한다면 팽가는 멸문할지도 모른다. 그래도 좋으냐?"

팽보옥은 한 발짝도 물러서지 않았다.

"저도 그리 생각했기에 신랑 선발대회를 수락했어요. 그러나 이번 비무로 잃을 것은 목화 운송권뿐 아닌가요? 그거 잃는다 해서 본가가 멸문할 거라고 생각하지는 않아요. 물론 아버지가 많이 힘드시겠지만……."

시진이 강경해진 목소리로 대꾸했다.

"보옥아, 정신 차려라. 우리는 지금 수성하려 싸우는 것이 아니다. 반드시 이겨서 그동안 잃었던 권리들을 다시 찾고자 하는 것이지 운송권을 지켜내려 하는 것이 아니야. 이미 팽가는 멸문지경에 처해 있어. 내일 비무를 승리로 이끌지 못하면 더 이상의 기회는 없다. 너 역시 그러한 점을 알았기에 대회를 수락한 것이고, 우리 모두 너의 희생에 크게 감읍하고 있었다. 그런데 이제 와서 그런 식으로 나와서 대회의 결과를 받아들이지 않는다면 우리가 잃게 되는 것은 상권이나 운송권 따위가 아니다. 팽가의 이름을 걸고 주최했던 일을 그런 식으로 마무리한다면 가문의 신의와 명예가 땅에 떨어지게 된다. 그것은 어찌 보면 이권보다도 더욱 큰 것을 잃게 되는 거란 말이다."

"팽가의 신의, 명예, 그런 것보다는 숙부의 신의가 땅에 떨어질까 두려워하시는 거 아닌가요?"

팽보옥의 말에 시진은 낯빛이 변했다.

"무… 무엇이?"

팽보옥은 슬픈 표정으로 말했다.

"무명지배일 때부터 거두어준 팽가인데, 이제 와서 그 은혜를 잊고 그 무남독녀를 몰래 취하려 한다는 오명을 들을까, 그게 두려워서 그러시는 거 아닌가요?"

"더 이상 대꾸할 필요를 못 느끼겠구나. 오늘은 날이 좋지 않은 것 같으니 얘기는 이쯤에서 끝내자."

몸을 돌리는 그의 뒤에서 처연한 음성이 들려왔다.

"예전에 어머니가 돌아가신 뒤에, 제가 이 세상에 혼자뿐이라고 울부짖을 때 숙부가 그러셨잖아요. 늘 제 옆에서 저를 지켜주겠다고. 자신의 모든 것을 바쳐서라도 지켜주겠노라 말씀하셨잖아요. 저는 지금 숙부를 위해서 모든 것을 던지려고 해요. 가문의 영화, 사랑하는 가족, 그들의 믿음… 숙부는 저를 위해서 그런 것들을 버리실 수는 없나요?"

시진은 잠시 머리 속이 멍해졌다.

분명 그는 그녀를 위해 모든 것을 바칠 수 있다고 말했고, 또 그렇게 생각해 왔다. 지금 그녀는 자신을 위해서 '신의'를 버리라고 한다. 팽주현과의 '의리' 또한 벗어던지라고 한다. 게다가 그녀는 요구하는 것뿐 아니라 그녀 자신도 그런 것들을 그를 위해서 버리려 한다.

이런 상황에서 어떻게 행동을 해야 한단 말인가?

한참을 침음한 시진은 무겁게 닫혀 있던 입을 간신히 열었다.

"팽가를 위해 목숨을 버리라면 얼마든지 버릴 수 있다. 또한 너를 위해 목숨을 버리라 한다면 몇 번이라도 버릴 수 있다. 너를 위해 세상의 조롱을 모두 들으라 한다면 죽을 때까지라도 들을 수 있다. 그러나 그 어떤 것을 위해서라도 내 신념을 버리라 한다면… 그것은 할 수가 없다. 신념이라는 것은 목숨 이상의 것으로라도 지켜야 하는 것이기 때문이다. 그게 없다면 이미 시진이라는 무인의 존재 가치는 없어지는 것이다. 지금 너를 따라간다면 은혜를 저버리고, 의리를 저버리고… 무엇보다도 신의를 저버리는 것이다. 협의와 신의를 죽을 때까지 지켜야 한다는 것은 칼을 처음 잡았을 때부터 가진 일관된 나의 신념이다. 그것이 없다면 시진이라는 무인도 없다. 만약… 그것을 버리고라도 네 옆에 있으라 한다면, 네 옆에 있게 되는 자는 마치 허물갈이를 한 뱀이 남겨두고 간 껍데기처럼 속이 텅 빈 인간일 게다. 그래도 좋으냐?"

잠시 동안이지만 길게 느껴지는 침묵이 흘렀다.

팽보옥은 아무 말도 하지 못했고, 무언(無言)을 대답이라 생각한 시진은 조용히 발걸음을 옮겨 동산 아래로 내려갔다.

팽보옥은 그의 뒷모습이 시야에서 완전히 사라질 때까지 가만히 바라보다가, '하아' 하고 한숨인지 울음인지 모를 탄식을 토해냈다.

그녀는 빈 껍데기라도 좋으니 그저 자신의 옆에 있어달라고 하고 싶었다. 그냥 자신과 어디론가 달아나자고 하고 싶었다. 그러나 그 얘기를 꺼내면 그가 더욱 괴로워할 것을 알기에, 자신 역시 행여 그가 좋다고 하면 무슨 일이 벌어질까 두렵기도 했기 때문에 차마 그 말을 할 수는 없었다.

그녀는 한 손을 얼굴에 대고 쏟아지는 눈물을 추스르며 무거운 발걸음을 옮겨 산 밑으로 내려갔다.

잠시 후, 두 사람이 서 있던 장소의 옆 풀숲이 부스럭거리더니 두 노소의 얼굴이 튀어나왔다.

"이거 굉장한 전개인데?"

함토리가 놀란 얼굴로 말했다.

방구병은 그럴 줄 알았다는 듯한 표정으로 말했다.

"헤헤, 저는 이미 이렇게 될 줄 알았지요."

"자네가?"

방구병은 가슴을 탕탕 치며 대꾸했다.

"그러믄요. 제가 눈치 빠르기로는 세명로에서도 유명했지요. 방 눈치 하면 다들 알아줬으니까요. 저는 벌써 대회 끝났을 때부터 저 두 사람이 수상쩍다는 것을 알아봤지요."

"그럼 노부한테 귀띔이라도 해주지 그랬나. 아무튼 안 되겠군. 뭔 일이 일어날지 모르니 일단 맹 소협에게 가봐야겠어."

함토리가 풀숲에서 나와 산 아래로 내려가려 하자 방구병이 급히 그를 잡으며 말했다.

"아니, 노사님! 저 무공 가르쳐 주시기로 해놓고 어딜 가시려구요?"

함토리가 답답하다는 표정으로 말했다.

"허허, 이 사람 참! 그깟 무공이야 나중에 시간날 때 얼마든지 가르쳐 줄 수 있지 않나? 지금은 우선 급한 문제부터 해결해야지."

"무얼 어떻게 해결하시게요?"

"자네도 보지 않았나! 팽 소저가 저리 울며 내려간 것을 보아하니 파혼이라도 일어날 듯한데, 맹 소협한테 먼저 말해서 어찌 되든 그것만큼은 막아야지."

"허허, 정보 취득은 탁월하신 양반이 정세 분석은 조금 모자라시구만."

방구병이 혀를 차며 말했다.

"하긴 노사님 연세가 있으시니 애정 문제에 대해서는 다소 둔하실 수도 있겠지요. 이해합니다."

"무슨 소린가?"

"자, 자, 아까의 마지막 대화를 잘 생각해 보세요. 분명히 시 협사는 신념을 버릴 수 없다! 그러니 너와 함께 도망칠 수 없다! 이랬고, 그 말에 팽 소저는 아무 대답 하지 못했지 않습니까? 그러니 두 사람은 더 이상 비밀스런 연인 관계를 유지하지 않겠다는 얘기고, 따라서 더 이상 사태가 악화되는 일은 일어날 리 없다 이 말씀이죠. 두 사람이 깨진 마당에 정우와의 혼례에 영향을 끼칠 일을 할 까닭이 있겠습니까?"

함토리가 방구병의 얘기를 듣고 보니 그도 그럴듯하긴 했으나 못내 아쉬운 듯 한마디 덧붙였다.

"그러나 아까 보니 팽 소저 표정이 장난이 아니던데… 행여 우발적인 행동이라도 저지르지 않을까 걱정되는데……."

방구병은 답답한 듯 가슴을 탕탕 쳤다.

"아, 글쎄, 이 방 눈치를 믿으시라니깐. 노사님이 내려가셔서 쓸데없는 짓만 안 하시면 어떤 문제도 일어날 것 없습니다. 일단 두고 보시라니깐요?"

함토리는 호언장담하는 방구병을 아니꼬운 눈초리로 쳐다보았다. 은근히 노사님이 어쩌구 하며 늙은이 취급하는 것이 영 마음에 들지 않았던 것이다.

가만히 쳐다보고 있자니 거드름 피우는 얼굴이 영 밉살스러워져서 한 대 때리고픈 욕망까지 솟구치는 것이 평소 좋지 않게 생각했던 맹정우의 방구병에 대한 구타가 일견 이해가 되기까지 했다.

*   *   *

7월 11일 일기.

내일 아침 일찍 비무 장소로 떠나야 하는지라 일찍 잠자리에 들었으나 결국 잠을 이루지 못하고 이렇게 붓을 든다.

남궁 소저에게 엄청난 소리를 듣고 말았다.

글쎄 팽 소저와 그 시가 놈이 그렇고 그런 사이라고 한다!

빌어먹을, 하긴 그 정도 미모의 여인을 여태 늑대 같은 사내놈들이 손을 대지 않았을 턱이 없지. 남궁 소저 얘기로는 '정신적인 교감'만 있는 사이라나 뭐라나 하더라만 그런 관계는 규방 처자들의 상상 속에나 존재한다는 것을 모를 맹정우님이 아니시다.

어쨌든 비통한 심정을 금할 길이 없다. 저녁 무렵 들어온 함 노사와 구병이 놈도 괜스레 나의 눈치를 살살 살피면서 꺽쩍은 소리나 해대는 것이 그들도 돌아가는 상황을 눈치 챈 모양이다.

누워 있자니 잠은 안 오고 팽 소저의 아름다운 자태만이 눈에 선하다. 이 상황을 어떻게 타개해야 할지 모르겠다. 오늘 잠은 다 잔 것 같다.

다음날 아침.

"호오, 양보하기로 하겠단 말인가?"

"네가? 어제저녁에 뭘 잘못 먹은 거 아니냐? 갑작스레 머리에 주화입마라도 걸렸나?"

믿기 어렵다는 반응을 보이는 두 사람의 작태에 잠을 못 자 퀭한 눈을 찌푸리며 맹정우가 대꾸했다.

"이거 왜들 이러시나. 풍류공자 맹정우, 늘 지키는 철칙이 있다면 임자 있는 여자 뺏지 않는다는 것인데."

방구병이 어이없다는 듯 손가락을 꼽으며 말했다.

"설마, 그 철칙 오늘 아침에 세운 거겠지. 내가 아는 것만 해도 승구 몰래 춘희 만났던 거, 석태 몰래 언년이 만난 거……."

거기까지 말한 그의 입으로 향해 날아온 맹정우의 일 권 덕분에 세 명로 풍류남아의 비리는 더 이상 밝혀지지 않았다.

함토리는 나뒹굴고 있는 방구병을 약간은 고소한 표정으로 바라본 후 맹정우에게 정색을 하고 말했다.

"좌우간 잘 생각했네. 일단 오늘 비무를 해결한 뒤에 파혼 문제는 천천히 의논해 보세나."

"비무라뇨?"

맹정우가 말도 안 된다는 듯 목소리를 높였다.

"양보한 것만 해도 억울해 죽겠는데 비무까지 참여하란 말씀이십니까? 어림도 없습니다. 대체 누구 좋은 일 시키려고 제가 목숨 걸고 그 싸움판에 끼어들어야 합니까?"

함토리가 다급한 표정으로 대꾸했다.

"이봐, 맹 소협. 자네가 이곳에 온 목적을 잊지 말게나. 자네는 두 세력 간의 중재를 하러 온 무림맹의 대리인이 아닌가? 비무에서 자네가 빠진다면 팽가는 필패일세. 그렇게 되면 팽가가 와해되고 황룡문이 득세를 하는 것은 시간문제이지. 그러므로 자네가 비무에 참가해서 승리를 거두는 것이 두 세력 간의 균형을 맞추는 데 꼭 필요하네. 또한 그렇게 일이 처리가 되어야 약속한 보상도 제대로 이루어질 수 있는 것이고."

맹정우는 코웃음치며 말했다.

"하북의 세력 판도가 어찌 변하든 간에 할 맘 다 없어졌습니다. 그리고 보상이라뇨? 천신도야 이미 제 수중에 있던 칼인데, 보상을 하고 말고 할 게 뭐가 있습니까? 설마 제가 그 제안을 거절했으면 뺏기라도 할 생각이었습니까?"

"허허, 이 사람 너무 성급하군."

함토리는 잘못 생각하는 거라는 듯 검지손가락을 흔들며 말했다.

"천신도 건이야 맹에서 오히려 자네 신세를 지는 것이지. 진짜 보상이 무엇인지 벌써 까먹었나? 팽 소저도 물 건너갔는데 이대로 좋은가 보지?"

그 순간, 머리 속을 뇌전처럼 스쳐 지나가는 강한 충격에 맹정우는 몸을 부르르 떨어야 했다.

무림맹이 약속한 보상은 천신도가 아니지 않았던가? 어떻게 이 중요한 사실을 잊고 있었는지 이해가 가지 않았다.

'아차, 여기서 포기해 버리면 팽 소저는 물론 나머지 두 소저까지 날아가게 되는 것인가!

함토리는 당황하는 맹정우를 바라보며 이제는 느긋해진 목소리로 말을 이었다.

"자네가 요번 사건에 최선을 다하지 않는다면 맹에서도 그 이후의 일에 대해서는 책임질 수 없네. 그 말인즉슨 다른 소저들을 맹의 주선으로 만날 생각은 꿈에도 하지 말아야 한다는 얘기지. 알겠나?"

은소예야 말은 안 했지만 이미 만나서 대사(?)까지 치렀으니 그리 아쉬울 것 없었지만 나머지 두 소저를 포기할 수는 없었다. 아직까지 진, 선, 미를 고루 갖춘 완벽한 여인은 없었던 것이다. 남궁재영은 말할 것도 없고, 팽보옥이 비교적 후보에 가까웠으나 일이 이렇게 되었으니 물 건너간 셈이다. 그리고 은소예는 어째 다시 만나면 좋을 것 같지 않다는 막연한 예감이 들고 있는 터라, 다른 두 소저는 필히 만나봐야 했다.

맹정우는 겸연쩍은 듯 헛기침을 한 후 입을 열었다.

"제가 잠시 본분을 망각했나 보군요. 무림맹의 대리인 역할을 소홀히 해서는 안 되겠지요."

"오오, 살 생각했네. 이해관계를 따나서 남을 돕는 것이야말로 영웅이 할 일이지!"

반색을 하며 침을 튀기는 함토리를 바라보던 맹정우는 갑자기 의문이 들어 물었다.

"함 노사님은 무림맹 소속도 아닌데 말씀하시는 걸 보면 꼭 그쪽 사람 같군요. 무림맹주랑 친인척 관계라도 되십니까?"

그 말에 함토리는 당황한 표정으로 얼른 대꾸했다.

"무… 무슨 소린가? 나도 대리자의 한 사람으로 보상을 약속받아 온 것이니 나름대로 무사히 완수하려 하는 까닭이지."

"그래요?"

맹정우는 미심쩍은 생각이 가시지 않았지만 곧 그 문제는 머리 속에서 잊어버렸다. 정작 중요한 문제는 따로 있었기 때문이다.

"아, 그리고 제가 아까 했던 말 다 취소입니다. 두 사람 머리 속에서 다 지워주시기 바랍니다."

함토리가 이해가 가지 않는다는 표정으로 물었다.

"취소라니, 뭘 말인가?"

"팽 소저 포기한다는 것 말입니다. 전 아무 말 안 한 겁니다."

방구병이 어이없어하는 표정으로 말했다.

"남의 여자 안 건드린다며?"

"미쳤냐? 목숨 걸고 비무까지 해야 하는 마당에 여자까지 포기하게?"

방구병은 그제야 알겠다는 듯 고개를 끄덕였다.

놈은 밤새도록 팽 소저와 비무를 저울질했을 것이다. 그래서 난 결론이 굳이 남의 여자가 될 가능성있는 처자 때문에 목숨 건 비무에 참여할 필요가 없다는 거였는데, 상황이 꼬여 남은 여인들마저 놓치게 될 형편에 이르자 잽싸게 말을 바꾼 것이 틀림없다.

그는 아니꼬움을 참지 못하고 소리를 버럭 질렀다.

"에라, 이 얍쌉한 놈아, 네까짓 게 무슨 영웅이냐. 동네 색한이지."

곧 이어 또다시 주먹이 오고 갔고, 비무 장소로 출발해야 한다는 하인의 전갈이 떨어진 후에야 방구병의 비명 소리가 멎을 수 있었다.

제4장

영웅은 시기가 무르익었을 때에야 비로소

제 실력을 드러낸다

영웅은 시기가 무르익었을 때에야 비로소
제 실력을 드러낸다

　태행산맥(太行山脈)은 산서성 진성현(晉城縣) 남방의 태행산을 주봉
으로 하여 남북으로 수천 리에 걸쳐 산서와 하북, 하남을 갈라놓는 중
원의 허리라 불리는 대산맥이다.

　그중에서도 산세가 험난하고 초목이 별로 없이 산짐승도 찾기 어려
운 변운봉(變雲峰)에는 평상시와는 달리 동이 트는 이른 아침부터 간간
이 사람의 모습이 눈에 띄고 있었다. 이곳으로는 잘 오지도 않는 사냥
꾼보다도 훨씬 날래게 산을 타는 사람들의 발걸음은 산 중턱에 깎아놓
은 듯한 분지를 향했다.

　"휘유. 이제야 도착했나 보군."

　팽주현은 숨을 골랐다.

　"팽 숙부, 저 건물들은 뭐죠?"

　그를 따라 막 분지에 올라선 남궁재영이 고개를 갸웃거리며 분지 끝

쪽에 위치한 낡아서 곧 무너질 듯한 건물들을 가리켰다.

"음, 저것은 예전에 이곳에 있던 도인들이 기거하던 도관이란다. 청운파라 불리던 도인들이었는데 무도를 추구하는 문파는 아니었고, 이곳의 지기(地氣)가 좋다고 하여 도관을 세웠는데 워낙 산세가 험준하여 찾아오는 사람도 없고, 산 아래로의 왕래도 불편하여 다른 곳으로 이관을 했다지 아마? 아무튼 한 십여 년 전부터는 아무도 살지 않는 곳이라는구나."

"그런데 왜 이런 곳을 하필 비무 장소로 고르셨어요? 덕택에 이곳까지 오는 데 하루를 꼬박 들였잖아요."

팽주현은 다소 무거워진 표정으로 대답했다.

"그건 이 비무에 세간의 이목이 집중될 것을 양쪽 다 원하지 않기 때문이다. 이번 비무는 그 결과에 따라 하북의 세력 판도가 결정되는 것이기 때문에 각계의 이목이 몰리지 않을 수가 없고, 황룡문과 팽가에 관련되지 않은 외부 세력까지도 이목을 집중할 것이 당연하기에 비무가 성립된 것 자체부터 철저한 비밀에 부쳤단다. 또한 이런 문제을 떠나서 황룡문이나 우리나 주축이 되는 무인들이 출전을 하기 때문에 진신공력을 드러내게 되었을 때 하북을 노리는 다른 문파들의 무인들이 그것을 보게 된다면 피차 좋을 것이 없지 않겠느냐?"

남궁재영이 고개를 끄덕였다.

하북은 경사로 가는 길목인 요충지이다. 당장 팽가의 세가 약해지자 총단을 천진에서 하남으로 옮겼던 개방이 다시 재이전하려는 움직임까지 보이고 있는 형편이니 보안이 철저해야 함은 당연한 일일 것이다. 게다가 강북칠웅의 두 사람이 맞부딪친다 하면 이들의 무공을 구경하려는 무인들과 분석하려는 무인들이 파리 떼처럼 꼬일 것은 당연지사니 주의에 주의를 거듭해도 결코 과하지 않은 문제인 것이다.

"보옥이네 일행이 좀 늦나 보군."

뒤이어 올라온 팽유병이 걱정스레 말했다.

"평탄한 길이니 아무래도 올라오는 거리가 길겠지요. 먼저 출발했으니 곧 도착할 것입니다."

팽주현은 그리 대답하면서도 혹시 눈에 띄지 않을까 사위(四圍)를 둘러보았다.

팽가는 자존심을 접고 남궁재영을 받아들인 상태였다.

남궁재영과 팽보옥이 의자매 같은 관계라는 점도 있었고, 유리한 고지를 점하고 있는 황룡문에서 그 정도는 용인해 주지 않을까 하는 기대감도 있었다. 그래서 남궁재영이 참가하자 팽보옥은 자신도 비무를 구경하고 싶다고 해서 따라오게 된 것이다.

그런데 팽가 일행 중 무공이 낮은 사람이 두 명—팽보옥과 방구병—있다 보니 빠른 길로 일찌감치 비무 장소에 도착해서 분위기를 익히려던 계획에 차질이 좀 생길 것 같아 산 아래에서 안내자를 붙여 이곳까지 올라오는 좀 평탄한 길로 먼저 보냈던 것이다. 그쪽에는 함도리와 맹정우까지 꼈는데 아직까지 도착하지 않고 있었다.

"저쪽에서 오나 봅니다."

시진이 봉우리 쪽을 가리켰다. 다들 시선을 그가 가리킨 쪽으로 돌리니 함토리 일행은 특이하게도 분지보다 높은 쪽에서 내려오고 있었다.

"어찌 된 일입니까? 길이라도 잘못 들으셨는지?"

두 일행이 조우하고 나서 팽주현이 묻자 함토리가 대답했다.

"아니외다. 안내를 맡은 조가가 그러는데 우리가 온 길로 청운궁에 도착하려면 반대쪽에 더 높은 데 위치한 별궁터를 지나와야 한다더군요. 그래서 그쪽 길로 온 겁니다."

"그랬군요."

"덕택에 하늘에서 우르릉거리는 소리를 훨씬 더 가까이서 들었소이다. 죄 많은 몸인지라 혹시나 천존께서 너 잘 걸렸다 하고 한 방 떨어뜨리시지 않을까 조마조마했소이다."

함토리의 농에 사람들은 웃음을 지으면서도 걱정스레 하늘을 올려다보았다. 먹구름이 잔뜩 몰려오면서 동이 틀 때만 해도 구름 사이로 보이던 햇살을 이제는 완전히 차단하고 있었다. 함토리 말처럼 간간이 뇌성이 들리는 것이 폭우가 한바탕 쏟아질 듯도 하였다. 비무할 때 비가 온다는 것은 상당히 곤혹스러운 일이다.

'외려 잘된 일일지도 모르지.'

팽유병은 편한 쪽으로 생각하려 애썼다. 세가 불리한 쪽에서는 변수가 많은 편이 더 유리할 수도 있다.

반 시진쯤 후, 황의를 입은 인물들이 분지 위로 올라오는 모습이 눈에 띄었다.

분지 위에 다 올라선 무리의 선두에 서 있는 매눈의 중년인은 여유로운 웃음까지 지으며 팽가 쪽에 포권을 취했다.

하북의 패자 황룡문의 문주, 강북칠웅의 일원인 황해일곤 석태곤이 드디어 모습을 드러낸 것이다.

두 세력이 대치하고 의례적인 인사를 나누는 와중에, 오늘의 중립 주관인인 개방의 원로 무어개(無魚丐)가 도착했다. 개방이 두 세력의 이권 다툼에 초연한 단체는 절대 아니지만 무어개는 수지청즉무어(水至淸則無魚:맑은 물에 고기가 살지 않는다)라는 고사성어에서 따온 별호처럼 협골인사가 많은 개방에서도 원칙주의자로서 유명했던 거지다. 이제는 은퇴해서 예전 총단이 있던 천진에서 후진 양성에 힘을 쓰던 와중에 팽가와 황룡문에서 논의한 끝에 비무에 대한 공정한 심사와 비밀 보장에 가장 적합한 인물로 추대되어 여기 참관인으로 오게 된 것이다.

물론 무어개가 입과 행동이 무거운 사람이라는 것을 믿기에 뽑은 것이기도 했으나 개방은 두 세력에 위치가 미묘했다.

무림맹 활동 당시의 옛정을 생각하자면 팽가가, 팽가의 약세로 인해 틈새를 노리는 이점을 생각하자면 황룡문이 더 가깝기 때문에 그런 뒷배경도 참관인으로 뽑히는 데 적잖이 작용되었다.

무어개는 양쪽으로 갈라서 있는 두 무리의 중앙에 서서 손짓으로 가까이 오라고 지시했다.

팽가 쪽에서는 팽주현과 결국 붙잡혀서 남궁재영이 거부됐을 때의 예비 후보로 따라온 팽승현이, 황룡문 측에서는 부문주인 황보승과 채담이 나왔다.

무어개가 카랑카랑한 목소리로 입을 열었다.

"다들 아시다시피 오 대 오 비무는 삼 승을 올리는 쪽이 승리를 거두게 되오. 이 경우 주의해야 하는 것이 바로 비무에 임하는 순서일 것이오. 양측의 명단을 일단 주시기 바라오. 다섯 명의 이름 앞에 숫자를 기재했소이까?"

양측의 사 인은 그렇다고 대답했다.

"좋소, 이제 노개에게 동시에 그 명단을 넘기시오. 그리고 제자리에 가 계시면 뒤에 있는 지필묵을 든 제자가 필사를 한 다음 다시 넘기겠소. 비무는 정확히 이각 뒤에 시작합시다. 순서를 정하는 방식은 간단하오. 노부가 가져온 일부터 오까지의 숫자가 하나씩 쓰여져 있는 다섯 개의 공을 주발에 넣고 돌린 다음, 눈을 가리고 하나를 뽑는 것이오. 뽑는 것은 노부가 아니고 한쪽에서 번갈아가며 한 명씩 나와서 자신의 상대를 고르는 것이오. 자신이 고른 번호의 상대와 싸우면 되는 것이외다.”

사 인은 가지고 온 명단을 무어개에게 넘기고 자리로 돌아갔다. 무어개는 신중한 태도로 명단을 살펴본 후, 뒤에 대기하고 있던 두 제자에게 넘겼고, 그들은 부지런히 필사한 뒤 양측으로 필사한 종이를 가져갔다.

잠시 후 황룡문 측에서 작은 소요(騷擾)가 일었다. 결국 무어개가 있는 중앙으로 아까 전에 왔던 사람들이 다시 모였고, 뒤이어 몇 사람이 더 달려나왔다.

격론을 주도하고 있는 것은 황룡문의 실질적인 두뇌 역할을 맡고 있는 부문주 황보숭이었다.

“아직 식도 올리지 않았다는 데릴사위는 많이 봐줘서 끼어준다손 쳐도, 엄연히 같은 오대세가 중 하나인 남궁세가의 사람을 데려다가 팽가 대표로 세운다니, 팽 소가주, 우리 황룡문은 부를 사람이 없어서 우리만 온 줄 아시오?”

팽주현은 머뭇거리며 대꾸했다.

“미처 말씀을 못 드렸소만, 우리 보옥이와 재영이가 의자매를 맺은 사이라오. 그러니 한 식구라 봐줘도 되지 않겠소이까?”

“그게 말이나 되는 소리라고 정녕 생각하시는 게요?”

황보숭은 목소리를 높였다.

“좋소, 그런 식으로 나오겠다면 우리도 폭풍마번 편 대협을 다시 모셔오겠소. 무어개 어르신, 의형제를 데려와도 좋다는 조항이 있었는지 미처 몰랐으니 날짜를 다시 잡는 것이 좋겠군요."

무어개는 귀찮다는 듯이 말했다.

"꼭 그리하여야겠소? 어차피 황룡문 쪽이 승산이 있다는 것은 누가 봐도 아는 사실인데……."

그는 팽주현에게로 고개를 돌렸다.

"팽가에서 양보하시는 게 어떻겠소? 비무에 의형제, 의자매를 참가시킨다는 규정이야 없지만 지금은 워낙 특수한 상황이니… 노개가 보기에도 식도 올리지 않은 사위에 언제 맺어진 지도 모를 의자매는 다소 무리가 있어 보이오만."

그 말에 황보숭의 얼굴이 밝아지고, 팽주현의 얼굴은 새파래졌다. 원칙주의자로 소문난 무어개가 이런 식으로 나오게 된다면 볼짱 다 본 것이다.

"허허, 개방의 맑은 물에 땟국물이 흘러들었나 보구나!"

난데없이 날아든 소리에 무어개는 미간을 찡그리며 우측으로 고개를 돌렸다. 팽주현의 뒤편에 웬 일로일소(一老一少)가 서 있었다.

"당신이 말한 거요?"

"그렇소이다."

"당신 누구요?"

"함토리라 하오. 강호 친구들이 반가반가라 부르곤 하지."

함토리의 대답이 끝나자마자 잽싸게 방구병이 끼어들었다.

"저는 방구병이라고 합니다. 강호의 친구들이 '경천객(驚天客)'이라 부르지요!"

경천객은 지난 오 일간 맹정우에게 배운 무공을 익히는 것보다 곱절은 많은 시간을 투자하여 짜낸 방구병 자신의 별호였다. 몹시 기대를 하며 처음 선을 보인 별호였지만 애석하게도 그 자신 외에는 아무도 신경 쓰는 사람이 없었다.

무어개는 주름진 미간을 유지하며 다시 물었다.

"무슨 뜻으로 그런 얘기를 하는 게요?"

"협의지사가 많은 개방에서도 특히 두드러지는 원칙론자였던 무어개 어르신이 연세를 많이 잡수셔서 그런지 몰라도 그 공정한 언행이 다소 흔들리시는 것 같아 해본 말이외다."

무어개는 굳은 표정으로 말했다.

"무슨 말을 하고 싶나 본데 한번 해보시오."

"좋습니다."

함토리가 말을 마치고 헛기침을 한 번 하자, 방구병이 나섰다.

"제가 아는 바로는 황보 부문주께서는 황룡문의 창립 공신이십니다만 두 호법께서는 그렇지 않으신 것으로 알고 있습니다. 채 호법님은 오 년 전에 입문하셨고, 하 호법님은 일 년쯤 전에 황룡문에 몸을 의탁하신 것으로 아는데, 맞습니까?"

황보숭이 대답했다.

"그렇소, 그게 뭐 어쨌다는 거요?"

함토리가 말을 받았다.

"그리고 오늘 다섯 번째 비무자로 기재되어 있는 냉면철담(冷面鐵膽) 범승(范勝) 협사에 대해 묻고 싶소만, 대관절 언제 황룡문에 입문한 게요?"

"그런 것까지 일일이 설명해야 하오? 문도 가입 시기까지 출전 명단에 기입해야 하는지는 몰랐소만."

"그런 게 아니라 대답하기 곤란한 질문이라 그런 것 아닙니까?"

방구병이 말했다.

"제가 얼마 전에 소주에 갔었는데 그 지역의 구궁보의 재정 악화로 인해 거기 몸담고 있던 초빙 고수들이 대거 빠져나가는 사태가 벌어졌다더군요. 범 협사가 구궁보 소속이었던 것으로 알고 있습니다만. 그렇다면 아무리 빨라도 황룡문에 입문한 지 보름이 채 안 되었을 텐데요?"

황보숭의 안색이 살짝 변했다. 설마 팽가 측에 이 정도로 무림 정세에 정통한 인물이 있었는지 미처 몰랐던 것이다.

범승은 소주 지역에서만 알려진, 이름에 비해 실력이 출중한 고수로 팽가에서 섬서영웅 맹정우를 데릴사위로 뽑았다는 말을 듣자 비무에 대비해서 급하게 영입한 무인이었다.

함토리가 무어개에게 말했다.

"뭐, 일 년 전에 입문했든 어제 가입했든 황룡문인이라고 강변한다면 별 트집을 잡을 생각은 없소만, 작금의 상황은 형평성에 너무 어긋나지 않소이까? 한쪽은 아무 때라도 자유자재로 영입한 고수를 대표자로 쓸 수 있는데, 다른 한쪽은 꼭 혈연관계가 아니면 자피 소속이라고 인정할 수 없다고 하니 말이오."

"그렇게 얘기한 적 없소이다. 우리는 분명히 빈객인 시진 협사에 대해서는 시비를 걸지 아니하였소."

황보숭의 항의에 함토리가 냉큼 응수했다.

"그렇다면 끝난 얘기 아니오? 빈객은 되고, 의자매는 안 된다는 법도는 또 뭐가 있겠소이까?"

두 사람의 설전이 심화될 찰나, 무어개가 진화에 나섰다.

"그쯤 합시다. 노개가 비무의 주관인으로 추대되어 이곳까지 오게 되었으니 노개의 판단에 따라주시길 바라오."

중인의 시선이 다시 무어개에게로 몰렸다.

"듣고 보니 함 협사의 말도 일리가 있소이다. 이 일을 다소 데면데면 처리하려 한 것 같아 여러분께 송구스럽소이다. 지금 문제가 되는 것은 역시 남궁 소저인데, 함 협사의 말씀대로 세가의 불리한 특성을 어느 정도 감안하여 의자매도 한 식구로 인정을 하겠소."

"하지만……."

황보숭이 뭐라고 말하려 했으나 무어개가 손을 들어 말을 막았다.

"말 아직 끝나지 않았소. 노개가 구파일방 소속이라 이런 말을 한다고 생각할 수도 있겠으나 최근 이른바 칠패라고 칭해지는 세력들의 무분별한 고수 영입을 보고 있자면 썩 마음이 편치가 않소이다. 엄연히 문파에는 계승해야 할 무공이 있고, 정신이 있는 법인데 그것을 외면한 채 단지 이권과 세력 확장을 위해 고수 영입에만 열을 올린다면 잇속에 물불을 가리지 않는 장사치와 다를 바가 뭐가 있겠소? 물론 팽가의 비무자 명단은 다소 억지스러운 점이 없지 않으나 입문한 지 일 년이 채 안 된 사람이 둘이나 포함된 황룡문의 경우 역시 그리 타당하다고 보기 어렵소. 그래서 주관인의 재량으로 양쪽의 불합리한 점을 묵인할 테니 이 명단대로 비무를 하기로 합시다."

그 말에 팽가 측의 표정이 밝아졌으나 황보숭은 물러서지 않았다.

"그렇다면 우리도 문주의 의형제인 편 대협을 불러오겠소. 의형제가 허용된다는 조항을 이제야 알았으니 우리 역시 그 조항을 활용할 권리가 있지 않겠소이까? 어디 누구 발이 더 넓은지 한번 해봅시다!"

"그 정도로 끝내게."

팽가 측에서 뭐라고 대꾸하기도 전에 날아든 목소리에 중인의 시선이 그 발원지로 향했다. 어느 결에 왔는지 매눈의 중년인, 황룡문주 석태곤이 황보숭의 뒤에 서 있었다.

"문주님……."

"주관인인 무어개께서 무분별한 고수 영입이 탐탁지 않다고 하시는데 어쩌겠나? 전통의 구파일방의 원로께서 그리하다 하시면 전통없는 우리야 찍 소리 말고 '네' 하고 따라야지. 나도 노개의 고명하신 식견을 듣고 보니 이 자리에 편 아우가 없다는 것이 아쉽기 그지없네 만, 그것 역시 비무의 규칙을 몰랐던 전통없는 우리의 잘못인데 누구를 탓할 것인가? 이제 와 무를 수 없는 노릇이니 없는 사람 찾지 말고 우리끼리 해봐야지 어쩌겠나."

그 말에 무어개가 발끈했다.

"석 문주, 노개의 처사가 공평치 않다고 생각한다면 더 이상 비무를 주관할 생각 없소이다. 다른 주관인을 찾아보든지, 주관인 없이 이 자리에서 두 세력이 드잡이질을 하든지 마음대로 하시오!"

"허허, 진정하시구려. 무어개께서 말의 속뜻을 너무 확대 해석하시는 것 아니오? 본좌는 분명 결성에 순종하겠다는 뜻을 표한 것이외다."

찔끔한 석태곤이 한발을 뺐고, 결국 처음 명단대로 비무를 하기로 결정되었다. 황룡문에서 어느 정도 양보한 셈이 되었지만, 실상 남궁재영이 참여한다 해도 여전히 황룡문의 확실한 우위가 점쳐지는 상황인지라 그 정도는 얼마든지 용인할 수 있는 여유가 있었기 때문에 이루어진 결과였다.

"함 협사, 정말 감사하오. 협사께서 거들어주시지 않았더라면 정말 어려웠을 상황이었소이다."

제자리로 돌아온 팽주현과 팽유병은 함토리에게 거듭 감사를 표했다.

"어, 결정적인 역할을 한 건 난데……."

방구병이 억울한 표정으로 중얼거렸다. 하서인이 일 년 전에 입문했다는 것은 함토리도 알고 있었지만 범승이 며칠 전에 입문한 것은 북평표국을 따라 소주에 갔다가 우연히 객잔에서 구궁보에서의 탈퇴를 주워들은 그가 유추해 낸 사실이었다.

누군가가 그의 뒤통수를 쓰다듬으며 말했다.

"수고했다, 경천객. 과연 하늘이 놀랄 기재로다."

"네놈의 칭찬은 별로 필요가 없다, 일검탈명. 머리에서 손 떼라."

둘이 놀고 있을 무렵, 드디어 첫 번째 비무를 시작한다는 무어개의 선언이 떨어졌다.

"황룡문에서 어느 정도 양보한 것을 감안하여 첫 번째 선택권은 황룡문에게 주겠소이다. 첫 번째 비무자가 나와서 공을 뽑으시오."

무어개의 말이 떨어지자 어린아이 몸통만한 도끼날이 달린 대부(大斧)를 든 칠 척의 거한이 황룡문 측에서 걸어나왔다.

방구병이 맹정우에게 말했다.

"저놈이 바로 혈부(血斧) 하서인이야. 항주에서 꽤나 날리던 놈인데 작년 이맘때쯤 석태곤이 천금을 주고 데려왔지. 돈으로 사 왔다는 소문이 퍼지는 바람에 황룡문 위신이 좀 깎이긴 했었지만 그 값은 하고도 남을 실력이라는 평이야. 외공으로만 따지자면 소림 무승 못지않다고 하더군."

맹정우는 줄줄 읊어대는 방구병을 신기다하는 듯 바라보았다.

"어이, 너, 방구병 맞냐? 포목 소매가도 곧잘 잊어버려 나한테 맞던

놈이 이쪽 계통에는 완전히 전문가네."

"흐흐, 이 몸이 비록 생계 유지를 위해 어쩔 수 없이 상계에 몸을 담고 있었으나 마음만은 항상 무림에 있었는데 이 정도야 기본이지. 너같이 소 발에 쥐 잡기로 명성 몇 푼 얻는 놈하고는 비교가 안 될 정도로 준비가 잘되어 있다 이 말씀. 고로 준비된 청년 영웅이라 이거지."

맹정우는 그 말에는 코웃음을 쳤다.

"이봐, 경천객. 포목 시세 잘 외운다고 해서 돈 많이 버는 거 아니듯이, 여기도 그 딴 거 많이 주워들어서 큰 소용 있는 동네처럼 보이지는 않는걸?"

"모르는 소리 마라. 시세를 알아야 준걸인 법! 포목도 시세를 잘 알고 매점 매석을 해야 하듯, 강호 역시 상대에 대한 정보를 어느 정도 파악하고 있는가는 자신의 생명까지도 좌우할 수 있는 중요한 문제라고. 너랑 붙는 놈이 어느 정도 센 놈인지, 또 무슨 무기를 쓰는지 아느냐 모르느냐에 따라 향후 결과는 생과 사로 갈라질 수 있는 것이니, 강호에서 넓은 식견을 가지고 있다는 것은 그 자체로 강력한 무공 하나를 더 갖춘 것이라고 봐야 해."

"어쭈?"

맹정우는 다시 한 번 놀랐다. 이십 년 가까이 동고동락하면서도 이 어리버리한 놈이 이렇게 말을 잘하는지 미처 몰랐다.

'하기사, 바보라도 자신이 관심이 있고 애착을 갖는 분야를 말할 때는 달변가가 되는 법이지. 내가 여자 얘기할 때 듣는 사람이 감탄하는 것과 비슷한 현상이군.'

그러는 사이, 하서인은 눈을 가리고 주발을 뒤적이다가 마침내 공한 개를 꺼냈다.

무어개가 공을 받아 들고 좌우로 보이며 말했다.

"하 호법은 3번을 뽑으셨소. 팽 소가주, 나오시오."

무어개의 말에 황룡문 측에서는 환호성이, 팽가 측에서는 탄식이 흘러나왔다.

"제길, 석태곤하고 맞붙었어야 하는 건데……."

팽주현은 안타까운 표정으로 말했다.

그는 어쨌거나 사석으로 나온 것이니 석태곤이나 최소한 부문주 황보숭하고 맞붙기를 바랐는데 다섯 명 중 서열 삼, 사 위 정도인 하서인과 맞붙게 되었으니 심히 안타까웠던 것이다.

"형님, 오히려 잘되었습니다. 하서인이 외공이 뛰어나 공격의 파괴력은 강하나 세기(細技)가 부족하니 허점을 찾아 공격하시면 승산이 있습니다."

시진 딴에는 격려하고 있었지만 스스로의 실력을 잘 아는 팽주현에게는 위험스러운 충고였다.

"시 협사, 그런 소리 할 거 없네. 무리하게 공격하지 말고 수비에 집중하다가 적당히 끝내거라. 무엇보다도 몸이 성한 게 우선이다."

팽유병의 말에 팽주현은 미묘한 미소를 지었다. 오랜만에 듣는 부친의 충고 속에 깃들어 있는 자신에 대한 염려가 느껴져서 기쁜 반면에, 스스로의 부족한 실력 탓에 아버지에게 걱정을 끼치는 것이 못내 부끄럽기도 하였다.

팽주현이 앞으로 나오자 무어개는 두 사람을 세워놓고 주의 사항을 얘기했다.

"아까도 말했지만 문파의 존망이 걸린 비무도 아니고 상권과 운송권을 걸고 하는 비무이니만큼 불필요한 피는 볼 게 없다는 것이 노개의 지론이오. 우발적인 살수가 일어난다면 어쩔 수 없겠지만 확실한 힘의 차이가 느껴질 때는 주관자의 재량으로 중단시키겠소. 물론 고수의 대결에서는 한쪽의 심장에 검이 틀어박히기 전까지는 승패를 알 수가 없다고들 하지만 노개 역시 강호에서 평생을 굴러먹은 만큼 심장에 검이 틀어박히기 직전에 그게 누구의 검인지 알아볼 정도의 식견은 있소이다. 그러니 판정에 대해서는 크게 염려하지 말고 비무에 임해주기 바라오. 그럼 시작하겠소."

두 사람은 삼 장을 격하고 포권을 취한 뒤 기수식을 취해 비무를 시작했다.

예상대로 하서인은 시작하자마자 혈부를 들고 멧돼지처럼 전진하며 무차별로 휘둘렀고, 팽주현은 오호단문도(五虎斷門刀)를 수비식 일변도로 구사하며 철저한 방어 태세를 갖추었다. 그러나 강력한 혈부의 공격에 결국 이십 초를 넘기지 못하고 칼을 놓치고 말았고, 무어개의 빠른 중단 선언으로 간신히 몸 상하지 않고 비무를 끝냈다.

두 번째 비무에 팽가 측에서는 남궁재영이 자청해서 나섰다. 분위기를 반전시키겠다고 나선 그녀가 뽑은 공 역시 3번이었다.

"남궁 소저가 뽑은 수는 3번이외다. 채 호법, 나오시오."

황룡문에서 나선 것은 좌호법 채담이었는데 그는 중원 전체를 통틀어 몇 안 되는 편(鞭)의 달인이었다.

남궁재영의 상대자로 채담이 지목되자 황룡문 측에서는 득의 어린 표정을 지었다.

편이라는 무기는 다루기가 무척 까다로워 병기의 특이성을 무기로 삼는 하류무인이나 병기 자체를 완벽히 파악한 고수가 아니면 쓰지 않는 무기였다.

일반 무인이 자주 접해보지 않은 무기이므로 상대하기가 무척 까다롭고, 젊고 경험이 적은 무인이라면 더 더욱 상대하기가 힘들다. 그렇기 때문에 황룡문에서는 채담의 상대로 내심 노련한 팽유병이나 시진이 아닌 젊은 맹정우나 남궁재영이 걸려들기를 바랐는데, 원하던 상대가 자청해서 걸려든 것이다.

휙— 철썩!

공기를 가르는 파공음에 이어서 땅과 접촉하여 파열음을 만들어낸 묵편은 살아 있는 뱀이 똬리를 트는 것처럼 어느 결에 채담의 오른팔에 휘감겨 들어 있었다. 다분히 기선을 제압하려는 기수식이었지만 남궁재영은 오랜만에 철심낭자라는 별호에 걸맞게 무표정한 얼굴을 유지하며 중단세를 취하고 있을 뿐이었다.

붕—

채담의 오른팔에서 검은 선이 쭉 뻗어 나오며 묵직한 파공음과 함께 호를 그리면서 남궁재영의 옆구리로 날아들었다.

남궁재영은 안광을 발하며 검을 우측으로 내리그었다.

묵편은 빠른 역공을 비웃기라도 하듯, 재빨리 빠져나가며 다시 채담의 오른팔에 감겨들었다.

남궁재영의 미간에 작은 주름이 잡혔다. 나이에 비해 실전 경험이 많은 축에 속하는 그녀였지만 편을 다루는 고수와 싸우는 것은 처음이었다. 예전에 창을 쓰는 자와 처음 대결할 때 무기의 사정거리 차 때문에 애를 먹었는데 편의 사정거리는 창보다도 더 길었다.

'장병의 약점은 안쪽으로 파고들수록 대응 속도가 늦어진다는 것!'

검으로 창이나 편을 이기려면 결국 그 첨단(尖端)의 공세를 넘어 안쪽으로 파고들어야 한다. 이런 싸움에서 거리를 좁힌다는 것은 곧 승리를 의미한다.

그녀의 발이 천풍신법(天風身法)을 구현하기 시작했다.

그녀의 경공은 세가 전체를 통틀어도 손꼽힐 만한 실력이지만 이 좁은 공간에서 단 일 보를 전진하기가 무척 힘들었다. 앞으로 한 발짝을 뗄 때마다 여지없이 공중을 가로질러 오는 검은 선이 그녀의 발목을 휘감아 채려 해서 번번이 다시 뒤로 물러서야 했다.

그녀의 전진 시도가 몇 번 실패로 인해 주춤하자 채담의 공격이 날아들었다. 묵편이 남궁재영의 팔방을 휘몰아치며 수십 개의 잔영을 만들면서 그녀의 시야를 어지럽혔다.

"저게 바로 암천폭우(暗天暴雨)인가 보군. 남궁 소저가 어렵겠는데."

함토리가 걱정스러운 어투로 중얼거렸다.

확실히 편은 경험이 일천한 젊은 무인이 상대하기에는 까다로운 병기였다. 남궁재영은 몹시 눈이 어지러움을 느꼈다.

시야를 온통 검은 선이 율동하며 뒤덮고 있었지만 실지로 그녀에게 가해지는 공격은 하나도 없었다. 그저 주위를 휘돌고 있을 따름인데, 잔뜩 긴장하며 공세를 기다려도 정작 타격이 없으니 반격도 할 수가 없었다. 그렇다고 이 상황에서 자신이 공세를 취한다면 팔방을 점유하고 있는 묵편이 바로 역공을 해올 것이니 이러지도 저러지도 못하는 형편이었다.

팟!

주변을 맴돌기만 하던 묵편의 첨단이 어느 순간 남궁재영을 스치고 지나가자 그녀의 왼쪽 허벅지 어림에 핏물이 들기 시작했다. 나름대로 철저히 방어를 하고 있었건만 주변을 맴돌다 순식간에 쳐들어오는 공격을 막아낼 재간이 없었다. 다시 두 번의 공격이 들어왔다 나갔고 그녀의 하반신에는 두 개의 상처가 늘었다.

남궁재영은 여전히 자신의 좌우상하에서 춤을 추고 있는 검은 선들을 노려보았다.

스치고 지나간 상처는 심각한 정도는 아니었으나 이 이상 공격을 허용한다면 하반신의 운용이 크게 저하될 것이다. 장병의 상대를 앞에 두고 속도가 떨어진다는 것은 곧바로 패배로 직결된다고 봐야 했다.

공격은 최선의 방어. 결국 역공을 무릅쓰고라도 선제공격을 해야 할 시점이다.

그 순간, 다시 한 번 검은 선이 무릎께로 날아들었다. 공격을 하려 집중력을 높이고 있던 시점인지라 검을 하방으로 회전시켜 적절히 차단시킬 수 있었다.

무릎께로 날아들던 묵편이 진로를 막아서는 검에 부딪치자 뱀이 먹이를 휘감듯이 검신에 친친 감겼고, 채담은 낚시에 걸린 대어를 낚아채듯 묵편을 끌어당겼다.

남궁재영은 검을 당기는 힘에 저항하지 않고 발을 차올려 천풍신법 중 순풍랍선(順風拉船)을 구사하며 채담과의 거리를 순식간에 좁혔다. 공세를 취하려는 순간 들어온 공격에 대한 지극히 적절한 역공이었다. 결국 펴려던 공세가 역공으로 전환되어 형세 전환의 기회를 잡은 것이다.

채담은 순식간에 거리를 좁혀드는 남궁재영의 기민함에 일순 당황했으나 노련한 고수인지라 곧 냉정을 되찾았다.

그는 남궁재영의 검신에 끝이 감겨져 있는 상태인 묵편을 오른팔에 삼 분지 일 정도 감았다. 그러자 남궁재영이 거리를 좁혀 뛰어드는 바람에 느슨해졌던 묵편이 다시 팽팽해졌다.

채담은 묵편이 감겨 있는 채로 정면에서 찔러들어 오는 남궁재영의 검에서 시선을 떼지 않고 있다가 지척에 다다랐을 때 순간적으로 옆으로 이동하며 그 예봉을 피했다. 그러고나서 오른팔을 끌어당기며 바싹 당겨진 묵편을 이용하여 남궁재영의 검을 낚아채려 했다.

남궁재영은 하마터면 검을 놓칠 뻔했으나 명문세가의 자제답게 기본기가 잘 닦여져 있는 그녀는 꽉 잡은 검을 놓치지 않았다.

서로의 병기를 끌어당기며 잠시 팽팽하게 대치하던 두 사람의 시선이 마주친 순간, 남궁재영은 승부수를 걸었다. 그녀의 검에서 푸르스름한 검기가 치솟았다.

"천뢰기(天雷氣)인가?"

함토리의 뇌까림이 끝나기도 전에 남궁재영이 다시 한 번 순풍랍선의 신법으로 채담에게 뛰어들었고, 채담은 또다시 측면으로 이동하면서 검을 잡아채려 오른팔을 당겼다.

그 순간, 그의 머리 속에 한줄기 불길한 예감이 스쳐 지나갔다. 아니나 다를까, 남궁재영은 그가 잡아당기는 반대편으로 검을 휘돌리고 있었다.

묵편은 특수한 재질의 가죽에 약물 처리까지 되어 있었지만 천뢰기가 실린 검에 두 고수의 반대 방향으로의 악력까지 더해진다면 토막날 것이 자명했다. 그는 급히 공력을 주입하여 검에 감긴 묵편을 풀어냈지만 이미 대처하기에는 너무 늦어 결국 끝 부분이 검에 엮였고, 묵철이 달린 묵편의 첨단이 잘려 나가는 것을 막을 수 없었다.

팽가 측의 환호성이 울려 퍼지는 가운데 승기를 잡은 남궁재영이 천뢰기가 실린 검을 휘두르며 공세를 가했다.

채담은 이제 이 장에서 일 장 오 척으로 짧아진 묵편으로 열심히 대응했으나 편을 다루는 데 가장 중요한 무게 중심인 첨단이 잘린 묵편은 더 이상 그의 기대대로 움직여 주지 않았다.

속도가 현저히 느려진 묵편은 천뢰기가 실린 장검에 의해 점점 짧아져 갔고 마침내 무어개가 중단 선언을 하기도 전에 채담이 포기 선언을 하기에 이르렀다.

"두 번째 비무, 팽가 승!"

기사회생한 팽가 쪽에 생기가 넘치는 반면 황룡문 측의 무인들은 벌레 씹은 표정을 지어야만 했다. 사 승은 기본이라고 생각했던 비무에서 벌써 패배가 생긴 것이다.

"남궁세가에 여걸이 한 명 나셨군. 설마 좌호법이 패할 줄이야……."

석태곤이 어이없다는 듯 중얼거렸다. 남궁재영이 두각을 나타내고 있는 신진고수이긴 했으나 채담의 명성에는 한참 못 미치는 터라 승리를 당연시했는데 정말 예상치 못한 결과가 나오고 말았다.

"변수를 감안하여 사 승을 예측한 것이니 괜찮습니다. 최근 급상승세인 일검탈명 맹정우를 제외하고는 우리 측의 절대 우세인데다가 사석인 팽주현을 문주님이 피하셨으니 더 이상의 변수는 없을 것입니다."

황보숭의 결론은 여전히 삼 승은 절대적이라는 것이었다.

황룡문에서 이번에 나선 것은 바로 황보숭이었다. 그는 자신의 예측을 확신하는 듯 자신있게 공을 뽑았다.

"황보 부문주는 2번을 뽑았소. 시진 협사, 나오시오."

황보숭은 걸어나오는 시진을 쳐다보며 만족스러운 표정을 지었다.

비무가 시작되자 황보숭은 빠르게 전진하며 시진에게 선제공격을 가했다. 그의 대도가 날카롭게 호선을 그리며 짓쳐들었다.

캉!

도와 검이 부딪치자, 시진은 비틀거리며 두 발짝을 물러섰다. 황보숭은 몸이 성할 때라면 자웅을 결해볼 만했으나 지금의 몸상태로는 견뎌내기 어려운 무위의 소유자다. 칼이 한 번 부딪쳤는데 벌써 내장이 울리기 시작했다.

"후후후, 성치 않은 몸으로 무리하시는구먼. 의리 하나로 팽가에 뼈를 묻으려 하시는 겐가?"

황보숭은 시진이 채가강의 암습에 당한 상처가 완전히 아물지 않았다는 것을 이미 알고 있었다. 그렇기에 삼 승을 자신있게 예상한 것이었다.

시진을 꺾고 나면 이빨 빠진 호랑이인 팽유병은 남은 누구라도 충분히 처리할 수 있는 상대였다.

"어떻게 된 게냐? 시 협사의 상처가 다 나았다고 하더니!"

심상치 않은 움직임을 보이고 있는 시신을 바라보던 팽유병이 팽주현에게 호통을 쳤다.

팽주현은 침통한 표정으로 말했다.

"계속 큰 상처가 아니라고 말하길래 다 회복된 줄 알았더니… 이 일을 어찌하면 좋겠습니까?"

시진은 공격 일변도로 나서는 황보숭에게 계속 밀려 아슬아슬한 위기를 벌써 몇 번이나 맞고 있었다.

보다 못한 팽보옥이 그녀의 부친과 조부에게로 달려왔다.

"당장 시합을 중지시키세요! 아직 내상이 다 낫지 않으신 게 분명해요. 이러다 죽겠어요!"

팽유병은 굳은 표정으로 잠시 침음하다 고개를 저었다.

"그럴 수는 없다. 지금 저 시합을 패하면 승산이 없어."

"아직 할아버지와 맹 공자가 남아 있잖아요!"

팽유병은 그의 손녀를 응시하며 침통한 어조로 말했다.

"미안하구나, 보옥아. 네 할아비는 더 이상 강북을 호령하는 무인이 아니다. 나이가 들면 들수록 현저하게 무위가 감소하는 것이 본가 무예의 특징인데 네 할아비 역시 그 한계를 극복하지 못했구나. 맹 공자가 아무리 뛰어난 신진고수라 해도 석 문주에게는 어려워. 작금의 석 문주를 당해낼 무인은 강호 전체를 통틀어 스물이 채 안 될 게다. 운이 좋다면 그가 석 문주를 피해 남은 한 명과 붙어 이길 수 있겠지. 그러나 네 할아비는 석 문주는 커녕 범승과도 손을 섞어봐야 승패를 알 수 있는 실정이구나. 결국 남은 두 시합에서 잘해야 일 승밖에 기대할 수 없으니 이번에 시 협사가 황보숭을 무찌르지 못한다면 이번 비무의 승리는 어렵다고 봐야 한다."

그러는 와중에도 시진은 계속 수세에 몰리고 있었다. 벌써 황보숭의 대도에 여러 군데 자상을 입고 적잖은 피를 흘리고 있었다. 그러나 한마디 신음도 없이 꿋꿋하게 자세를 유지하며 수비를 엄밀히 하고 있었다.

황보숭은 싸우다 말고 감탄한 어조로 말했다.

"의지가 정말 대단한 무인이로군. 팽가가 망하고 나면 우리 쪽으로 오시는 게 어떻겠소? 내 문주께 말씀드려 상석에 앉혀 드리리다."

평소 같으면 호통이라도 쳤겠지만 대꾸할 기력도 결투에 쓰려는 듯 시진은 입을 꾹 다물고 수비 자세를 취할 뿐이었다.

"주는 상을 마다하고 굳이 벌주를 받겠다면 소원대로 해드리지."

황보숭은 이쯤에서 끝내겠다는 듯 대도를 중단에서 약간 비스듬히 세웠다. 아지랑이 같은 도기가 그의 칼에서 피어오를 찰나, 벽력같은 기합성과 함께 시진에게로 달려들었다.

시진은 사선으로 날아오고 있는 장도를 뚫어져라 쳐다보았다.

황보숭의 내공이 가득 실린 장도를 검으로 막는다면 지금 내공이 현저하게 달리고 있는 상태인지라 검이 부러지던지, 내장이 진탕되어 쓰러질 것이다.

'최선의 방어는 공격!'

시진의 검이 땅과 수평이 되게 세워져 머리까지 끌어 올려졌다가 황보숭이 지척까지 접근했을 무렵 힘차게 뻗어 나갔다.

찔러드는 검은 대각으로 휘어 들어오는 장도를 피해 황보숭의 가슴께로 파고들었다.

'젠장, 동귀어진(同歸於盡)이로군!'

황보숭은 순간적으로 갈등했다.

이대로 장도를 휘누르면 시신의 몸통을 절빈온 끊어낼 수 있을 것이다. 그러나 자신의 가슴에 일검을 허용해야 한다. 물론 시진은 즉사할 테지만 장도가 파고들어 간 직후 가슴으로 들어오는 검에 자신도 상처를 입을 것이다. 가벼운 상처일 수도 있지만 재수가 없으면 치명상을 입을 수도 있다.

물론 도출되는 결론은 뻔했다. 압도적 우위를 점하고 있는 상황이니 상대를 확실히 죽일 수 있다고 해서 가슴에 일검을 허용하는 위험을 무릅쓸 이유는 없는 것이다. 이 기회를 놓치더라도 향후 기회는 얼마든지 있다.

황보숭은 뒤로 빠져 있던 오른발을 재빨리 왼발 앞쪽으로 이동시키며 그것을 축으로 몸을 틀어 몸통으로 향해가던 장도의 궤적을 바꾸어 찔러드는 검의 옆면을 때렸다.

챙!

그 순간, 황보숭의 눈에 득의의 빛이 스쳐 갔다. 급하게 공격 방향을 전환시킨 것이 외려 득이 된 격이어서 옆면을 때린 장도의 힘을 못 이긴 시진의 검이 반대쪽으로 돌아가면서 거기에 딸린 그의 몸까지 반쯤 회전하여 황보숭에게 등을 노출한 것이다.

결투에서 무인이 등을 보였다는 것은 곧 죽음을 의미한다. 황보숭의 장도가 망설임없이 시진의 등으로 파고들었고, 지켜보던 팽가 측 사람들은 차마 뒤이을 처참한 광경을 목도할 수 없어 두 눈을 질끈 감았다.

"아앗!"

황룡문 측에서 들려온 것은 탄성이 아닌 경악성이었다. 어찌 된 일인가 보려 팽가 측 사람들의 떠진 눈 역시 경악에 물든 채 크게 확대되었다.

중앙의 두 사람은 믿기 어려운 광경을 연출하고 있었다. 시진의 오른팔은 어깻죽지에서부터 잘린 채 이미 바닥에 굴러다니고 있었고, 황보숭의 왼쪽 가슴에서는 피가 줄줄 새어 나오고 있었다.

"크윽! 네… 네놈이!"

황보숭은 믿기 어렵다는 표정으로 자신의 가슴과 시진을 번갈아가며 쳐다보았다.

시진은 아쉬움이 절절하게 담긴 눈빛으로 황보숭을 마주 보고 있었다. 그는 황보숭의 반격을 역이용한 것이다. 등을 보이면서까지 빈틈을 허용한 뒤, 날아오는 장도는 신경 쓰지 않고 몸을 돌린 상태에서 오른손에 쥐고 있던 검을 왼손으로 옮기면서 자신의 몸 쪽으로 향하게 고쳐 쥐었다. 그리고 재빨리 몸을 틀면서 좌수의 검을 겨드랑이 밑으로 빼내며 뒤로 찔러 황보숭의 심장을 노린 것이다.

순간적으로 몸을 튼 덕분에 황보숭의 장도는 그의 오른팔만을 떨어뜨렸지만 그 역시 보지도 않고 가한 공격인지라 정확히 심장을 꿰뚫지 못하고 그 옆을 맞춘 것이다. 극적인 승리를 목전에 두었지만 결국 실패한 셈이다.

두 사람은 재빨리 상처 부위의 혈도를 봉쇄했다.

황보숭은 자신이 당한 상처를 받아들이기 어렵다는 듯 분노의 포효성을 내지르며 다시 시진을 공격했다. 다시 두 사람의 검과 도가 뒤엉켰다. 몇 번의 충돌이 일어난 후, 제대로 지혈되지 않은 상처 부위에서 다시 피가 흘러내리기 시작했다.

피 튀기는 싸움이 지속되었고, 논검비무는 바야흐로 혈투(血鬪)로 변모하고 있었다.

우르릉. 쾅!

잔뜩 찌푸렸던 하늘이 드디어 참지 못하고 고함을 질러내며 비를 뿌리기 시작했다.

순식간에 굵어진 빗방울은 두 사람의 몸을 타고 내려오며 피와 뒤섞여 비무장의 바닥을 서서히 붉게 적셨다.

양측의 사람들은 쏟아져 내리는 비는 신경도 쓰지 않고 처절한 혈투를 할 말을 잊은 채 바라보고 있었다.

지금의 상황은 어떻게 결말이 날지 예측불허였다. 내력의 운용은 여전히 황보숭이 우위였으나 피가 흘러내리는 양이나 상처 부위가 악화될 위험성은 시진이 적은 편이어서 황보숭의 기력이 시진을 누르느냐,

아니면 황보숭 스스로 쓰러질 때까지 시진이 버티느냐, 결론은 둘 중에 하나였으며 패하는 자는 죽을 것이 분명했다.

철컥!

수백 번을 조우했던 피에 물든 검과 도가 다시 부딪치는 순간, 사이에 끼어든 죽장이 두 무기의 충돌을 막았다.

"그만! 세 번째 비무는 무승부로 처리하겠소!"

무어개의 무승부 선언에 두 사람은 누가 뭐랄 것도 없이 비무장 바닥에 털썩 주저앉았고, 양측의 사람들이 부랴부랴 뛰어나와 자신들의 진영으로 부축해 갔다.

"형님… 죄송합니다. 꼭 이기려고 했는데……."

"이 멍청한 놈아! 누가 너더러 이렇게 하면서까지 도와달랬나!"

팽주현은 누워 있는 시진이 간신히 내뱉는 말에 분노하여 고함을 내질렀다.

"아니오, 도와드리다뇨. 저야 팽가의 식구가 아닙니까……."

준비해 온 유지 우산으로 누워 있는 시진을 가리며 부축하고 있던 팽보옥이 울음 섞인 목소리로 그의 말을 막았다.

"그만! 더 이상 아무 말 하지 말아요! 아버지, 저리 가세요. 다친 사람한테 무슨 짓이에요!"

그러나 팽주현은 가지 않고 무릎을 털썩 꿇고 시진의 손을 꼭 잡았다.

"미안하네, 정말 미안하네, 시 아우. 내 알량한 의리가 자네를 이 지경으로 만들었으니 나는 백 번 죽어도 할 말이 없는 놈일세."

"그런 말씀 마십시오, 형님."

"아닐세. 사실 자네와 보옥이 사이는 이미 어느 정도는 짐작하고 있었네. 두 사람이 알아서 정리할 것이라고 애써 외면해 온 것인데, 겉으로는 인정하지 않았지만 속으로 출신이 뛰어나지 않은 자네가 사위로 적합하지 않다고 생각했기에 그 문제를 그렇게 외면한 것이네. 그런 나와 팽가를 위해 자네는 목숨까지 걸고 싸워 한 팔까지 희생했네. 내 자네를 의리라는 미명으로 이용하여 이렇게 되도록 만들고 말았으니 천 번 죽어도 싸네, 싸."

팽주현은 말하면서 빗속에서 회한의 눈물을 줄줄 흘렸다. 그 광경을 뒤에서 침통한 표정으로 바라보던 팽유병은 무어개의 호명에 자리를 떠야 했다.

팽유병이 걸어나가는 것을 눈으로 확인한 팽주현은 결심한 듯 비장한 어조로 시진에게 말했다.

"아우, 이제 우형은 자네에게 더 이상 형님이란 말을 들을 자격이 없네. 의형제고 뭐고 다 잊어주게."

그 말을 들은 시진은 제대로 나오지도 않는 목소리를 쥐어짜 냈다.

"형님, 그 무슨 말씀이십니까. 형님께 받은 은혜, 아직 반도 못 갚았습니다. 그 말씀은 절회해 주십쇼."

팽주현은 시진의 간곡한 만류에도 완강히 고개를 저었다. 보다 못한 팽보옥까지 나섰다.

"아버지, 지금 숙부하고 그런 얘기 하실 때가 아니잖아요. 더 이상 다치신 분 심기를 흐트러뜨리지 마세요!"

"아니, 지금이 이 얘기를 할 적기이다."

팽주현은 시진과 팽보옥을 똑바로 바라보며 말했다.

"이제 더 이상 시 숙부라고 부르지도 마라."

"형님!"

"아빠!"

두 사람의 외침을 들은 팽주현은 슬쩍 미소를 지으며 덧붙였다.

"이제 시 가가(哥哥)라고 불러라. 나도 장인 된 입장으로 사위에게 형님 소리를 듣기는 좀 그렇지 않느냐?"

"예?"

시진과 팽보옥은 벼락맞은 듯한 표정을 지었다. 시진이 급히 말했다.

"하오나 형님, 맹 소협은 어떻게 하실⋯⋯."

"아, 그만. 더 이상 말하지 말게."

팽주현은 손을 들어 그의 말을 막았다.

"이제 장인 될 사람을 믿어보게. 어리석게도 이제야 깨달았네. 나는 내가 가주가 되지 못한 가장 큰 이유가 무공이 달려서라고 생각해 왔네만, 이제 생각해 보니 자네 같은 귀인을 포용할 능력을 갖추지 못한 것이 이유였네. 내 사람 보는 눈이 참으로 잘못되었어. 언제나 식객을 받아도 맹 소협 같은 위맹한 무공을 갖춘 이를 우대해 왔지. 자네와 같이 진실한 마음을 갖춘 친구가 많이 있었네만, 세가를 위한답시고 그런 이들을 내치고 그저 무공이 높은 이들만 우대하기에 급급했네. 그러나 세가의 힘이 곤두박질치니 인성(人性)을 무시한 결과가 그제야 나타나더군. 강한 힘을 추구하는 자들은 약해진 세가를 모두 박차고 떠나 버렸지. 오직 무공도 강하고 마음도 진실된 자네 하나만이 남았지만, 내가 떠나보낸 진실한 이들이 그제야 생각나더군. 이제라도 무엇이 더 중요한 것인지 깨달았으니 자네라도 확실히 챙겨야겠네. 부디 내 부족한 딸을 받아주고 계속 팽가의 식구로 남아 있어주게. 오늘 맹 소협을 놓치고 그깟 목화 운송권을 잃는다 해도 자네를 진정으로 얻을 수 있다면 오늘 비무는 충분히 남는 장사일세."

"형님……."

"이 사람 참! 형님이 아니라니까!'

부르는 시진도, 대꾸하는 팽주현도 목소리가 떨리고 있었다. 팽보옥은 얼굴을 적시는 빗줄기에 눈물이 섞여 내리는지도 모르고 시진의 하나 남은 손을 놓칠세라 꼬옥 붙잡았다. 두 사람의 시선이 그제야 마주쳤고, 둘의 마음은 폭우에 관계없이 환하게 개여가고 있었다.

무어개는 양 세력의 수장을 불러냈다. 뜻밖의 무승부가 나왔으니 향후 대책을 논의하려 불러낸 것이다. 세 사람이 숙의하는 동안 시진과의 대화를 끝낸 팽주현이 맹정우 일행에게 다가왔다.

"맹 소협, 참으로 송구스러운 말씀을 드려야겠소이다."

"시 협사와 팽 소저의 관계 말씀이십니까?"

맹정우가 이미 내막을 안다고 말하자 팽주현은 놀란 표정으로 말을 이었다.

"그걸 알고 있었다니 더 더욱 부끄럽구려. 사실 아버지와도 몇 번 의논했었지만 부친이나 나나 맹 소협에 대한 욕심 탓에 저 둘의 관계를 계속 외면해 왔소. 지금의 결심을 아직 아버지께 말씀드리지는 못했으나 더 이상은 내 양심이 허락하질 않소이다. 맹 소협에게는 정말 미안하오만 이 혼인은 없었던 일로 합시다. 오늘 패한다고 해서 팽가가 멸문에 이르는 것도 아니니 더 이상 부끄러운 일은 만들지 않겠소이다."

맹정우가 뭐라고 대답하기도 전에 함토리가 냉큼 끼어들었다.

"어려운 결심 하셨소이다. 잘못을 인정하는 것 또한 협의를 세우는 일이니 너무 괘념치 마시오. 우리 맹 소협이 비록 팽가와 혼사의 연이 없다 하여도 오늘 엄연히 팽가의 무인으로 비무 명단에 이름을 올렸는데 이렇듯 세가 불리한 상황에서 발을 뺄 수 있겠소이까? 남궁 소저 또한 외인이지만 황룡문의 불합리한 처사에 분노하여 이렇게 비무에 참여하였는데 섬서영웅인 맹 소협이 그것을 외면할 리야 없지요. 소가주께서는 혼사가 깨졌다고 너무 부담 갖지 마시고 맹 소협을 믿어보시오."

"오오, 그 말씀은 비무에는 참여하겠다는 뜻입니까? 정말 감사하오, 맹 소협!"

'마른하늘에 날벼락'이란 이런 것을 뜻하는 말이었나 보다. 아니, 지금은 비가 오는 데다가 벼락 소리도 심심지 않게 들리고 있으니 그 중에 하나가 자신의 머리에 떨어진 것이라고 맹정우는 생각했다.

그는 감격한 얼굴로 자신의 두 손을 꼭 잡고 있는 팽주현과 그 옆에서 히죽거리고 있는 함토리를 멍하니 쳐다보며 잠시 할 말을 잊었다.

"형님, 백부께서 부르십니다."

팽주현은 팽승현의 부름에 재빨리 자리를 떴고, 맹정우는 그제야 정신을 차리며 함토리에게 소리쳤다.

"아니, 대체 무슨 생각을 하시는 겁니까! 상황이 이 지경에 이르렀는데 제가 왜 저기 나가서 저 무시무시한 인간들과 싸워야 하는 거냐구요, 대체!"

함토리는 말없이 웃으며 오른손을 치켜 올려 손가락 두 개를 세웠다. 아직 소저 두 명이 남아 있다는 얘기였다.

맹정우는 절박한 표정으로 말을 이었다.

"저기요, 아까까지도 남은 소저들 생각해서라도 한번 해보려고 했는데, 지금 비무 보면서 생각이 바뀌었거든요? 저 범 뭐시긴가 하는 친구 라면 몰라도 석태곤이랑은 정말 자신없습니다. 저도 협객행을 하고 싶 은 마음 굴뚝같지만 이런 이권 다툼으로 인한 비무에 이득도 없이 목 숨 걸고 뛰어들 생각 정말 없습니다. 지금 당장 가서 못하겠다고 말할 테니 그리 아십쇼!"

맹정우는 진심이었다.

그간 적룡왕에게 한 번 된통 당한 것 외에는 우연과 기연이 겹쳐서 늘 손쉬운 승리를 거두어온 그였기에 강호인들이 말하는 생사결(生死 決)이란 게 무엇인지 체험할 기회가 없었는데 오늘 시진과 황보숭의 혈 투에서 그것을 처음 맛본 것이다.

여자도 좋고, 돈도 좋았지만 저 지랄 해가면서까지 얻고픈 마음은 정말 없다는 것이 그의 지금 심경이었다.

"잠깐, 잠깐. 흥분하지 말게. 미처 깜박 잊고 말 안 한 게 있는데, 자 네가 천신도 건 해결에 대한 보상을 다섯 소저 소개받는 것으로 대체 하기로 하지 않았나? 그런데 이번 일만 잘 해결하면 애초에 자네에 게 주려고 생각했던 보상금을 이번 일에 대한 보상으로 돌려줄 수 있 다는 함 당주의 제안이 있었네."

"뭐라고요?"

맹정우는 가려던 걸음을 멈추고 귀를 세웠다. 보상금이란 단어가 솔 깃했던 것이다.

"그… 보상금이 얼만데요?"

함토리는 손가락 다섯 개를 쫙 폈다.

"오백 냥?"

"어허, 이 사람! 무림맹의 성세가 아무리 예전만 못하다손 처도 그렇게 짤 리야 있나. 단위를 하나 더 올려야지."

"오… 오천?"

맹정우는 잠시 숨을 멈추었다. 오천 냥이면 서안의 노른자위 땅에 대궐 같은 주루 한 채를 지어 올릴 수 있는 거금이었다.

혼란한 그의 귓가에 함토리의 은근한 목소리가 다시 파고들어 왔다.

"그래, 오천 냥. 이 정도면 해볼 만한 장사 아닌가?"

맹정우는 이마에 손을 대고 혼란한 머리를 진정시켰다. 빠르게 계산을 해보았으나 역시 결론은 하나였다.

강북칠웅은 자신이 강호에 문외한일 적에도 들어보았던 절정고수다. 지금 나름대로 기연 덕택에 제법 강해졌다고 느끼고 있었고, 지금까지 나온 상대 정도면 해볼 만하다 싶은 마음도 들었지만 분명 석태곤은 격이 다른 고수일 것이다. 그런 고수와 대결하다 아까의 시진 꼴이라도 나면 평생 후회하며 살아가야 할 것이오, 더 재수없으면 오늘 밤부터 산중고혼(山中孤魂)이 되어 변운봉을 떠돌아다니게 될지도 모르니, 그런 모험을 할 수는 없었다. 끝까지 오천 냥이 머리 속에 아른거렸지만 그는 결단을 내렸다.

"역시 저는……."

"맹 소협, 잘되었소이다!"

함토리에게 거부의 뜻을 밝히려고 입을 여는 순간, 뒤에서 들려온 큰 소리에 맹정우는 깜짝 놀랐다. 뒤를 돌아보니 무어개에게 갔던 팽유병과 팽주현이 서 있었다.

팽유병은 기쁜 목소리로 맹정우에게 말했다.

"맹 소협, 다행히도 노부가 석태곤을 상대하게 되었소이다. 비가 심하게 오는지라 비무 절차와 더불어 향후 순서까지 대표끼리 한꺼번에 정해 버렸소. 노부가 운 좋게 석태곤의 공을 뽑아 맹 소협이 범승을 처리하면 되니 일 승은 확실히 건졌다고 봐야 할 것이오."

"그… 그렇습니까?"

"주현이에게 설명 다 들었소이다. 이 지경까지 이르러서 또 도움을 얻게 되니 가주로서 참으로 부끄러움을 금치 못하겠소이다. 파혼에도 불구하고 비무에 나서준다니 정말 감사하오. 맹 소협에게는 노부가 죽는 날까지, 아니, 죽더라도 본가의 대대손손 은혜를 갚아 나갈 것이오."

"맹 소협, 정말 감사하오!"

팽유병과 팽주현은 그 말과 함께 정중하게 포권을 취했다.

맹정우는 포권으로 답례하며 멋지게 깔린 목소리로 말했다.

"협의를 행함에 있어 어찌 보답을 바라겠습니까? 팽 소저와 저의 연이 하늘에 닿지 않아 엇갈린 것이야 아쉽긴 해도 이번 비무와는 별다른 문제입니다. 저는 그 일이 아니어도 황룡문의 최근 행보가 불의(不義)하다 생각하여 팽가의 편을 들었을 것입니다. 거기에 대해 너무 심려치 마십시오."

"오오, 역시! 맹 소협은 진정한 영웅 협객이외다!"

팽가의 두 가장은 청년 영웅의 의기 가득한 발언에 감격에 겨운 감탄사를 연발했다.

"무서운 놈……."

뒤에서 그 광경을 지켜보던 방구병은 혀를 내둘렀다. 인간이 어떻게 저렇게 순식간에 표정과 태도가 돌변할 수 있단 말인가? 이십 년 가까이 맹정우를 지켜보고 있는 그였지만 볼 때마다 감탄을 금치 못하는 연기력이었다.

놈은 석태곤과 맞붙을까 무서워 다 때려치우고 도망가려는 찰나, 상대가 범승으로 결정되었다고 하니 할 만하다고 생각되어 시치미를 뚝 떼고 같잖은 영웅 행세까지 하고 있는 것이다. 물론 머리 속에는 협의 대신 오천 냥이 둥둥 떠다니고 있을 것이고.

"아, 그리고 향후 비무가 일 승 일 패로 귀결될 경우에 대한 대책까지 결정했소이다. 그렇게 되면 양측 공히 이 승 일 무 이 패로 동률이 되니 대표자 한 사람을 뽑아서 마지막 비무를 하기로 했소. 물론 우리 측에서는 맹 소협이, 저쪽에서는 석태곤이 나서게 될 텐데 그에 대한 대비책이 있으니 너무 심려치 마시오."

"예에?"

팽유병의 말에 맹정우는 경악성을 터뜨렸다. 설마 비무가 더 있을 줄은 미처 생각 못한 것이다. 그것도 석태곤하고!!

제5장

영웅은 사사로운 이익보다 의를 선택한다

영웅은 사사로운 이익보다 의를 선택했다

쏴아아아아!

쏟아지는 빗줄기는 여전히 거세었지만 조금씩 그 굵기가 약해지고 있었다.

비 때문에 더 이상의 비부 속개가 어려워 일행은 모두 칭운궁으로 들어와 있었다. 비가 어느 정도 약해지면 다시 속행하기로 합의하고 대기하는 중이었다.

맹정우는 서서히 가늘어지고 있는 빗줄기를 걱정스러운 눈으로 바라보고 있었다. 조만간 비무가 속행되면 범승에다가 석태곤까지 상대해야 한다.

함토리가 다가와서 그의 어깨를 툭 쳤다.

"무슨 생각을 그리 골똘히 하는가?"

"명년 제사상에 무슨 과일부터 올리게 해야 할지 고민 중입니다."

맹정우의 대답에 함토리는 피식 웃으며 말했다.

"너무 심려하지 말게. 팽 가주가 대비책이 있다고 하시지 않았나?"

맹정우는 코웃음을 치며 지나가는 투로 한마디 던졌다.

"대비책이라… 저도 한 가지 세우고 있긴 합니다."

"자네가?"

함토리는 고개를 갸웃거렸다. 팽유병의 대비책이라는 것은 그 내용을 듣지는 않았으되 그도 짐작 가는 바가 있었다. 그러나 맹정우의 대비책이라는 것은 무엇인지 전혀 짐작이 가지 않았다.

"자네가 지금 상황에서 비무 준비 외에 특별히 대비책을 세울 게 있나?"

맹정우는 의미심장한 미소를 지으며 대꾸했다.

"그런 게 있습니다."

"너, 범승한테 져줄려고 그러지?"

"헉!"

어느새 다가온 방구병이 던진 말에 맹정우는 깜짝 놀라 큰 숨을 토해냈다.

"무… 무슨 소릴 하는 거야, 이 미친놈아. 너 잠깐 나 좀 보자."

그 말이 끝남과 동시에 방구병의 입을 막고 구석으로 끌고 가는 맹정우를 바라보며 함토리는 방구병의 예상이 정확히 맞아떨어졌다는 것을 직감했다.

맹정우가 범승에게 패한다면 대표자 비무를 할 것도 없이 황룡문 승리로 비무 종료가 되므로 석태곤과 싸우지 않으려면 더할 나위 없는 선택이었다.

살인멸구를 위해 바동거리는 방구병을 억지로 끌고 으슥한 곳을 향해 대청 복도를 가로지르던 맹정우는 누군가의 부름에 걸음을 멈추어야 했다. 뒤를 돌아보니 지난 며칠간 그의 심기를 끊임없이 어지럽혔던 여인이 서 있었다.

남궁재영은 정중한 자세로 포권을 취하며 말했다.

"맹 공자, 정말 감사드려요. 처음 만났을 때 느꼈던 거랑은 많이 다른 분이군요. 정말 섬서영웅이라는 칭호가 어울리는 행동을 하셨어요."

맹정우도 별수없이 답례를 해야했다.

"별말씀을. 남궁 소저 역시 친인을 위하여 이득없는 싸움에 나서고 계신데 그런 분에게 과분한 칭찬을 듣는 것 같아 민망합니다."

"아니에요. 저야 보옥이나 숙부가 저에게 있어 소중한 사람들이기에 지키려고 나서는 것이지만 맹 공자야말로 전혀 이득없는 비무에 자청해서 나서시는 것이잖아요. 그것도 어찌 보면 예의에 어긋나는 짓을 공자께 행한 팽가를 위해서. 그런 것은 범인(凡人)이 할 수 있는 일이 아니지요."

"하하! 이거 과분한 칭찬에 정말 몸 둘 바를 모르겠습니다."

두 사람 사이에 전에 없는 화기애애한 분위기가 흐르는 가운데 시진이 팽보옥의 부축을 받으며 다가왔다. 두 사람은 죄스러운 표정을 지으며 맹정우에게 깊이 사과했다.

"뭐라 할 말이 없소이다, 맹 소협. 상황이 이리 되기 전에 모든 것을 밝혔어야 하는 건데. 소인배들의 부덕함이라 생각하고 용서하시기 바라오. 입이 열 개라도 할 말이 없소이다."

"맹 공자님, 진심으로 사죄를 구합니다. 그리고 또한 감사드려요.

그럼에도 불구하고 비무에 나서주신다니, 시… 가가와 저의 목숨이 다하는 날까지 이 은혜 잊지 않을 거예요."

맹정우는 두 손을 들어 허리를 굽히는 두 사람을 만류했다.

"자자, 이러지들 마십시오. 시 협사는 몸도 성치 않으신데 그렇게 움직이시면 안 됩니다. 이제라도 두 분이 솔직하게 마음을 터놓고 또한 좋은 결과를 얻게 되었으니 이보다 기쁜 일이 어디 있겠습니까. 아까 부친께도 말씀드렸지만 혼례와 비무는 별개의 문제입니다. 저도 어차피 무림맹의 청탁을 받고 중재자로 이곳까지 와서 비무에 참여하는 것이니 그리 마음 쓰지 않으셔도 됩니다. 행여 제가 운이 좋아 오늘 승리를 거둔다면 두 분의 혼인 선물을 일찍 드리는 셈칩시다."

"오오… 맹 소협!"

"맹 공자!"

청운궁 대청 복도에는 다시 한 번 감동의 물결이 흘러넘쳤다.

세 사람이 자리를 뜨자, 뒤에서 보고 있던 방구병이 고개를 절레절레 흔들며 말했다.

"야, 야, 어제 내가 말 잘못했다. 너야말로 진정한 준비된 영웅이다. 네 속이 아무리 시커메도 그 정도로 완벽하게 포장해서 내보일 줄 알면 영웅 될 자격이 충분히 있다!"

맹정우는 무슨 소리냐는 듯 눈을 부릅떴다.

"무슨 소리야, 속이 시커멓다니. 난 진심이야. 나도 시 협사가 팔까지 희생하면서 팽가에 충정을 바치는 것에 조금은 감동받았다고."

"크흥! 네가 말이냐? 뭔가 다른 걸 노리는 것 아냐?"

방구병은 별 생각 없이 한 대꾸였지만 맹정우는 또다시 뜨끔했다.

'헛, 이 어리버리가 강호에 뛰어들더니 갑자기 귀신이 되어버렸군.

목표가 바뀐 걸 어떻게 알았지?

꿩대신 닭이라고, 처음 봤을 때보다 점점 매력적으로 느껴지는 남궁재영에게 은근히 마음이 동하던 그였다.

감사를 표하는 시진과 팽보옥 앞에서 속이 쓰리면서도 갖은 자세 다 잡아가며 멋있는 모습을 연출한 것에는 다분히 그녀가 괜찮게 봐주길 바라는 의도도 포함되어 있었다.

어쨌거나 그의 시도가 성공한 듯 남궁재영이 그를 바라보는 눈빛이 이전에 비해 상당히 호의적으로 변해 있었다.

"비가 그쳤으니 다시 비무를 속행하겠습니다! 모두 밖으로 나오시기 바랍니다!"

개방 제자의 우렁찬 외침이 대청에 퍼졌고, 남궁재영을 생각하며 미소를 짓던 맹정우의 얼굴은 구겨졌다.

비가 완전히 그친 것은 아니고 잠시 소강 상태인 듯 가느다란 실비가 내리고 있었다. 해지기 전에는 비무를 끝내야 하므로 마냥 기다릴 수 없던 무어개는 비무 속행을 결정했다.

"이제 네 번째 비무를 시작하시겠소! 석태곤 문주와 팽유병 가주는 앞으로 나오시오!"

긴장감이 감도는 가운데 두 사람이 천천히 중앙으로 걸어나왔다. 드디어 강북칠웅 중 이 인이 건곤일척의 승부를 벌이게 된 것이다.

팽유병은 기수식을 취하고 장도를 똑바로 석태곤을 향해 겨누면서도 못내 아쉬운 감정을 거둘 수 없었다.

한 십 년 전에라도 이런 상황이 일어났다면 충분히 겨뤄볼 만한 상대였고, 능히 이길 자신이 있었다. 그러나 강산이 변할 정도의 시간이 흐른 지금, 그의 떡갈나무 같은 팔은 노쇠하여 근육이 사라졌고 기둥뿌리 같던 두 다리에는 힘이 없어졌다.

강력한 외공을 근본으로 하여 패도적인 위력을 발휘하는 오호단문도는 환갑이 지난 노인이 제 위력을 발휘할 수 있는 무공이 아니었다.

'그래, 이제 더 이상 주체가 되려고 해서는 안 된다. 젊은 사람들에게 공을 돌리고, 지원하는 역할을 해야 할 때이다.'

공을 돌려야 할 젊은 사람이 팽가의 자손이 아니란 것이 아쉬웠지만, 지금은 그런 것을 따질 상황이 아니었다.

"타앗!"

의외로 팽유병이 선제공격을 가했다. 상대가 수비 일변도로 대응하다가 노련함을 앞세워 허점을 노리는 작전을 쓸 거라 예상했던 석태곤은 눈에 이채를 띠었다.

따다다다다다당!

도와 도가 부딪치면서 불똥이 튀고 굉음이 일었다.

둘 다 중도(重刀)를 쓰는지라 검과 검이 부딪칠 때보다는 훨씬 둔탁한 소리가 울렸다.

팽유병은 오호단문도의 공격식을 무차별로 구사하며 연속 공격을 가했고, 석태곤은 물샐틈없는 수비로 맞섰다.

순식간에 이십여 초가 지났다. 석태곤은 수세에서 서서히 공세로 전환을 시도했다.

팽유병은 기세를 꺾이지 않으려 안간힘을 썼지만, 두 사람의 현재 무위는 상당한 차이가 있었다.

깡! 까가가가강!

점차 석태곤의 백파도법(白波刀法)의 위용이 드러나기 시작했다.

어느덧 두 사람의 처지가 뒤바뀌었고, 오십 초가 지나자 팽유병은 공격은 고사하고 날아오는 석태곤의 도를 막아내기에 급급한 지경에 이르렀다.

끊임없이 팽유병을 압박하는 석태곤의 도에 어느덧 서리 같은 하얀 기운이 감돌기 시작했다. 푸른 파도의 하얀 포말이 도신을 완전히 뒤덮을 무렵이면 거칠 것이 없다는 백파도법의 정수가 서서히 나타나고 있었다.

팽유병은 노강호의 노련함으로 버티고 있었지만 조만간 도가 꺾이고 자신의 무릎도 따라 꺾일 것이라는 것을 예감하고 있었다. 그전에 그에게는 할 일이 있었다.

석태곤의 장도가 조금씩 하얘질 적마다 맞부딪치는 그의 칼은 점점 그 기세가 꺾였고, 마침내 위기가 찾아왔다. 강력한 측면 공격을 간신히 막아냈으나 비가 잔뜩 내려 질척해진 바닥을 버티지 못한 왼발이 슬쩍 미끄러진 것이다. 그 틈을 놓치지 않고 석태곤의 장도가 좌측으로 맹렬히 파고들었다.

팽유병은 무리하게 미끄러진 발을 추스르려 하지 않고 아예 왼 무릎을 굽혀 바닥에 대었다. 그리고 반쯤 무릎 꿇은 자세로 칼을 비스듬히 세워 날아오는 장도를 퉁겨 머리 위쪽으로 흘려보냈다. 일단 예봉을 피했으나 연이은 공격이 불안정한 자세를 노리고 들어올 것이라고 예상한 팽유병은 바짝 긴장하며 수비 자세를 취했지만 석태곤의 공세는 더 이상 이어지지 않았다.

격전으로 치닫던 대결에 잠깐의 공백이 흘렀다.

팽유병이 수비 자세를 취하고 석태곤이 공격을 멈춘 뒤 흐른 시간은 불과 눈 몇 번 깜짝일 정도의 지극히 짧은 순간이었다. 그러나 고수들의 결투 중에는 대단히 긴, 미처 칼에 다 못 실었던 도기를 완벽하게 충전시킬 정도의 긴 시간이기도 했다.

그 잠깐의 시간에, 팽유병의 적극적인 공세에 휘말려 칼에 다 실리지 못하고 있던 백파도기는 번쩍 치켜 올려진 석태곤의 장도를 새하얗게 뒤덮는 것도 모자라 그 위로 하늘을 찌를 듯 솟구쳤다.

석태곤은 그제야 사태를 파악하고 급히 일어서는 팽유병의 머리를 향해 새하얗게 변모된 자신의 장도를 뇌전처럼 내리찍었다.

일도양단(一刀兩斷)!

천둥과 같은 파열음과 함께 팽유병의 칼이 두 동강 났고, 백도(白刀)는 그 여세를 몰아 전진하며 팽유병의 머리를 아슬아슬하게 지나쳐 그의 어깨 깊숙이 틀어박혔다.

"아버지!"

팽주현이 괴성을 지르며 달려나갔지만 아직 중단 선언이 나지 않았기 때문에 팽가 측의 앞에 서 있던 개방 제자가 그를 붙잡았다.

"이거 놔라!"

몸부림치며 앞으로 나가려는 그의 두 눈에 어깨에 칼이 박힌 채 천천히 무릎을 꿇는 부친의 모습이 투영됐다.

"제사 비무, 황룡문 승!"

결과를 선언한 무어개는 급히 팽유병에게 다가가 어깨의 혈도를 짚었다. 그러던 중 석태곤이 돌아가지 않고 계속 서 있는 것이 눈에 띄었다.

"석 문주, 어깨에 박혀 있는 칼은 조치를 다 취한 다음에 빼는 것이 좋을 듯하오."

일단 자리로 돌아가라는 말을 돌려서 한 것이지만 석태곤은 미동도 하지 않고 있다가 낮은 목소리로 입을 열었다.

"꼭 이렇게까지 해야 하오? 명색이 강북칠웅의 수좌께서 말이오."

팽유병은 들리지 않는 고개를 간신히 쳐들어 힘겹게 말을 내뱉었다.

"무인의 명예보다는 승리가 중요한 것이라는 사실을 그대들에게 똑똑히 배웠지."

석태곤은 한쪽 입가를 틀어 올리며 비웃는 듯한 미소를 짓다가 갑자기 고개를 돌리고 입을 틀어막더니 각혈을 했다.

"문주!"

석태곤이 진영으로 돌아오지 않자 이상하게 여겨 다가온 호법들이 깜짝 놀라 소리쳤다.

"소동 부리지 마라. 별것 아니다."

그러나 호법들을 끌고 자기 진영으로 돌아가는 석태곤의 표정은 침중해져 있었다.

"대관절 어떻게 된 거지요?"

방구병이 고개를 갸웃거리며 함토리에게 물었다.

"흠, 아마 팽 가주의 칼이 부러시는 순간 좌수로 벽공장력을 쓴 것 같네. 아마도 아까 시 협사의 비무를 보고서 착안한 수법 같은데, 이건 너 죽고 나 죽자도 아니고 너 다치고 나 죽자 정도의 도박이로구먼. 석 문주와 팽 가주의 무공 수준이 이제는 격차가 꽤 벌어졌다고는 할 수 있으나 상대의 칼을 일도양단한 장도가 그 여세가 죽지 않고 어깨에 저렇게 깊이 틀어박힐 정도의 차이가 된 건 아니라고 보네. 그렇다면 한 손으로는 막고, 한 손으로는 암경을 펼치는 바람에 칼을 든 손의 공력이 모자라 칼이 부러지고 어깨에 박혔다는 것인데, 그건 그야말로 목숨을 건 도박이지. 상대가 다치게 할 수는 있을지언정 자신의 목숨을 보장할 수 없으니. 저게 우측 어깨에 박혔으니 망정이지, 머리나 심장이 있는 좌측으로 날아갔다면 팽가는 혼례 전에 장례부터 치러야 했을 걸세."

그 얘기를 옆에서 듣고 있던 맹정우가 끼어들었다.

"석 문주가 그럼 어느 정도 다친 겁니까?"

"글쎄, 일단 참으려 하다가 피를 토한 듯한데, 외려 다친 순간 바로 각혈을 하는 것이 나았을 걸세. 쓸데없는 오기를 부렸어. 어쨌든 저 정도의 고수가 각혈을 한다는 것은 상당한 내상을 입었다는 증거지. 저런 내상은 조속히 치료하지 않는다면 지금은 몰라도 나중에 주화입마에까지 이를 수 있기 때문에 오늘 더 이상의 비무는 할 수가 없을 걸세. 이 비무가 이쪽은 몰라도 저쪽에는 문파의 존망이 걸린 것도 아니니 그렇게 무리할 까닭이 없지. 고로 자네가 대표 비무에 나가도 황룡문주와 싸울 일은 없다는 얘기가 되지."

"그렇습니까?"

맹정우의 얼굴이 간만에 활짝 펴졌다.

"야, 잘됐다. 그럼 범승한테 져줄 필요 없겠네."

방구병의 말에 맹정우는 펄쩍 뛰었다.

"이 자식아! 누가 져준다는 거야, 대체!"

"이제 마지막 비무를 시작하겠소! 양측의 비무자는 앞으로 나오시오!"

황룡문 측에서는 냉면철담 범승이, 팽가 측에서는 맹정우가 걸어나왔다. 맹정우는 맞은편에서 걸어오는 범승을 바라보며 함토리의 충고를 되새겼다.

"분명 범승 역시 승리가 희박하다고 판단되면 대표 비무를 생각하여 자네 팔 한쪽이라도 피해를 입게 하려고 애쓸 걸세. 승기를 잡았다고 해서 절대 방심하면 안 되네!"

'흠, 다치기 전에 빨리 끝내라는 얘기지?'

맹정우는 쌍도를 멋들어지게 휘두르며 기수식을 취하는 범승을 노려보았다. 구병이 말로는 아까 나왔던 황룡문의 좌, 우호법 못지않은 고수라 했다.

반면 일검탈명이라는 별호가 부끄럽게 아직 검 잡는 법조차 잘 모르는 그로서는 빨리 상대의 무기를 제압하고 박투로 가야 할 판인데 한 개도 아니고 두 개의 칼을 들고 설치는 범승이 곱게 보이질 않았다.

'젠장! 역시 이건 아냐!'

쓸 자신도 없는 검을 들고 설치기도 이젠 지겹다. 자신있는 것으로 처음부터 승부를 보자.

맹정우는 마음을 정리하고 뽑아 들었던 팔성검을 검집에 다시 넣었다. 잔뜩 긴장하며 쌍칼을 휘둘러 대던 범승이 의아한 표정을 짓는 순간, 삼 장 앞에 있던 맹정우의 신형이 흐릿해졌고, 순간적으로 범승의 시야에서 사라졌다.

'어디 갔지?'

당황한 범승이 두리번거리는 순간, 석태곤의 고함이 그의 귀를 때렸다.

"좌측이다!"

재빨리 왼쪽으로 몸을 트니 쇄도하는 맹정우의 흐릿한 신형이 눈에 띄었다.

"차아!"

범숭은 발작적으로 쌍도를 휘둘렀다. 그러나 쌍도가 제 궤적을 그리기도 전에 몸이 붕 뜨고 있었다.

'뭐지? 무슨 일이 일어난 거지? 벽공장인가?'

그러나 벽공장에 맞는 것치고는 속이 너무 멀쩡했다. 그러나 자신은 여전히 공중에 떠 있었고, 곧 이어 몸이 눕혀지며 잔뜩 흐린 하늘이 시야에 들어왔다.

철퍼덕!

범숭은 개구리처럼 땅바닥에 내동댕이쳐졌다.

벌떡 일어서던가 상대의 후공에 대비해 몸을 더 굴리던가 하는 것이 기본적인 수비책이겠지만 순간적으로 일어난 이해할 수 없는 상황 탓에 그는 그런 걸 판단할 경황이 없었다.

"범숭! 일어나!"

석태곤의 고함 소리에 이끌려 얼결에 일어난 범숭은 다시 흐릿한 형체로 코앞으로 쇄도해 들어오는 맹정우가 보였다.

'막아야 한다!'

무인의 기본적인 방어 본능이 그의 칼을 들게 만들었다. 그러나 언제 놓쳐 버렸는지 좌수도는 보이지도 않았고, 손에 들린 것은 우수도 하나 뿐이었다.

쟁강!

검과 도가 처음으로 맞부딪쳤다. 그런 후 범숭은 손잡이만 남아 있는 자신의 칼을 발견하게 되었다. 그리고는 공중 높이 솟구쳤다가 저 멀리 땅바닥으로 떨어지고 있는 도신이 눈에 들어왔다.

워낙 순식간에 일어난 일인지라 맹정우를 제외한 그 누구도 지금의 상황을 받아들이는 데 시간이 걸려야 했다.

침묵의 시간이 흐른 후, 범승은 허탈한 목소리로 단 한 마디를 내뱉었다.

"졌소."

완벽한 패배였다. 중앙 진출 후 첫 비무란 것에 너무 흥분했고, 최근 치솟고 있는 상대방의 명성을 너무 의식한 채 비무에 임하는 바람에 긴장을 늦추지 못한 것이 패배의 한 요인이었다.

사실 냉면철담이란 별호는 늘 긴장을 잘 하는 탓에 제 실력을 발휘 못하는 그 자신을 가리려고 스스로가 붙인 이름이었다. 긴장하여 굳은 표정을 냉막한 표정으로 가장하고 무게를 잡는 방법이요 몇 년간 구궁보에서 일하면서 큰 효력을 보았었는데, 오늘 결국 본색을 드러내고야 말았다. 물론 아무리 긴장했다고 해도 어떻게 졌는지 알 수도 없을 정도이니 상대와의 격차가 컸던 것이 가장 큰 패인이리라.

범승은 패배를 감내하며 담담해진 표정으로 말했다.

"과연 일검탈명, 명불허전이구려. 한 수 잘 배웠소이다."

"별말씀을. 앞으로 기회가 있다면 다시 한 번 붙어보지요."

맹정우는 영웅다운 깍듯한 인사를 마치고 환호성을 울리고 있는 팽가 진영으로 몸을 돌렸다.

걸어가면서도 맹정우는 솟구치는 웃음을 참을 수 없었다.

처음 시전한 경신법의 효과가 상상 이상이었다. 그리고 역시 제육식 퇴산장을 사용한 것이 효과 만점이었다. 퇴산장은 손바닥으로 산을 밀어낸다는 뜻처럼 밀어내는 힘 자체는 놀랍지만 파괴력이 없는 초식이다. 그러나 일반적인 벽공장과는 달리 손만 뻗으면 즉시 사용할 수 있을 정도로 초식 구사 속도가 빠르다. 그래서 이 두 가지를 이용하여 먼저 상대의 혼을 빼놓기로 작정한 것인데 상대의 반응은 상상 이상으로 격해서 자신의 한쪽 칼까지 놓쳐 버릴 정도였고, 얼빠진 채로 들고 있는 다른 칼을 팔성검으로 잘라내는 것은 여반장(如反掌)인 일이었다.

이제 양측의 분위기는 극과 극이 되었다. 팽가 측의 인물들이 맹정우를 꺼안고 두드리며 환호작약하는 반면, 황룡문 측은 줄초상을 치르는 분위기로 변했다.

비무에서 얻은 상처로 인해 피를 많이 흘려 안색이 창백해진 황보숭이 흥분 때문에 달아올라 오히려 제 안색을 찾은 얼굴로 석태곤에게 말했다.

"큰일입니다. 설마 저 정도로 압도적인 무위를 보여줄 줄은 상상도 못했습니다. 대표자 비무에는 천상 호법 둘 중에 하나가 나서야 할 판인데 저 정도의 무위라면 필패입니다."

"흠……."

석태곤은 화가 잔뜩 난 얼굴로 고개를 끄덕였다. 지금의 무위로 판단하자면 자신이 멀쩡해도 승리를 확신할 수 없을 듯했다. 대관절 저런 괴물이 어디서 튀어나온 것인지 알 길이 없었다. 슬쩍 채담과 하서인의 얼굴을 바라보니 벌써 새파랗게 질려 있는 것이 승부는 안 봐도 뻔했다.

"빌어먹을!"

욕설이 입에서 저절로 삐쳐 나왔다. 무림맹의 눈에 안 걸리게 팽가를 집어삼키려고 그간 물심양면으로 애쓴 모든 노력이 몽땅 허사가 될 판이다. 목화 운송권도 모자라 관을 끌어들이는 위험까지 감수하며 빼앗은 중부 상권을 다시 넘길 생각 하니 분통이 터져 아까 입은 내상이 악화될 것 같았다.

"문주님……."

결정을 해달라는 황보숭의 부름에 석태곤은 침통한 어조로 대꾸했다.

"가서 거지한테 말해라. 대표 비무는 포기한다고."

"하오나……."

"안 봐도 뻔한 승부다. 더 이상 망신살 뻗치지 않도록 깨끗하게 끝내는 것이 현명하다."

"…알겠습니다."

황보숭은 석태곤에게 허리를 숙인 후 무어개에게 걸어나갔다. 무어개는 다가오는 황보숭을 쳐다보며 물었다.

"팽가 측의 대표자는 맹정우 소협이 나서기로 했소. 황룡문의 대표는 누구요?"

"저희 측은……."

황보숭이 '포기하기로 했습니다' 라는 말을 하려고 입을 여는 순간 맞은편의 분지로 올라오는 길 입구에서 빈쩍 솟구쳐 올라오는 한 개의 깃발이 그의 눈에 띄었다.

어른 주먹 두 개를 합쳐 놓은 굵기의 철봉에 매달린 커다란 감색 깃발에는 화려한 필체의 '風' 자가 써져 있었고, 깃발은 나부끼는 바람에 힘차게 휘둘리며 차츰차츰 그 높이를 더해가고 있었다. 마침내 깃발이 제 모습을 드러내자, 그 아래에서 엄청난 굵기의 깃대를 한 손으로 휘두르며 분지 위로 걸어 올라오는 칠 척 거한의 모습이 보였다.

"편 대협!"

황보숭의 외침에 비무장에 모인 모든 이의 눈이 그의 시선을 따라갔다. 그리고 황룡문 측에서 함성이 일었다.

"폭풍마번 편 대협이다!"

"와아아아—!"

함토리는 한 손으로 얼굴을 문지르며 읊조렸다.

"맙소사……."

"저 요란한 기수(旗手)는 누굽니까?"

"누구긴 누구겠냐, 멍청아! 폭풍마번 편강이지!"

맹정우의 질문이 어이없는 듯 방구병이 옆에서 소리를 빽 질렀다.

"형님, 늦었습니다."

편강은 굵직한 저음의 목소리로 분지 위에 제 모습을 다 드러내자마자 말했다.

별로 크게 내지른 목소리도 아니었지만 삼십여 장이나 떨어진 황룡문이나 팽가 진영까지 똑똑히 들렸다.

석태곤이 오랜만에 다시 여유를 찾은 얼굴로 내공을 실어 대꾸했다.

"어서 오게, 편 아우. 아주 적절할 때 도착했네. 곤왕과의 비무는 어떻게 됐나?"

"그자는 이미 곤왕이 아닙니다."

두 사람은 마치 바로 옆에서 한담을 주고받는 듯한 대화를 했지만 삼십여 장을 격하고 내공을 실어 주고받는 대화인지라 분지 위의 모든 사람의 귀에 똑똑히 울려 퍼졌다.

"와아아아—!"

곤왕을 무찔렀다는 말에 황룡문 측에서 다시 한 번 함성이 일었다.

"두 분의 회포는 비무가 끝난 다음 천천히 푸시기 바라오. 아직 대표자 비무가 남아 있으니 정숙하기를 부탁하겠소."

무어개의 쩌렁쩌렁한 말이 분지 위에 울려 퍼졌다. 편강은 말을 멈추고 어느새 그의 옆에 달려온 황보숭이 하는 말에 귀를 기울이고 있었다.

무어개가 다시 외쳤다.

"황보 부문주, 뭐 하는 게요? 대표자를 빨리 말씀해 주시오."

대답은 편강이 했다.

"대표 비무자는 바로 나요."

막바로 팽주현의 고함이 따라붙었다.

"불가하오! 비무에 참가하지도 않았던 외인이 어딜 나서는 게요!"

"자자, 여러분. 목 아프고 단전 아프게 멀리서 떠들 것 없이 일단 하고픈 말이 있는 분은 모두 노개의 앞으로 오시기 바라오."

사람들이 무어개의 앞으로 모였고, 팽가 대변인으로 나선 팽승현이 강경한 어조로 포문을 열었다.

"이건 말도 안 되는 얘기요. 저자는 황룡문도도 아니고 비무에 참가하지도 않았는데 어찌 대표자로 나설 수 있단 말이오?"

황보숭이 곧바로 맞받았다.

"문도가 아니라는 식의 말을 그쪽에서 할 자격이 있다고 생각하시오? 일 승을 거둔 남궁 소저는 대관절 어느 가문의 딸이오?"

"그 문제는 아까 무어개께서 재량으로 허락하신 부분 아니오?"

"그러니까 같은 맥락으로 편 대협 역시 의형제니 참가하실 수 있는 것 아니오?"

"그건 그렇다 쳐도 비무자의 명단에 애초에 끼지 않았지 않소?"

"그건 그쪽 같은 편법을 우리가 적용할 줄 몰랐기 때문 아니오? 이제라도 그 요령을 따르겠소이다."

"자자자, 두 분 그만 하시오. 노개가 정리하겠소."

무어개는 끝도 없는 둘의 싸움을 중지시켰다.

"아까도 말씀드렸다시피, 남궁 소저의 경우는 세가와 방파의 차이점을 감안하여 노개의 재량으로 포함시킨 특별한 경우요. 편 대협 역시 다른 경우라면 몰라도 지금의 비무에는 참가할 자격이 있소. 하나 팽가 측의 지적처럼 명단에 오르지도 않았는데 이제 와서 비무에 참가하겠다는 것은 지금 이곳에서뿐 아니라 강호 어디에서라도 용인될 수 있는 부분이 아니와다. 그러니 대표자는 아까의 다섯 분 중 한 분이 나와 주시길 바라오."

이때 편강이 끼어들었다.

"잠깐만. 너무 성급하게 결정하지 마시구려. 저쪽의 대표자가 맹정우 소협이라고 하였소?"

그의 물음에 무어개는 고개를 끄덕였다.

"그렇소."

"그렇다면 그자 역시 자격이 없기는 매한가지요."

"그게 무슨 뜻이요?"

"그 설명은 본좌가 해드리지."

갑자기 뒤에서 들려온 낯선 목소리에 모인 사람들은 모두 고개를 돌렸다. 그들의 뒤편에는 언제 다가왔는지 훤칠한 키에 청수하고도 위엄 있는 얼굴의 백의중년인이 서 있었다.

"당신은 누구요?"

함토리가 물었다. 그는 여기 모여 있는 고수들의 이목에 걸리지 않고 이렇게 가까이 접근할 수 있는 고수가 또 한 명 나타난 것이 무척 의아했다.

"태원의 창천보에서 왔소이다."

"창천보! 그럼 당신이 창천신검 은휘요?"

"그렇소."

중인들은 거듭 놀랄 수밖에 없었다. 이 좁은 분지에 벌써 강북칠웅 중 네 명이 모인 것이다.

무어개가 입을 열었다.

"은 대협께서는 무슨 말을 하러 이 자리에 오신 게요?"

"본좌는 저 맹정우라는 작자에게 볼일이 있소이다."

"무슨 볼일인지는 모르나 이 비무가 끝난 다음 해결하시면 안 되겠소?"

"아니 되오. 엄밀히 말하자면 편 협사 말처럼 이 비무와도 관련이 있는 문제일 것 같소."

편강이 그를 거들었다.

"오는 길에 추풍족(追風族)을 알아보고 나를 찾으셨더군. 혹시 비무장으로 가는 것이면 같이 가자고 하셔서 동행하였소. 같이 오면서 얘기를 나누던 중 아주 재미있는 사실을 알게 되었지."

"가만, 추풍족이라고 하셨소? 그렇다면……."

무어개의 말이 끝나기도 전에 와자지껄한 소리가 들려오기 시작했다.

"저기 있다!"

"석 문주도 있다!"

"팽 가주도 있는 모양인데?"

순식간에 분지가 소란스러워졌다. 수많은 사람이 우르르 분지로 올라서고 있었다.

"저 치들은 또 뭐야?"

맹정우의 의아함은 방구병이 풀어주었다.

"저자들이 바로 추풍족인 모양이다."

"추풍족? 그건 또 뭐냐?"

방구병은 편강의 폭풍번을 가리키며 말했다.

"저기 저 '풍' 자가 쓰여진 깃발 있지? 저게 바로 폭풍번이다. 폭풍마번 편강은 비무를 밥보다 더 좋아하는 자로, 익히 알려진 비무 외에도 특이한 무공을 익힌 자가 있다 싶으면 찾아가 정식 비무가 아니라면 재주 겨루기라도 해야 직성이 풀리는 사람이지. 그래서 항상 좋은 구경거리를 선사하기 때문에 그의 뒤를 열심히 쫓아다니며 그의 비무를 즐겨 보는 무인들을 가리켜 추풍족이라 하지. 웬만한 무인 같으면 귀찮아서라도 저런 무리를 안 만들 텐데 편강은 비무 외에 다른 세상사는 관심도 없는 사람이라 누가 쫓아오든 신경도 쓰지 않는 모양이야. 또 그런 걸 은근히 즐긴다는 소문도 있고."

맹정우가 보기에도 저렇게 큰 깃발을 저리도 열심히 휘두르고 다니는 걸 보면 쫓아다니는 사람이 없을 수 없겠다는 생각이 들었다.

"그런데 왜 같이 오지 않고 이리도 늦게 올라오는 거지?"

"이런 험준한 산에 저런 고수를 따라 올라오려면 자연 늦을 수밖에 없지 않겠어?"

그때 무어개에게 갔던 팽승현이 딱딱한 표정으로 다가왔다.

"맹 소협, 저쪽으로 가봐야겠네."

"무슨 일이 있습니까? 설마 뒤늦게 온 저 작자가 저쪽 대표자로 나선다는 얘기는 아니겠죠?"

"그보다 더 심각한 문제일세. 자칫 하면 비무 결과 자체가 무효화될 수도 있을 듯하이."

"예?"

맹정우는 걸어가면서 팽승현이 급히 설명해 주는 얘기를 들었다. 그리고는 그 역시 팽승현처럼 표정을 딱딱히 굳혀야 했다.

무어개 앞에 모여 있던 사람들은 모두 걸어오는 맹정우를 주시하고 있었다. 맹정우는 날카롭게 자신을 바라보고 있는 백의중년인을 마주 보았다.

"자네가 맹정운가?"

"그렇습니다만."

"하북 팽가의 팽보옥 소저와 정혼한 것이 사실인가?"

"네."

맹정우의 대답을 들은 순간, 백의인의 두 눈에서 서릿발 같은 안광이 번쩍였다.

"네놈이 그렇게 순순히 '네' 라는 대답을 할 수가 있는 게냐! 우리 예아와의 일은 벌써 잊어버린 것인가?"

"아니, 그……."

맹정우가 대답을 찾지 못하고 있는 찰나, 팽주현이 무거운 어조로 끼어들었다.

"맹 소협, 중차대한 문제이니 솔직히 말해 주길 바라오. 여기 은 대협 말씀으로는 창천보의 금지옥엽인 은소예 소저와 정혼을 한 사이라던데 그럼에도 불구하고 우리 옥아와 정혼을 했단 말인지, 그 내역을 알고 싶소."

맹정우는 미간을 찌푸렸다. 대관절 은소예와 언제 정혼을 한 사이가 된 것인지 알 수 없었다.

은휘를 슬쩍 곁눈질하니 여전히 이글이글한 안광을 자신에게 뿌리고 있는 것이 말 한마디 잘못했다가는 허리에 차고 있는 은빛 장검이 막바로 자신의 모가지로 날아들 것 같았다.

'제길, 배 한번 맞댄 것이 정혼한 사이가 되는 건가?'

하긴 생각해 보면 길바닥 인생을 살아온 맹정우에게야 여인의 순결이라는 게 그리 크게 와 닿는 문제가 아니었지만, 은소예 정도의 신분이면 엄중히 따질 만도 했다.

맹정우는 주위를 환기시키려는 듯 주먹을 입에 대고 큰 기침을 한 번 하고 차분히 입을 열었다.

"제가 은 소저와 잠깐 인연이 있긴 했었습니다만 둘이 서로 혼인에 대한 문제를 얘기해 본 적은 없습니다. 은 소저 생각은 어떨지 몰라도 저는 은 소저와의 혼례를 생각해 본 일도 없구요. 그러니 팽 소저와 정혼하는 것에 대한 거리낌 같은 것은 없었습니다."

"뭐라! 네놈이 그런 짓을 해놓고도 생각을 해본 적이 없다고! 당장 칼을 뽑아라! 딸이 모욕을 당했으니 아비 된 자로서 묵과할 수 없다!"

은휘는 분기탱천하여 일갈하며 자신의 검을 뽑아 들었다.

무어개가 둘 사이를 가로막으며 말했다.

"은 대협, 진정하시구려. 두 분 사이에 무슨 일이 일어났는지는 알 수 없으나 여기는 엄연히 황룡문과 하북 팽가의 비무장이고, 아직 맹 소협의 비무가 끝나지 않았소이다. 예의가 무엇인지 아시는 분이니 말씀 안 드려도 어떻게 해야 하실지는 알 듯하오만."

그러나 다른 일은 몰라도 금지옥엽 외동딸이 얽히게 되면 눈이 뒤집혀지는 은휘는 호락호락 물러서지 않았다.

"천만의 말씀, 저 작자가 팽가의 데릴사위로 참가하는 이 비무는 더 이상 인정할 수 없소이다. 이 자리에서 파혼을 선언하던가, 그리 못하고 군이 팽가의 사위임을 자처하겠다면 본좌의 검을 꺾고 난 후 비무를 속개하라!'

그의 말이 끝난 순간 은빛 검기가 장검을 타고 흐르며 쭉 뻗어 나가 공중으로 이 장을 솟구쳤다.

일촉즉발의 순간, 힘없는 목소리가 그의 검기를 줄어들게 만들었다.

"은 대협, 그쯤 하시면 되었소. 맹 소협과 옥아의 정혼은 무효로 하기로 했소이다. 그러니 검을 거두시오."

말 소리가 난 쪽으로 고개를 돌리던 팽주현은 깜짝 놀라 외쳤다.

"아버지!"

그곳에는 오른쪽 어깨에 붕대를 친친 감은 채 팽승현의 부축을 받고 있는 팽유병이 서 있었다.

"이리 움직이시면 위험합니다."

팽주현이 걱정되어 다가섰지만 팽유병은 손을 저어 그를 물렸다.

"팽 대협, 무슨 뜻이시오?"

검을 내려뜨린 은휘가 물었다.

"방금 말한 그대로요. 우리 옥아는 시진 협사와 혼례를 치르기로 했소이다. 그러니 맹 소협을 더 이상 핍박하지 마시오. 그는 그런 대접을 받을 사람이 아니외다."

"팽 가주, 지금 그 말씀이 무엇을 의미하는지는 아시고 하는 말씀이시오?"

무어개의 말에 팽유병은 고개를 끄덕이며 대꾸했다.

"잘 아오. 이 문제는 무어개의 처분에 맡기겠소."

황보숭이 다시 목소리를 높였다.

"처분이고 자시고 할 것도 없겠구려. 팽가 무인도 아닌 자가 데릴사위도 아니라면 그야말로 외인 아니오? 부정 출전자를 내보냈으니 당연히 우리 측의 승리요."

"좀 가만있어 보시오, 황보 부문주."

무어개는 황보숭을 책하며 팽유병에게 다시 물었다.

"진상을 좀 더 자세히 알고 싶소이다. 노개가 팽가와 멀지 않은 곳에서 살다 보니 사위 선발대회 소식을 소상히 들었기에 더욱 이해가 안 가오만, 대관절 언제 정혼을 무효 처리한 것이오?"

그 대답은 팽주현이 했다.

"그것은 제가 말씀드리지요. 본래 우리 시… 협사와 옥아가 교분이 있던 사이인데 저희가 그것을 눈치 채지 못하고 맹 소협과 연결을 시켰습니다. 그러다 오늘에야 두 사람의 진실을 알고 정혼을 파기한 것이지요."

"그렇다면 파기한 뒤에 명단을 제출한 것이오?"

"그것은 아니고… 세 번째 비무가 끝난 후에 비로소 파기하게 되었지요."

"흠……."

무어개가 침음하자, 답답해진 황보숭이 다시 끼어들었다.

"대체 무얼 고민하고 계신 것인지 이해를 못하겠소이다. 저들이 이러쿵저러쿵 자신들에게 최대한 유리한 쪽으로 지어낸 말까지 다 수용하여 결정을 내리려는 것이오? 부정 선발자를 내보낸 것이 명백한데 무어개께서 고민하실 까닭이 뭐가 있는 것이오?"

"후……."

무어개는 긴 한숨을 토해냈다. 그리고는 중인을 둘러보며 얘기했다.

"노개가 능력의 한계를 절감하여 일선에서 물러난 지도 오 년이 넘었거늘 무슨 욕심이 일어 강호사에 이리 끼어들었는지 잘 모르겠소이다. 무책임한 말일지 모르나 노개의 판단을 얘기하겠소. 애당초 남궁 소저부터 시작하여 예외 조항을 두어 원칙을 벗어났던 것이 결국 화를 부르는구려. 물론 세가와 방파의 태생적 차이에서 오는 불균형이란 것은 분명 존재하고, 그것이 다수의 대표자가 나서는 비무를 할 때 고려해야 하는 사항임은 사실이오. 다만 그 문제의 해결 방안을 미리 정하지 않고 오늘에서야 부랴부랴 임의로 정한 것이 결국 사단의 원인이 되었소이다. 어쨌거나 이러한 책임을 통감하여 노개는 비무의 주관자 자리에서 물러나겠소이다. 다만 물러나기 전에 이 비무를 판정하자면, 맹 소협이 정혼을 파기했다 해도 엄연히 명단에 기재되어 있고, 황룡문 측에서도 동의한 대표자요. 그러니 원칙적으로 보자면 그가 대표자 비무에 나서는 것에 대해서 황룡문에서 이의를 제기할 수는 없다고 보오. 그러나 그렇게 되면 아까 남궁 소저의 예외 조항을 둔 것과의 불일치로 인해 황룡문 쪽에 너무 불공평하게 되는 판국이니 그렇게 할 수도 없는 노릇이고, 그러니 오늘의 비무는 무효 선언을 하겠소."

"말도 안 되는 소리!"

황보숭이 부르짖었다.

"이것은 구파일방과 오대세가와의 유착 관계에서 파생되는 또 하나의 비리요! 누가 보아도 부정 선발자로 인한 본 문의 승리가 선언돼야 하는데 이런 식으로 발을 빼다니! 강호의 동도들이 이런 협잡을 보고도 앞으로 개방을 천하제일방으로 부를 수 있을지 두고 보겠소이다!"

그 말에 팽주현이 발끈 했다.

"협잡이라니! 우리 역시 억울한 것은 마찬가지요! 정혼과 비무는 별

개 문제요! 맹 소협은 엄연히 명단에 기재된 대표이고, 그쪽에서도 수락한 무인인데 자신들 쪽이 불리할 듯하니까 쓸데없는 것을 물고 늘어지는 것이 아니오? 막말로 정혼 무효를 한 다음 우리가 바로 맹 소협을 초빙무사로 고용했다면 어쩔 거요? 당신네들이 실력있는 아무나 끌어들여 문도 가입을 어제 시킨 다음 오늘 비무에 출전시키고, 내일 내보내는 것과 다를 것 없으니 피차 공평한 일 아니오? 아니, 말 나온 김에 바로 고용하겠소이다. 우리 팽가의 빈객 맹정우 소협께서 대표 비무자로 나서실 것이오.”

“그걸 말이라고 하오? 좋소! 그렇다면 우리 문주님의 의형제이신 편대협께서 비무에 나서시는 것도 딴죽을 걸 수는 없겠지? 당신네 비무자 명단에 있는 맹정우는 빈객이 아니라 사위였으니, 일단 지웠다가 다시 써야 되지 않겠소? 그렇게 된다면 새로 등장시킨 대표끼리 싸우면 되니 아무 문제가 없겠군!”

황보숭의 말이 끝나고, 두 사람은 서로를 노려보다 문득 깨달았다. 마지막 비무자들의 자격 요건이 어찌어찌 하다 합의되어 버렸다는 것을.

“후후, 재미있게 되어가는군. 그럼 얘기들 다 끝난 거요?”

편강은 웃으며 무어개에게로 고개를 돌렸다.

“어쩌다 보니 두 진영이 합의된 것 같은데, 참관인의 의견은 어떠시오? 우리 둘이 싸워도 될지?”

무어개는 어깨를 으쓱했다.

“이미 사퇴한 몸에게 물어 뭘 하겠소? 두 진영이 합의 보았다면 얘기 끝난 것 아니오?”

“그러나······.”

뜻밖의 돌변한 상황에 당황한 팽주현이 다시 끼어들었으나 굵직하고도 무게 실린 편강의 목소리가 그의 말을 끊고 분지 위에 울려 퍼졌다.

"더 이상 시끄러울 필요 없지 않소? 언제부터 무인 된 자들이 말로 승패를 결하게 되었나? 답은 이미 나와 있소. 양측 다 오늘 비무를 무효로 하고 싶지 않아 하니 간단하게 여기서 승부를 봅시다. 어떤가, 맹소협? 자네와 나, 둘이 한 판 붙어서 승패를 결하는 게. 나는 늦게 왔고, 자네는 신분이 좀 애매하고, 우리 둘 다 그다지 떳떳한 대표자는 아닌 것으로 공평한 셈이니 외려 거기에 대해서는 더 왈가왈부할 것 없지 않나?"

그 말에 추풍족들이 환호성을 질렀고, 더 이상 두 비무자의 신분에 대한 시비는 서로가 꺼내기 어렵게 되었다. 이제 선택은 맹정우의 몫이었다.

맹정우는 편강의 제안을 듣고 심각한 고민에 빠져들었다.

마음 같아서야 석태곤도 두려워했는데 강북칠웅의 최강자라는 편강과 싸우고 싶지 않은 것은 당연했다. 그러나 일제히 자신을 주시하고 있는 기대 어린 눈동자들 앞에서 차마 그렇게 못하겠다는 말은 분위기상 꺼낼 수가 없는 형편이었다.

"최근 자네 얘기를 귀가 따갑게 들었네. 귀환도 섭평의 양팔을 일검에 양단해 버렸고, 적룡수채를 와해시켰으며, 못난 사제까지 간단히 격퇴시켰다지? 아, 우리 남해문은 사형제 간의 의리가 그다지 애틋한 편이 아니니 복수하려고 이러는 것은 아니란 걸 알아주게. 그리고 오늘만 해도 만만치 않은 범승까지 단 두 수에 제압해 버렸고. 이런 자네인데 비무쟁이인 내가 오늘 아니라도 언젠가는 찾아갈 수밖에 없네.

그러니 부담 갖지 말고 한 판 붙어보세나."

부담 갖지 말라는 편강의 말에 맹정우는 더욱 부담을 팍팍 느꼈다.

분위기는 점점 대결을 해야 하는 양상으로 흘러 황룡문 측뿐 아니라 팽가 측 사람들까지 맹정우가 편강과 싸워주길 바라는 눈치였고, 분지 주위에 구름같이 모여든 추풍족들은 열심히 떠들어대며 분위기를 조성하고 있었다.

"싸워라! 싸워라! 싸워라!"

한껏 분위기가 조성된 여기서 발을 뺀다면 비겁자로 낙인찍혀 그간 쌓아온 명성과 업적이 몽땅 물거품이 되어버릴 것이다. 그러나 모험을 하자니 목숨이 아까웠다.

'하아, 대체 어떻게 해야 하나?'

답답한 마음에 고개를 약간 쳐들고 하늘을 바라보았다. 그 순간 쳐들어진 얼굴 위로 물방울 하나가 톡 떨어졌다. 그러더니 다시 약간씩 비가 내리기 시작했다. 그리고 그의 눈에는 아까 자신이 일행과 이 분지로 빙 돌아온 높은 쪽 길이 눈에 띄었다.

'저거라면……!'

그의 머리 속에 기막힌 발상이 뇌전같이 스쳐 지나갔다. 운이 좀 따라야 하지만 앞에 있는 근육덩어리가 호응만 해주면 충분히 실현 가능한 계획이었다.

"좋습니다, 그렇게 하지요."

맹정우의 허락이 떨어지자 주변의 추풍족들이 환호성을 울렸다.

"좋아. 무어개께서 심판은 보시려오?"

편강의 말에 무어개는 고개를 저었다.

"노개는 이미 자격을 잃었소. 여러분이 알아서 하시구려."

"바라던 바요! 그럼 시작하지!"

급한 성미를 잔뜩 참고 있던 편강은 기다렸다는 듯 중인이 모인 자리에서 공중으로 떠올라 회전하며 사람들의 머리를 넘어 비무장 중앙으로 날아갔다. 거구의 몸체를 사뿐히 분지 위에 안착시킨 그는 조금씩 굵어지는 빗줄기를 뚫으며 화려한 자세로 폭풍번을 상하 좌우로 휘둘렀고, 추풍족들은 그 휘두르는 모양에 따라 '우우우!' 하며 추임새를 넣었다.

휘두르던 번을 절도있는 동작으로 팔을 쭉 뻗어 정지시킨 편강은 다가오는 맹정우에게 말했다.

"비무를 즐겨하다 보니 나름대로의 규칙이 한 가지 있다네. 그것은 나와 상대하는 자에게는 모든 것이 허용된다는 것일세. 어떤 무기를 쓰든, 무슨 암기를 사용하든, 용독을 하든, 하다 못해 진천뢰 같은 것을 던진다 해도 아무런 상관이 없네. 자네 혼자서 할 수 있는 어떤 것이라도 좋으니 수단과 방법을 총동원하여 나를 꺾어보게. 그것이 바로 강호에서 맞닥뜨리는 자들이 할 수 있는 진정한 승부가 아니겠나? 무어개께서 심판을 보겠다 하면 이러한 나의 규칙이 무용지물이 될 판이었으니 외려 재미없을 뻔했지. 자, 어떤 수라도 좋으니 자네가 가진 재주를 총동원해 보게!"

이 광오한 비무 규칙에 대해서는 아까 중앙으로 나오기 전에 방구병에게 충분히 들었었다. 이 근육덩어리의 잘난 척하는 버릇을 잘만 이용하면 오늘 대어를 낚을 수도 있을 것 같다.

"편 대협, 그렇다면 한 가지만 조건을 내걸겠습니다."

"말해 보게."

"아실는지 모르겠지만 저희 사부는 은거기인으로 저의 강호 활동은 허락하셨으되 사문을 밝히는 것은 허락하지 않으셨습니다. 그래서 사람이 많은 곳에서는 진신공력을 함부로 드러낼 수가 없고, 편 대협 정도의 고수와 싸울 때 써야 하는 무공은 결코 타인의 구경거리로 전락시키지 말라는 사부의 엄명이 있었습니다. 그러니 이렇게 사람이 많은 자리에서의 비무는 곤란합니다."

편강은 주위를 슬쩍 둘러보며 말했다.

"그래? 자네 사정을 이해한다 쳐도 지금 상황이 좋지가 않군. 나 역시 자네가 진신의 실력을 내게 남김없이 쏟아 붓기를 바라네만 이 많은 사람한테 자리를 비켜달라고 요청할 수도 없는 노릇 아닌가? 추풍족은 내 뒤를 쫓아다니긴 해도 내가 좌지우지할 수 있는 이들은 아니라네. 물론 정 귀찮으면 다 때려잡으면 그만이지만 비무 한 번 하려고 그렇게까지 할 순 없는 노릇 아닌가?"

"간단한 방법이 있습니다."

"그게 뭔가?"

"저쪽 윗길로 올라가면 별궁터가 있습니다. 그곳은 폭이 이십 장 남짓한 장방형의 분지인데 우리 둘이 올라가 거기서 비무하는 것입니다. 그리고 양측 무인 두 명이 저 길 입구만 막고 있으면 다른 길이 없으니 추풍족이 쫓아오지도 못할 겁니다."

"그으래?"

편강은 미묘한 빛을 발하는 눈초리로 맹정우를 훑어보았다. 그러더니 한쪽 입꼬리를 말아 올리며 씩 웃고는 흔쾌히 고개를 끄덕였다.

"자네가 그게 편하다면 그리하지!"

'걸렸다!'

맹정우는 속으로 쾌재를 불렀다.

두 사람은 이 계획을 말하려 다시 자기 진영으로 돌아갔다. 황룡문 쪽에서는 무슨 수작을 부릴지 모른다고 만류하는 분위기였지만 그런 것에 신경 쓸 편강이 아니었다. 비무 시에 암기는 물론 용독에 화약까지 허용하는 그가 장소 변경 같은 것을 두려워할 리 없었다.

추풍족들의 맹렬한 야유성을 뒤로하고 두 사람은 청운궁 뒤편으로 난 오르막길을 향해 걷기 시작했다. 걸어가는 맹정우의 옆으로 함토리가 따라붙었다.

"맹 소협, 부탁이니 조심하게."

맹정우는 놀라며 말했다.

"아니, 어쩐 일이십니까? 지금껏 저 싸움 못 붙여 안달하시던 분이?"

"그거야 자네가 감당할 만한 상대들이었으니 그런 거 아니겠나. 자네의 무공으로는 석태곤도 능히 감당할 수 있어. 그러나 편강은 다르네. 강북칠웅 중 편강과 저 창천신검 은휘만큼은 나중에라도 천하오성에 도전할 만한 가능성을 가진 자들이야. 절대 지금껏 상대해 온 자들처럼 가벼이 생각해서는 안 되네. 알겠나?"

"뭐 가벼이 생각해 본 적도 없습니다만, 어쨌든 알겠습니다."

함토리와의 대화가 끝나자마자 이번에는 은휘가 그를 붙잡았다. 그는 아까의 냉랭한 모습과는 완전히 상반된 걱정이 가득한 얼굴 표정을 지으며 맹정우에게 말했다.

"이보게, 맹 소협, 아까는 본좌가 저간의 사정을 모르고 자네에게 실례가 많았네. 부디 조심하게. 우리 딸도 자네를 간절히 기다리고 있으니 절대 몸이 상해서는 안 돼. 자네를 믿네만 혹여 능력이 안 된다 싶으면 즉시 항복하게. 알겠나? 자네를 기다리고 있는 사람이 있다는 것을 절대 잊으면 안 되네."

맹정우를 위한답시고 한 두 사람의 격려는 외려 그의 부담감만 잔뜩 가중시켰다. 어차피 해야 할 전법이 이미 다 짜여져 있는 판국에 자꾸 상대가 센 놈이라는 얘기만 해대니 실패할 수도 있다는 생각이 샘솟아 부담이 안 생길 수가 없었다.

오르막으로 올라가는 길 입구에는 누가 나서기도 전에 석태곤이 턱 하니 주저앉아 버렸다. 그 옆에 은휘까지 앉아버리니 막아서는 누구라도 짓밟고 폭풍번을 따라갈 듯하던 추풍족들도 기가 팍 죽어 걸음을 멈추어야 했다. 그 누가 있어 감히 강북칠웅 중의 두 사람 사이를 허락도 받지 않고 지나칠 수 있겠는가?

*

쏴아아아아!

맹정우는 다시 쏟아 붓는 빗줄기를 위안 삼아 부담감을 떨쳐 내려 애썼다.

우선 상대의 무기는 커다란 깃발이다. 무슨 천으로 짜여져 있는지 모르겠지만 비에 젖은 천이 무거워진다는 것은 맹정우 같은 포목 전문가가 아니라도 누구나 알 수 있는 상식이다. 그렇다면 상대의 초식 구사는 현저히 느려질 것이다.

좁은 공간에서 느리게 움직이는 상대에게 일격을 가할 수 있는 방법을 맹정우는 또한 알고 있다.

별궁터는 맹정우의 말처럼 가로세로가 이십 장이 채 안 되는 작은 분지였다. 분지는 삼면이 절벽에 막혀있고, 한 면만이 바깥으로 트여 있었다. 트여 있는 동편은 넓적하고 커다란 바위들이 난간처럼 세워져 있었다. 맹정우는 동편 바위를 번득이는 눈초리로 쳐다보았다.

두 사람은 분지 양끝에 마주 보고 섰다.

"자, 그럼 시작할까?"

편강은 쏟아져 내리는 비 때문에 철봉에 둘둘 감아 돌려놨던 깃발을 봉을 회전시켜 촥 풀어냈다. 그리고는 번을 상하 좌우로 휘둘러 대며 아까 비무장에서 보여주었던 화려한 기수식을 또다시 재현했다.

쏟아져 내리는 굵은 빗줄기와 고지대에 부는 강한 바람에도 영향을 받지 않고 빠르게 휘둘리는 봉을 따라 화려하게 펄럭이고 있는 '풍' 자를 바라보며 맹정우는 일말의 불안감을 가져야만 했다.

빗줄기가 꽤나 드센데 기름이라도 먹여놨는지 아무리 봐도 깃발이 젖는 것 같지가 않았다.

'일단 덫을 놓는다!'

검을 빼 든 그의 신형이 일순 흐릿해졌다.

경신법을 익히기 시작한 지 겨우 나흘밖에 되지 않았기 때문에 경신법 삼식 중에 제일식인 일보장천(一步長天)만을 죽자고 익혀서 간신히 오늘 써먹을 수 있을 정도가 되었다.

일 보를 하늘만큼 늘인다는 이 초식은 금나수법 제일식의 확장식이라고 할 수 있는 수법으로, 세 걸음 안쪽의 거리를 열 걸음 이상으로 늘릴 수 있게 만드는 초식이었다. 다만 이동 시 직선적으로만 움직일 수 있기 때문에 방향 전환에 특히 중점을 두어야 했다.

강풍에 휘날리는 깃발 아래서 미동도 하지 않던 편강의 두 눈이 먹이를 노리는 매의 그것처럼 날카롭게 번득였고, 그 순간 하늘로 향해 있던 '풍' 자가 그의 왼쪽으로 빠르게 몸을 뉘었다.

쟁!

금속성의 파열음이 울린 후, 편강의 두 걸음 앞까지 전진해 왔던 맹정우의 신형이 빠르게 후퇴했다.

몸을 정지시킨 맹정우의 얼굴은 살짝 일그러져 있었다. 검과 깃봉이 충돌하는 순간, 그는 손아귀가 찢어질 듯한 통증을 느끼며 하마터면 검을 놓칠 뻔했다. 과연 강호 칠대기병이라는 명성에 걸맞게 폭풍번은 팔성검의 예리함을 충분히 견뎌냈다.

편강은 어림없다는 듯 미소를 띠고 번을 좌우로 휘둘러댔다. 깃발은 휘두르는 각도를 따라 비바람에 아랑곳 않고 힘차게 휘날렸다.

'어디, 천을 발기발기 찢어놓아도 저 지랄을 할 수 있나 한번 보자!'

맹정우는 눈을 번득이며 다시 신형을 흐릿하게 만들었다.

편강의 눈이 이번에는 우측으로 돌아갔다. 다시 번이 빗줄기를 가르며 측면으로 이동했고, 번의 사정거리 바로 앞에서 신형을 정지시킨 맹정우의 일 검이 펄럭이는 '풍' 자를 향하여 빛살같이 내뻗었다.

'응?'

맹정우는 순간 당황할 수밖에 없었다.

반으로 갈라질 '풍' 자를 기대했건만 깃발은 맹정우의 기대대로 움직여 주지 않았다.

깃면을 향해 날카롭게 파고든 그의 검은 '풍' 자의 가운데 지점에 정확히 도달했지만 더 이상 나아가지 못했다.

깃발은 찢어지기는커녕 반으로 꺾어지며 그의 검을 덮었고, 깃봉을 회전시키는 편강의 빠른 손짓에 따라 돌돌 말리며 검신을 완전히 감싸 버렸다.

편강은 깃면이 검을 감쌈과 동시에 낚싯대를 낚아채듯 가볍게 손을 하늘로 퉁겼다. 그 순간 맹정우의 손에서 빠져나간 팔성검은 폭풍번에 감싸여 하늘로 솟구쳤다가 깃면이 풀리면서 편강의 뒤편으로 날아갔다.

챙그랑!

검이 바닥으로 떨어지는 소리를 귀로 확인하며 쳐올렸던 깃봉을 편안하게 내리던 편강의 눈에 살처럼 달려드는 맹정우의 흐릿한 신형이 확대되었다.

'이것 봐라?'

편강은 순간적으로 놀랐다. 너무나도 쉽사리 검을 제압한 탓에 허명(虛名)뿐인 고수가 아닌가 생각했었는데 의외로 검을 빼앗긴 뒤의 후공격은 대단히 기민했다. 심지어 일부러 검을 빼앗긴 것이 아닌가 착각하게 할 정도로.

장병을 쓰는 자는 상대방이 거리를 좁히도록 놔둬서는 안 된다.

편강은 훌쩍 뒤로 몸을 날려 오 장을 날아가서 착지했다. 착지한 위치는 동편의 바위 난간 바로 앞이었다.

맹정우는 속도를 좁히지 않은 채 편강에게로 향했다.

맹정우와 편강의 사이에는 아까 날아갔던 팔성검이 바닥에 놓여 있었다. 맹정우가 달려오며 몸을 슬쩍 굽히는 것이 편강의 눈에 들어왔다.

'놈이 검을 주우려 할 때가 기회!'

편강도 두 발을 박차며 전진했다. 맹정우가 검을 주우려 하는 허점을 틈타 공격을 가하려는 의도였다.

두 사람의 신형이 최대한 좁혀지는 순간, 검을 주우려는 듯 허리를 굽히던 맹정우가 갑자기 몸을 펴 속도를 더하여 편강 쪽으로 뛰어들었다.

순간 편강의 두 눈에 이채가 서렸다.

'검을 포기할 작정이군!'

생각보다는 제법 만만치 않은 상대였다. 만일 거리가 조금만 더 가까웠다면 예상치 못한 전진으로 인하여 순간적으로 거리를 허용해 권격에 당했을지도 몰랐다. 그러나 두 사람 사이에는 아직 폭풍번을 휘두를 정도의 공간이 충분히 있었다.

'벌써 끝나다니 아깝군. 꽤 재미있는 상대인데… 숨겨놓았던 비수가 제 몸을 찌르는 격이 되었으니……'

편강은 다가서는 맹정우를 향해 폭풍번을 사선으로 내리찍었다. 폭풍번의 날아가는 속도와 맹정우가 다가오는 속도가 충돌한다면 살아남기 힘들리라.

그런데 번이 어깨를 지나치기도 전에 몸이 붕 뜨고 있는 것이 느껴졌다.

'격공장?'

편강은 몸이 떠서 날려가고 있는 와중에도 믿을 수가 없었다. 불안정한 자세로 저렇게 빠른 속도로 움직이면서 자신의 두 발을 공중에 뜨게 만들 정도의 격공장을 준비 자세도 갖추지 않고 시전한다는 것은 천하오성이라도 불가능한 일이다.

그러나 인과 관계를 살피기 이전에 먼저 고려해야 할 일이 생겼다.

그의 몸이 날려 난간처럼 둘러싸인 넓적한 바위 위까지 이르렀을 때, 아래를 쳐다본 편강은 기겁을 하고 말았다.

바위 다음에는 산이 계속되는 것이 아니라 깎아지르는 듯한 천장단

애였던 것이다. 내리막이 나올 것으로는 예상했지만 이처럼 가파른 공간이 나올 줄은 상상도 하지 못했다.

'놈이 노렸던 것이 바로 이것이로군!'

그대로 계속 날아갔다가는 수천 장 아래로 추락해 뼈도 못 추릴 판이었다.

'걸렸어!'

맹정우는 날아가는 편강을 바라보며 속으로 쾌재를 불렀다. 아까 비무장으로 오는 길에 이 독특한 지형을 보고 지나친 것이 큰 행운이었다.

일단 편강을 동편 바위까지 밀려나게 하는 것이 큰 문제였는데, 검을 잡는 기본도 못 익히고 있었던 것이 오히려 득이 된 셈이었다. 그러나 밝아지던 그의 얼굴이 갑자기 딱딱하게 굳어져 버렸다. 믿을 수 없게도 편강의 신형이 공중에서 정지한 것이다.

그대로 바위를 지나쳐 계속 날아갈 듯하던 편강은 천근추(千斤墜)를 시전하여 급속히 몸을 아래로 떨어뜨렸다. 그러면서 동시에 폭풍번을 힘차게 내리찍었다.

쾅!

천장단애로 떨어질 듯하던 편강의 신형이 굉음과 함께 공중에서 정지했다. 다른 바위들에 비해 약간 높은 바위 위로 날아간 것이 행운이었다. 길이가 일 장에 이르는 폭풍번의 깃봉을 바위 위에 꽂아넣어 몸을 정지시킬 수가 있었던 것이다.

"젠장!"

다 잡았던 고기를 놓칠 지경에 이른 맹정우가 재빨리 바위 위로 몸을 띄웠다.

편강은 이미 깃봉을 타고 내려와 바위 위에 두 발을 착지하고 있었다.

"타앗!"

다시 퇴산장이 뿌려졌지만 같은 수에 두 번 당할 편강이 아니었다. 그는 바위에 박힌 번을 재빨리 뽑으며 공중제비를 돌아 옆 바위로 이동했다.

맹정우의 신형이 따라붙으며 좁혀진 거리를 놔주려 하지 않았다. 이렇게 된 이상 박투로 가야 그나마 승산이 있었다.

"어?"

그가 편강의 코앞까지 접근하는 순간, 폭풍번이 절반으로 나뉘어지는 것이 보였다. 펄럭이던 깃면은 돌돌 말리며 한쪽 깃봉에 감싸여졌고, 두 개로 나뉜 깃봉은 다섯 자의 단봉 두 개로 변해 버렸다.

넓적한 바위 위에서 두 사람의 신형이 드디어 격돌했다. 권장과 봉이 눈에 보이지 않을 정도의 빠른 속도로 교차하면서 순식간에 이십여 초가 흘러갔다.

겉으로 봐서는 호각세였지만 맹정우의 얼굴은 점점 일그러지고 있었다. 상대의 쌍봉 구사는 자신의 금나수법 못지않게 절묘한 맛이 있어서 그전의 상대들처럼 쉽사리 제압할 수가 없었다. 그 반면에 철봉을 막아내야 하는 자신의 육장은 금강불괴가 아닌 이상 통증을 견뎌낼 재간이 없었다.

통증으로 인하여 몸이 움찔거리자 허점이 드러나지 않을 수 없었다. 결국 옆구리에 일 봉이 적중됐고, 맹정우는 눈앞이 아득해졌다.

비틀거리는 그의 머리를 향해 편강의 우수곤이 날아왔다. 본능적으로 허리를 구부리며 피하고 다시 찔러들어 오는 좌수곤을 몸을 회전시켜 흘려보냈다. 즉흥적인 동작치고는 절묘한 움직임이었다.

비틀거리는 상대에게 가한 연속 공격이 모두 빗나갈 줄은 예상 못한 듯 편강이 잠시 주춤거릴 찰나, 등을 보이며 회전하는 맹정우의 몸 안쪽에 숨겨져 있던 왼손이 갑작스레 튀어나와 편강의 오른쪽 팔로 날아들었다. 늑골이 부러지는 듯한 통증을 감내하며 몸의 공력을 몽땅 쏟아 부어 시전한 제칠식, 추혼접이었다. 일단 상대와 접촉만 할 수 있다면 끝장을 볼 수 있는 비장의 수!

굴절된 빛과 같이 휘어져 들어오던 맹정우의 좌수가 편강의 오른팔에 겹쳐지는 듯하던 순간, 방향을 전환하여 날아든 편강의 좌수곤이 그 손을 무참히 강타했다.

"크흑!"

손을 감싸 쥐는 맹정우를 향해 편강은 연속 공격을 퍼부었다.

기둥뿌리 같은 편강의 우각이 솟구쳐 맹정우의 옆구리를 다시 한 번 강타했고, 연이어 날아온 좌각이 그의 가슴을 걷어찼다.

결국 맹정우는 피를 토하며 날아가 바닥으로 내동댕이쳐졌다.

맹정우는 바닥에 큰 대 자로 널브러진 채 입가에 피를 줄줄 흘리며 폭우를 퍼붓고 있는 하늘을 바라보았다.

'아아, 이제 모든 것이 끝났구나.'

영웅이고 나발이고 모든 상황이 종료됐다. 편강이 자신의 음흉한 노림수를 내려가서 떠들어댄다면 패배자가 아닌 비겁자로 낙인찍힐 것은 보지 않아도 선했다.

급하게 쌓아 올린 탑은 쉬이 무너지는 법, 잔뜩 쌓아 올린 명성을 한순간에 잃어버린 자는 무명지배보다 훨씬 비참한 처지로 전락한다는 것은 강호 아니라 어느 세계에서도 통용되는 진리이다.

"아하하하하하."

편강의 호쾌한 웃음소리가 변운봉을 울리고 있었다.

언제 도로 끼웠는지 다시 펼쳐진 폭풍번을 바위 위에 우뚝 서서 힘차게 휘돌리고 있었다.

비바람이 몰아치고 뇌성벽력이 치는 가운데 깃발을 휘날리고 있는 것을 보고 있자니 천신이 강림하여 호풍환우(呼風喚雨)를 하는 모습 같아 패배한 맹정우가 보기에도 멋있게 느껴졌다.

'그래, 영웅이란 이름은 저런 놈들이 쟁취하는 것인가 보다. 나같이 잔머리나 굴리는 놈이 가질 이름이 아니야.'

그는 얼굴을 때리는 비를 맞으며 머리를 스치고 지나가는 수많은 상념 속에 짙은 회한을 느꼈다. 운이 좋아 명성을 얻고, 잠시나마 영웅으로 대접받으며 절로 우쭐해졌다. 거듭되는 기연으로 인해 실력도 제법 쌓여갔다. 그러나 지나친 과욕이 결국 화를 불렀다. 어느 정도 올라갔을 때 자기 분수를 알고 자제했어야 하는데 주제를 모르고 천둥벌거숭이처럼 날뛴 결과 이렇게 비참한 지경까지 이르게 된 것이다.

'죽지 않은 게 다행이다.'

정말 죽지 않은 것이 다행이었다. 이제 다 집어치우고 그간 얻은 소득을 밑천 삼아 세명로에서 장사나 열심히 해야겠다는 생각이 들었다.

그는 어지러운 마음과 헝클어진 몸을 잠시 추스르려고 지친 두 눈을 감았다. 그러나 우렁찬 굉음와 함께 하늘을 밝게 물들이는 뇌성벽력이 그의 귀를 어지럽히고 그의 감긴 눈 안쪽으로 비집고 들어와 잠깐의 안식조차 가질 자격이 없는 놈이라고 꾸짖어댔다.

제6장

영웅은 절망적 상황을 반전시킨다

쏴아아아아! 번쩍! 콰르릉!

털썩!

폭우와 함께 뇌성벽력까지 하늘에서 떨어지며 잠시라도 모든 것을 망각하고 싶은 맹정우를 놔두시 않고 있었다.

'빌어먹을… 일단 근육덩어리가 내려간 다음에 눈치를 봐서 슬슬 기어 내려가야 할 듯한데… 웃음소리는 멈춘 것 같기도 하고. 빗소리, 벼락 소리 때문에 안 들릴 수도 있지.'

꿈지락거리다가 싸울 힘이 있는 것으로 오인되어 혹시라도 몇 대 더 맞을까 두려웠기 때문에 눈뜨고 주변을 살필 엄두도 나지 않았다. 다만 편강이 내려가는 소리를 들으려고 귀만 쫑긋 새우고 있었는데, 시끄러운 소리들 때문에 인기척을 느낄 수가 없었다.

이러지도 저러지도 못하고 가만히 누워 있던 맹정우는 문득 이상한 생각이 들었다.

'가만, 근데 마지막 소리가 좀 이상했지?'

'쏴아아' '콰르릉' '번쩍' 까지는 이해가 가는데 '털썩' 은 대체 뭔가? 왜 지금 이 상황에서 푸대자루 내려치는 소리가 들려야 하는 걸까? 게다가 기이하게도 고기 타는 냄새 같은 것이 아까부터 콧속으로 파고들고 있었다.

빗속이지만 한참을 기다려도 인기척은 여전히 느낄 수가 없었다. 아무래도 벌써 내려간 듯하여 살살 눈을 뜨고 고개를 천천히 돌렸다. 편강이 열심히 깃발을 휘두르던 바위 위에는 아무것도 없었다. 슬슬 이리저리 고개를 돌리다가 화들짝 놀랐다. 누워 있는 그에게서 일 장 남짓 떨어진 거리에서 바닥에 쓰러진 채 깃면만이 바람에 펄럭이고 있는 폭풍번이 시야에 들어온 것이다.

'이키! 바로 옆에 있었나?'

순간 움찔했지만 눈을 돌려보아도 서 있는 사람은 보이지 않았다.

다시 천천히 고개를 돌려 폭풍번을 찬찬히 살펴보니 특이한 변화가 눈에 띄었다. 팔성검에도 흠집 하나 나지 않았던 깃면의 가장자리가 그슬린 듯 거뭇거뭇하게 변해 있었다. 그래서 깃면에서 시선을 돌려 바닥에 눕혀져 있는 깃봉을 따라 시선을 쭉 훑어 내려갔다. 그랬더니 깃봉의 손잡이 부분에 시커먼 게 들러붙어 있는 것이 보였다.

'저게 뭐지?'

맹정우는 궁금함을 참지 못하고 몸을 벌떡 일으켰다.

그의 입이 딱 벌어졌다. 폭풍번의 끄트머리 손잡이 쪽에 웬 사람 몸뚱어리만한 시커먼 숯덩이가 달라붙어 있었던 것이다.

그는 몸을 일으키고 숯덩어리 쪽으로 다가갔다. 발로 몇 번 걷어차

보고서야 비로소 덩어리의 정체를 짐작할 수 있었고, 무슨 일이 벌어진 것인지 사태 파악을 할 수 있었다.

"벼락 맞았군."

근육덩어리가 타서 숯덩어리가 되는 바람에 고기 타는 냄새가 났던 것이다. 높은 바위 위에서 그토록 열심히 깃발을 휘둘러 대더니 호풍환우는 못했어도 호뢰환전(呼雷喚電)은 확실히 한 모양이었다.

맹정우는 잠시 생각에 잠겼다가, 벼락에 맞아 새카맣게 타버린 편강의 시체를 폭풍번에서 떼어낸 후, 낑낑거리며 동편 바위로 끌고 가서 천장단애로 던져 버렸다.

그리고는 폭풍번도 절벽으로 가져갔다. 그런데 왠지 이것까지 던져 버리는 것은 아까웠다. 명색이 강호 칠대기병이라지 않나? 그러나 이것을 없애지 않으면 그슬린 깃면 때문에 사람들이 상황을 짐작할 수도 있었다.

그는 생각 끝에 깃면을 떼어 버리고 깃봉만 아까 편강이 구멍을 뚫었던 바위로 가져가 뚫린 구멍에 그대로 꽂아 넣었다. 그렇게 해놓고 보니 비석을 세워준 것 같아 마음이 조금 편안해졌다.

맹정우는 다친 몸을 추스르고 별궁터에서 몸을 돌려 내리막길로 들어섰다. 걸어 내려오면서도 입을 비집고 튀어나오는 웃음을 막기 위해 애써야 했다. 흐뭇해서라기보다는 기가 차서 튀어나오는 헛웃음이었다.

"허허헛, 참나……."

어찌 생각해 보면 편강이 안됐다 싶은 마음이 들었다. 비록 적이긴 했으나 강단있는 무인이었기 때문에.

그러나 곧 그 생각은 머리 속에서 지워져 버렸다. 험한 삶을 살면서 터득한 것이지만 멍청한 놈은 죽어도 할 말이 없는 법이다.

벼락 맞아 뒈지고 싶어 환장한 놈이 아니고서야 이겼으면 그만이지 비 오고 벼락 치는 날 높은 바위 위에 올라가 왜 그렇게 오랫동안 쇠막대기를 휘둘러 대느냔 말이다.

"승전광소(勝戰狂笑)까지 울려 퍼졌으니 잠시 후 내려오겠구먼."

"일검탈명의 기세가 드디어 꺾이는구만. 너무 빨리 뜬다 했는데 결국 폭풍마번이 꺾어주는군."

여기저기서 들려오는 추풍족들의 말에 팽가 측 사람들의 표정은 점점 더 불안해져 갔다.

"설마… 놈이 진 걸까요?"

매일 서로 못 잡아먹어 안달해도 친구 사이의 정이란 것은 어쩔 수 없는 법인 듯, 함토리에게 묻는 방구병의 목소리는 약간 떨리고 있었다.

"으음… 편강이 승리했을 때 내지른다는 광소까지 들려온 것을 보면……."

어울리지 않게 말꼬리를 흐리는 함토리도 내심 걱정이 되는 듯 안절부절못하고 있었다.

"저기 내려온다!"

높은 바위 위에 올라가 목이 빠져라 세우고서 내려오는 길을 쳐다보고 있던 한 추풍족이 외쳤다.

앉아 있던 사람들도 그 말에 벌떡 일어섰고, 분분히 흩어져 있던 사람들도 모두 길 앞으로 모여들었다.

이제는 많이 줄어들어 가랑비로 변한 빗줄기가 중인의 시야를 흐릿하게 가리는 가운데 한 사나이가 뚜벅뚜벅 내려오고 있는 것이 보였다.

"기다란 깃봉이 안 보이는데요! 정우인가 보다!"

"가만있어 보게, 어디……."

성급한 방구병을 자제시키며 눈을 가늘게 뜨고 전방을 주시하던 함토리의 표정이 점차 밝아졌다.

"일검탈명이다!"

"설마 폭풍마변이 졌다는 말인가?"

추풍족들이 믿을 수 없다는 듯 목소리를 높이며 떠들어댔다.

"맹 소협!"

"이놈아!"

"사위!"

누가 먼저랄 것도 없이 팽주현과 방구병, 은휘가 비틀거리며 걸어내려 오는 맹정우를 붙잡았다.

팽가 사람들의 환호성이 울려 퍼지는 가운데, 안색을 딱딱하게 굳히며 석태곤이 급히 오르막길로 올라갔고 추풍족들이 그의 뒤를 따랐다.

"맹 소협, 몸은 좀 어떤가?"

이제야 본래의 넉넉한 표정을 되찾은 함토리가 묻자 맹정우는 창백한 얼굴에 미소를 띠며 대답했다.

"괜찮습니다. 갈빗대가 한 대 나간 것 외엔."

"편강을 이기는 데 갈빗대 하나면 남는 장사지, 안 그래?"

"하하! 그럼요."

"아야, 편강은 어떻게 되었냐?"

그제야 생각난 듯 방구병이 묻자, 맹정우는 선뜻 대답하지 못하고 머리를 긁적였다.

"그러니까… 죽었지."

"죽었어?"

"그래, 그래. 자세한 얘기는 피곤하니까 팽가장에 가서 하자."

맹정우가 피곤한 기색을 드러내자, 떠들썩하게 모여 있던 주변 사람들은 더 이상 캐묻지 않고 그를 격려했다.

"어쨌든 대단한 일을 했네. 본좌와 같은 자리에 위치한 무사를 사위로 두게 될 줄은 꿈에도 몰랐었군."

은휘는 기쁜 기색을 감추지 않으며 맹정우의 등을 두들겼다.

"예? 같은 반열이라뇨?"

"허허, 이 사람 참, 젊은 사람이 명리에 초연한 것인가, 아니면 아직 편강을 이긴 것이 실감이 나질 않나. 자네가 폭풍마번을 꺾었으니 이제 그가 물러난 강북칠웅에 자네가 끼게 되는 것일세. 이제 자네도 강북을 대표하는 무인이 되는 것이지."

"그… 그런가요?"

"그렇고말고."

옆에 있던 함토리도 거들었다.

"다른 경우도 아니고 일 대 일 비무를 하여 꺾은 것이니 자네는 그 자리를 차지할 자격이 있네. 게다가 같은 강북칠웅인 은 대협이 인정하시니 감히 누구도 토를 달수는 없겠지."

"네 이놈, 맹정우!"

함토리의 말이 끝나기가 무섭게 벽력같은 호통이 분지 위에 울려 퍼졌다.

소리가 난 쪽으로 모두가 고개를 돌리니 석태곤이 노기 등등한 모습으로 깃봉만 남은 폭풍번을 든 채 별궁터에서 내려오고 있었다.

"대관절 무슨 수를 쓴 것이냐? 편 아우는 어디로 갔냐!"

"죽었습니다."

"시체는 어디 있느냐?"

"절벽에서 떨어졌는데요."

질문하는 족족 착착 따라붙는 맹정우의 대답에 잠시 머뭇거리던 석태곤이 다시 일갈했다.

"네놈이 무슨 수작을 부렸기에 편 아우가 무기도 버린 채 절벽으로 떨어질 수가 있었겠느냐! 암수를 쓴 게지?"

'암수라……'

맹정우는 딱히 답할 말을 찾지 못했다. 암수야 저 위의 상제께서 한 방 내린 것 말고는 없질 않나?

"왜 대답을 못하는 게냐! 편 아우를 어떻게 죽인 것이야!"

대답을 강요하는 물음에 맹정우는 고민했다.

'뭐라고 해야 할까, 하늘의 진노를 사서 천벌을 받았다고 할 수는 없는 일이고, 내 칼에 맞아 죽었다고 해야겠지?'

"이보시오, 석 대협."

맹정우가 어떻게 구라를 쳐야 그럴듯하려나를 고민하는 사이, 은휘가 먼저 옆에서 끼어들었다.

"아까 이 자리에 모인 모두는 편 대협의 비무 시의 공약을 똑똑히 들었소. 상대방의 여하한 암수도 모두 허용한다는 얘기였고, 여기에 맞춰 맹 소협이 내건 조건은 자파의 함부로 내보일 수 없는 절기를 발휘하려면 노출되지 않은 장소에서 비무를 하고 싶다는 것이었소. 이 조건까지 편 대협이 수락하였소. 그렇다면 숨은 절기를 발휘해서 편 대협을 쓰러뜨렸든, 암기를 썼든, 용독을 했든 모두 합의된 사항인데 더 이상 무슨 해명을 할 게 있겠소? 설마 석 대협 같은 분이 합의된 비무 결과를 받아들이지 못하겠다는 얘기는 아니시겠지요?"

석태곤은 할 말을 잃었다. 은휘의 말이 이치에도 맞는 데다가, 맹정우에 은휘까지 가세했으니 힘으로 뒤집어엎을 수 있는 상황도 아니었다.

"끄응! 좋소! 더 이상 말해 봐야 입만 아프겠군. 오늘 비무는 본 문의 패배요! 그러나 맹정우, 네놈이 실력으로 편 아우를 꺾었으리라고는 믿지 않는다. 이 빚은 나중에라도 반드시 너의 피로 갚을 것이니 목은 그때까지 잘 보존하고 있도록!"

석태곤은 말을 마친 후 휑하니 몸을 돌려 뒤도 돌아보지 않고 산을 내려가기 시작했고, 황룡문인들과 추풍족이 그의 뒤를 따랐다.

분지 위에는 잠시 적막이 흘렀고, 방구병이 버럭 소리를 질러 그것을 깼다.

"이겼다!"

팽승현이 외쳤다.

"팽가가 이겼다!"

모두가 외쳤다.

"일검탈명 만세!"

모두가 웃고 떠들며 환호작약하는 가운데, 맹정우만이 머쓱한 표정을 짓고 있을 따름이었다.

승리한 팽가 무인들의 환호성이 산을 울리는 가운데, 비가 그친 구름 사이로 햇살이 새어 나오며 그들의 승리를 축복하듯 분지 위를 밝히고 있었다.

제7장

영웅은 타인의 흠모,

그리고 질투를 받기 마련이다

영웅은 타인의 흠모
그리고 질투를 받기 마련이다

동서로 가로지르는 수운과 남북으로 가로지르는 육운이 교차하는 십자로에 위치하여 사통팔달(四通八達)이라는 말이 그야말로 잘 어울리는 중원 교통의 요지인 무창(武昌)에 처음 들르는 사람은 누구나 고개를 들어 장강 기슭의 야트막한 사산(蛇山) 위에 우뚝 솟아 있는 황학루(黃鶴樓)부터 눈으로 찾기 마련이다.

강남 삼대 명루 중에 하나로 명성이 자자한 황학루는 내려오는 전설에 의하면 삼국 오나라 시절 이 터에서 신씨 여인이 주점을 하고 있었는데 자주 찾아오는 가난한 늙은 도인에게 공짜로 술을 접대했다고 한다. 도인은 어느 날 술값 대신 주점 벽에 황학도(黃鶴圖)를 그려주었는데, 도인이 가르쳐 주고 간 대로 여인이 손뼉을 치고 노래하면 황학도에서 황학이 튀어나와 춤을 추는 재주를 부리는 바람에 손님이 많이 들어 여인은 크게 돈을 벌었다. 그리고 십 년이 지난 어느 날 다시 찾아온 노인이 피리를 불어 학을 불러낸 다음 학을 타고 하늘로 올라가 버렸다. 신씨 여인은 이 일을 기념하기 위해 주점을 허물고 그 자리에 황학루를 세웠다고 한다.

이렇게 전해져 내려오는 신기한 전설과는 달리 실상의 황학루는 군사적인 목적으로 오나라 황무 원년에 세워진 건물로 군사 요충지이기도 한 무창을 전 방위적으로 감시하기 위해 만들어졌고, 그 때문에 수차례 허물어졌다 다시 세워진 건물이었다. 그러나 그 수려한 풍광으로 인해 고래로 수많은 시인 묵객이 다녀가면서 그 아름다움을 칭송하고 시를 짓는 바람에 군사적 목적이 퇴화된 지금은 천고의 명승지로 꼽히며 옛시인들의 정취를 다시 느껴보려는 민간인들의 발길만이 끊이지 않고 있었다.

지금은 민간에 위탁되어 운영되고 있는 황학루는 일, 이층은 일반 백성들이 자유로이 출입할 수 있었지만 가장 전망이 좋은 누각의 삼층은 상류층 사람들에게만 출입이 허용되었다.

극심한 늦여름의 무더위로 인해 중원 삼대 부뚜막이라고 일컬어지는 무창이지만 탁 트인 장강의 풍광과 동호(東胡)가 훤히 보이는 황학루 삼층의 전망 좋은 자리를 차지하고 앉아 있는 일녀이남은 늦더위가 기승을 부리는 오후임에도 불어오는 시원한 강바람 덕에 땀 한 방울 흘리지 않고 즐겁게 담소를 나누고 있었다.

명문가의 자제인 듯 헌앙한 외모에 고급스러운 옷을 입고 있는 두 청년은 옆구리에 칼을 차고 있는 것으로 보아 무림세가의 자제로 보였다. 두 청년이 경쟁적으로 말을 붙이고 있는 대상인 아름다운 소녀는 무척 기품있는 외모로 인해 나이보다 훨씬 성숙해 보였으나, 반짝이는 눈과 생동감 넘치는 표정은 역시 그 나이 또래의 발랄함을 간직하고 있었다.

　그녀는 상대의 말에 진지하게 귀를 기울여 말하는 사람이 절로 흥이 나게 만드는 대화 상대여서 두 청년은 행여 상대에게 뒤질세라 열심히 그녀에게 말을 붙이고 있었다.

　소녀는 좌측의 얼굴이 각진 청년의 말에 관심을 드러냈다.

　"어머, 그러면 그 성물이란 것이 아직 중원에 있단 말인가요?"

　그녀의 맞은편에 앉아 있는 얼굴이 각진 청년은 소녀의 반응이 만족스러운 듯 만면에 미소를 띠며 대꾸했다.

　"그럴지도 모른다는 얘기지요. 마교 얘기가 나온 김에 꺼낸 것입니다만 사실 이 얘기는 무척 조심스럽고 비밀스러운 것입니다. 저와 한 소저 사이니까 이런 말도 다 하는 것이지요."

　소녀는 눈을 반짝이며 고개를 끄덕였다.

　"그러믄요. 벌써 삼 년째 이맘때마다 조우하는 사이인데, 이 정도면 우리 셋도 친한 친구라 해도 될 만한 사이 아니겠어요?"

　'그런 뜻으로 한 말이 아닌데……'

　진소천(陳少天)은 쓴웃음을 지었다. 그녀의 말따나 자신이 속한 쌍룡회(雙龍會)와 소녀가 속한 세력인 일월문(日月門), 그리고 옆 청년이 속한 양의문(兩儀門)은 지난 삼 년간 칠월 중순에 주기적으로 회합을 가져왔고, 세 사람은 그때부터 친분을 다져 왔다. 이들은 모두 각 방파의 종손 격인지라 대표단에 끼여서 매번 회합에 참여하고 있었지만 아직 젊은 나이인 탓에 담당하고 있는 실무가 적어 첫째, 둘째 날 회의가 끝나고 나면 별로 할 일이 없었다. 그래서 회합이 끝날 때까지 끼리끼리 어울려 무창의 풍광 좋은 곳을 골라 관광을 하는 것이 이들의 남은 일정이었다. 특히 황학루는 대표적인 무창의 명승지인지라 이들이 항상 즐겨 찾는 곳이었다.

이런 인연으로 인해 그녀가 자신을 친한 친구라 칭하는 것은 기분 좋은 일이었지만 옆의 눈엣가시 같은 청년까지 덩달아 묶어버리는 것은 그가 원하는 '친한 사이' 하고는 조금 거리가 있는 표현이었다.

소녀, 한영영(韓永永)은 그가 말을 잇지 않고 웃기만 하자 답답한 듯 채근했다.

"진 공자, 그 마교의 성물이란 것이 어디 있는지 아시는 건가요?"

"아닙니다. 있는지조차 확신을 못하는데 어디 있는지 알 턱이 있나요. 다만 제 짐작으로는 무림맹이 그 물건들을 파괴하지 않았다는 소문이 정말 사실이라면 분명 한 장소에 보관하고 있지는 않을 거란 겁니다."

"한 장소에 보관하는 게 아니라면, 그걸 분타 같은 곳에 나누어서 보관하고 있다는 얘기인가요?"

"그렇습니다."

"왜 그렇게 확신하세요? 한꺼번에 같이 보관하면 물론 털리기도 쉽겠지만 지키기도 쉽지 않겠어요?"

소녀가 눈을 동그랗게 뜨고 궁금해하자 진소천이 대답하기도 전에 옆에 가만히 앉아 있던 영준한 인상의 청년, 공손승(公孫承)이 재빨리 끼어들었다.

"그것은 마교의 성물이 가지고 있다는 힘 때문입니다."

"힘이요?"

한영영의 눈이 또다시 동그래졌고, 함부로 끼어들지 말라는 진소천의 눈총을 무시하며 공손승은 그녀의 궁금증을 채워주려 얼른 말을 이었다.

"한 소저께서도 마교의 환술에 대해서는 들어보신 기억이 있을 것입니다. 마교가 감숙 너머로 쫓겨간 지금이야 사술로 치부되고 있지만 백 년 전의 마교 혈사를 간접적으로나마 기억하고 있는 노인 분들은 그들의 술법의 무서움에 치를 떤답니다. 마교의 성물이라는 마경(魔鏡), 제마령(制魔鈴), 건곤검(乾坤劍)은 제각각이 주술적인 힘을 내포하고 있는 데다가, 그 세 개를 모두 모아 격식을 갖추어 의식을 지내면 명왕을 이 세상에 현신하게 만들 수 있는 능력을 가지고 있다더군요."

"어머나, 현신이라니, 그 명왕이란 것은 다른 세계에 있나 봐요?"

"그렇습니다."

더 이상 대화의 기회를 빼앗기고 싶지 않은 진소천이 재빨리 대답했다.

"마교의 교리에 의하면 명과 암이 혼재되어 있는 현실 세계이지만 머지 않아 광명세가 닥쳐올 것이고, 그 세계를 이끌고 오는 것이 바로 명왕이란 것입니다. 아직 현세에 오지 않았으니 다른 세계에 있다고 봐야 하죠."

한영영은 이해가 안 간다는 듯 고개를 갸우뚱거렸다.

"명왕이 오는 것이 그들의 목표라면 왜 백 년 전 혈사로 인해 멸망지경에 이르고 신물까지 빼앗기기 전에 명왕을 부르지 않았을까요?"

"그 이유가 아까 제가 말씀드린 격식이라는 것 때문입니다. 아마도 단순한 요소가 아닌 아주 복잡한, 이를테면 시간, 지형, 또는 성물을 부리는 자의 능력 같은 것이 모두 충족되었을 때나 그 효능을 발휘할 수 있었을 겁니다."

"그러면 그런 복잡한 조건이 맞아떨어져야 제 역할을 할 수 있는 성물인데, 마교도들의 손에 들려 있을 때도 힘을 못 쓰던 물건을 굳이 그렇게 겁내서 파괴했다는 헛소문을 퍼뜨리고 비밀리에 뿔뿔이 흩어놓을 필요가 있었을까요?"

"저런저런, 한 소저께서는 진 형의 가설을 아예 진실로 믿어버리시는군요. 그러시면 곤란합니다."

진소천의 안색이 딱딱해지는 가운데 공손승이 자신의 의견을 펼쳐냈다.

"세 가지 성물이 모이고, 인시와 천시가 맞아떨어지면 뭔 일이 벌어지는지는 모르겠지만, 그 성물이란 것들이 사이한 힘을 발휘한다는 것은 확실한 사실입니다. 백 년 전의 정파무림이 그것을 몸으로 직접 경험했었지요. 저도 가문의 어른들께 들은 얘기입니다만 그 마경이란 것은 인간의 심령을 제압하여 조종할 수도 있다고 하더군요. 또한 제마령이란 것으로는 강시나 귀신 등을 부리는 재주를 펼칠 수 있다고 합니다. 그러니 정말 세 개가 모이면 무슨 사단이 벌어질지 아무도 모를 일이었지요. 그래서 마교의 본부를 급습한 정파 협객들이 빼앗은 성물들을 한꺼번에 모으지 않고 각각 따로따로 둔 채로 자파로 돌아가야 했답니다. 무림맹에서 가져간 제마령은 군웅이 보는 가운데서 파쇄가 되었습니다. 이것은 당시의 수많은 사람들이 목도한 일이니 거짓일 수가 없지요. 나머지 두 개가 문제였는데, 그 두 개를 가져간 방파와 무림맹이 합심해서 역시 모두 분쇄했다는 맹의 공식적인 발표가 있었습니다. 여기서 문제가 된 것이 맹에서 성물을 가져간 문파에 대해서는 일절 언급이 없었다는 것인데 성물, 특히 마경의 힘을 노리는 자들에게 노출이 되지 않게 하기 위함이었으니 충분히 이해가 가는 조치였지요. 한데 그 일이 있은 몇 년 뒤부터 이상한 소문이 돌기 시작했습니다. 무림맹에서 파괴한 제마령이 가짜라는 소문이었지요. 성물은 힘으로 파괴할 수가 없는 물건이고, 마경과 건곤검을 가져간 문파들 역시 파괴하지 못하고 그저 보관만 하고 있다는 소문이었습니다. 물론 그 뒤 백 년간 마교의 발호가 없었기 때문에 그 소문도 유야무야 되었지요. 그런데도 불구하고 아직까지 그런 백 년 전 고리짝 얘기에 귀를 기울이고 있는 진 형 같은 사람들이 존재한다는 것이 저에게는 그 성물 건보다 더욱 신기한 일입니다만."

공손승의 말이 재미있었는지 한영영은 가볍게 웃음을 터뜨렸고, 진소천의 얼굴은 분을 참지 못해 벌게졌다.

"공손 형이야 무림맹의 주축인 무당속가의 자제분이니 별 문제 없었다고 얘기하시겠지. 하나 성물에 대한 처리를 맹에서 그런 식으로 비밀스레 끝내 버린 것은 썩 탐탁지 않은 조치였다는 것이 당시 강호인들의 일반적인 평가였소. 하나만 파괴할 것이 아니라 다른 두 개도 공개적으로 파괴했다면 그런 말이 나올 리가 없었을 거요. 막말로 세 성물이 모여서 이루어진다는 명왕 현신은 마교도가 아니고서야 그 누구도 바라지 않을 일이지만 각각의 성물로 부릴 수 있는 재주란 것들은 누구라도 원할 수 있는 힘일진대 그저 가져간 방파에서 파괴했다는 발표 하나로 어찌 의혹을 모두 풀 수 있었겠소이까? 혹시 아오? 무당파에서 몰래 한 개쯤 가져다 놓고 여지껏 잘 쓰고 있을지."

무림맹의 주축이 되고 있는 구파일방 중에서도 대표급이라고 할 수 있는 무당파였기 때문에 하나쯤은 가져갔을 거라는 것이 당시 강호인들의 예상이었고 진소천은 그것을 인용한 말이었지만, 그 도가 조금 지나쳤다. 공손승이 냉랭한 목소리를 내뱉었다.

"말을 상당히 함부로 하는군. 변변찮은 문파 하나 없는 강서(江西)에서 떵떵거리다 보니 독패천하라도 하고 있는 것 같나? 감히 무당을 우습게 볼 정도로 쌍룡회가 큰 것인지 어디 한번 칼로 확인해 볼까?"

진소천도 말하고 아차 싶었지만 그렇다고 한영영 앞에서 꼬리를 말 수는 없는 노릇이었다.

"물론 무당을 우습게 볼 정도로 큰 것은 아니지. 하나 무당속가의 버릇없는 꼬마가 휘둘러 대는 칼을 비웃어줄 정도의 실력은 갖추고 있다고 보네만."

서로 노려보며 싸늘한 한광을 내뿜던 두 사람이 동시에 칼에 손을 대며 일어설 찰나, 잔뜩 토라진 한영영의 목소리가 둘의 동작을 정지시켰다.

"뭐예요, 두 분! 어제도 서로 싸우지 않기로 저랑 약속하고선. 강호의 기재로 꼽히시는 두 분이 주변의 이목도 많은 이런 자리에서 칼부림한다는 것이 적절한 행동이라고 생각하세요? 계속 그러시면 저는 두 분을 앞으로 보지 않을 테예요!"

그 말에 냉기를 풀풀 날리던 두 사람은 언제 그랬냐는 듯 표정을 풀며 다시 자리에 냉큼 앉았다.

"이것 참, 한 소저를 앞에 두고 큰 결례를 하였습니다."

"한 소저, 표정 푸십시오. 무섭습니다."

방금 전 칼에 손을 댄 채 내뿜던 무인의 기세는 온데간데없이 사라진 두 청년은 싸늘해진 한영영의 비위를 맞추기에 급급해했다.

물론 그녀의 사문인 일월문이 무당파와 함께 드넓은 호광성을 남북으로 양분하는 강자인 탓에 한영영은 무당제일속가인 양의문의 소문주 공손승과 강서성의 패자인 쌍룡회주의 자제 진소천이 함부로 대할 수 없는 여인이었다. 그러나 그런 외적인 요인보다도 두 청년은 아름답고 활달한 한영영에게 한껏 빠져 있는 상태인지라 그녀의 환심을 사려고 이렇게 간이라도 빼줄 듯한 태도를 보이는 것이다.

삐친 표정으로 두 사람을 외면하던 한영영은 두 사람이 거듭 사과하
자 그제야 슬쩍 표정을 풀었다. 그리고는 그녀의 기분을 풀어주려는
두 청년의 우스갯소리에 곧 웃음을 터뜨렸다. 보기보다 감정의 변화가
급작스러운 그녀였지만 두 청년은 그녀가 화를 풀고 웃어주는 게 그저
고마울 따름이었다.

한참 웃으며 떠들던 한영영이 문득 생각난 듯 손뼉을 치며 말했다.

"아참! 진 공자는 신진사룡이니 잘 아시겠네요. 요즘 강북무림을 떠
들썩하게 만들고 있는 일검탈명에 대한 소문을요. 염 공자한테 들은
얘기인데 이제 신진오룡이 될지도 모른다면서요?"

한영영의 기분이 풀어짐에 따라 만면에 미소를 띠어가던 두 청년은
그녀의 말이 끝나자 냉소적인 기운을 동시에 드러냈다. 특히 진소천이
코웃음을 치며 대꾸했다.

"흥! 그깟 마적에 수적 몇 놈 소탕했다고 감히 신진사룡에 끼일 생각
을 한다면 망상에서 깨어나라는 충고를 하고 싶군요. 신진오룡이 나오
려면 현재 강북에 두 녕, 사천에 한 명, 강남에 저 하나, 이렇게 되어 있
으니 수적으로 균형이 맞도록 강남에서 한 명이 더 나와야 할 겁니다."

"그렇고 말고. 신진사룡이 출신도 불확실한 자가 운 좋게 세운 공적
두어 개로 끼어들 정도의 위치는 아니라고 봅니다."

공손승까지 목소리를 높여 동조했다. 공손승의 경우 신진사룡의 대
열에 합류하고 싶어 안달이 난 경우였다. 현 무당속가 중에는 가장 뛰
어난 기재로 일컬어지는 그였기에 내심 기대하고 있던 차였는데, 엉뚱
한 놈이 튀어나와 자기 자리를 차지하려 한다는 소문이 들리니 신경이
안 쓰일 수가 없었다.

한영영을 사이에 두고 서로 못 잡아먹어 안달이던 두 사람이 모처럼 의기투합을 했다.

진소천은 비교적 역사가 짧은 칠패 소속의 후기지수 중 유일하게 사룡에 속한다는 것이 쌍룡회의 정통성을 인정받는 것이라고 생각하기에 자부심이 대단했고, 공손승의 경우 무당의 명예를 빛내기 위해 반드시 자신이 다섯 번째 자리를 차지해야 한다고 생각하기에 서로 죽이 맞아 들어 간 것이다.

한영영은 자기 말에 늘 맞장구만 치던 두 사람이 의외로 격렬한 반응을 하자 머쓱해하며 말했다.

"하지만 염 공자가 얘기하기로는……."

"글쎄, 아정 녀석의 말을 귀담아듣지 마시라니깐요!"

진소천이 목소리를 높였다.

"녀석은 아직 철이 덜 들어서 제 귀에 들려오는 소문의 진위 같은 것은 신경도 쓰지 않아요. 그저 신기한 얘기라면 귀를 쫑긋 세우고 들었다가 아무한테나 자랑 삼아 자기가 들은 그대로 줄줄 읊어댈 뿐이죠."

"그런가 보네요."

한영영은 기세등등한 진소천의 말에 풀이 죽어버렸고, 진소천은 기껏 달래논 것을 필요 이상으로 흥분해서 또 토라지게 만들었다는 공손승의 눈총을 받아야 했다.

두 사람은 다시 한영영의 기분을 살리려 우스갯소리를 몇 개 늘어놓았지만 이번에는 반응이 영 시큰둥했다. 그러던 차에 삼층으로 진소천을 부르며 누군가가 헐레벌떡 올라와서 세 사람이 앉은 탁자로 다가왔다. 다가오는 사람은 푸짐한 덩치에 넉넉한 인상의 금의청년이었는데,

더운 날씨에 급히 뛰어온 것인지 땀을 비 오듯 흘리고 있었다.

"소천 형님! 큰일 났어요!"

"네 이놈, 아정! 내 늘상 귀동냥한 헛소문을 사실인 양 떠들고 다니지 말라고 주의를 줬건만, 어찌 한 소저에게까지 주둥아릴 나불거려 소저의 심기를 어지럽혔느냐?"

진소천은 뚱보청년의 말은 신경도 쓰지 않고 호통을 쳤다. 뚱보 청년은 울상을 지으며 대꾸했다.

"어? 한 소저한테 특별히 잘못 얘기한 거 없었는데?"

그러자 한영영이 입을 삐쭉거리며 뚱보청년을 쏘아붙였다.

"염 공자가 그랬잖아요! 일검탈명 맹정우가 조만간 신진오룡으로 합류할 거라고. 제가 그 얘길 꺼냈다가 두 공자님한테 혼만 났다구요."

"아, 그 얘기요? 하긴 그건 없었던 얘기로 될 것 같습니다."

진소천이 다시 버럭 화를 냈다.

"네놈도 그럼 뜬소문이란 걸 알았다는 얘기냐? 내가 그토록……."

그의 말은 곧 이어 따라온 뚱보 청년의 말 때문에 끝을 맺지 못했다.

"강북칠웅에 등극을 했으니 신진오통 같은 직함은 필요가 없어졌지요."

"뭐… 뭐라고?"

진소천이 놀라 떠듬거리는 가운데 한영영이 두 눈을 반짝이며 말했다.

"어머, 그건 또 무슨 말인가요? 자세히 말씀해 보세요, 염 공자!"

진소천의 부친인 맹룡(猛龍) 진하기(陳夏期)와 더불어 쌍룡회의 한 축인 제룡검객(制龍劍客) 염서백(廉噁百)의 무녀독남인 염제정은 가뜩이나 작은 데다가 볼 살로 인해 반쯤 가려지기까지 하여 거의 보이지도 않는 두 눈을 반짝였다. 그 아비에 그 아들이라는 평가를 듣는 진소천과는 반대로 '호부 밑의 견자' 소리를 듣는 그가 유일하게 삶에 의욕을 보이는 순간이 바로 강호의 풍문을 들을 때나 스스로 그 풍문을 읊어댈 때였다.

"세 사람 다 폭풍마번 편강이 곤왕 표선충을 꺾었다는 얘기는 들었지요?"

"그거야 지금 강호에서 가장 큰 화젯거리 아니냐."

"이제는 바뀌었습니다. 그 폭풍마번을 일검탈명 맹정우가 꺾어버렸답니다!"

"뭐야?"

진소천뿐 아니라 공손승까지도 소스라치게 놀랐다. 폭풍마번 편강의 무위가 어느 정도라는 것은 후기지수 중에 주목받는 고수인 본인들이 너무나 잘 알고 있는 사실이었고, 공손승은 곤왕과의 비무를 구경하기까지 했었다.

"염 형, 똑똑히 말하시오. 그게 확인된 사실이오?"

공손승이 불신이 가득 담긴 표정으로 물었다. 그가 편강이 폭풍번을 구사하는 것을 바로 옆에서 견식한 바로는 강력한 깃봉과 부드러운 깃면을 유효 적절히 사용하여 강유(剛柔)를 완벽하게 조화시킬 수 있는 고수였다. 그런 그를 자신들과 동년배인 맹정우가 꺾었다니, 귀로 듣고도 믿을 수 없는 사실이었다.

"그렇다니까요. 강북무림은 지금 그 사건 때문에 벌집을 쑤셔놓은 듯 시끄럽답니다. 현 무림맹주 청천 진인(淸天眞人) 이후 정말 오랜만에 청년 영웅이 등장했다고 말입니다."

염제정은 팽가와 황룡문의 비무에서 맹정우가 편강을 물리친 사연을 한참 동안 늘어놓았고, 한영영은 그의 한마디 한마디에 감탄사를 갖다 붙였다.

"어머, 어머, 정말 굉장해요. 약관에 강북을 대표하는 무인이 되다니, 정말 대단한 사람일 것 같아요. 어떻게 한번 만나볼 수 없을까?"

한영영의 호들갑에 염제정이 맞장구쳤다.

"맞아요, 저도 한 번 얼굴이라도 보고 싶어요. 아버지한테 졸라서 무림맹에 가게 되면 혹여 볼 수 있지 않을까요?"

"어머머, 거기 가면 볼 수 있대요?"

둘이 주거니 받거니 하며 한참 맹정우 얘기로 열을 올렸지만 공손승과 진소천은 그 이후로 침중한 얼굴을 한 채 단 한 마디도 하지 않았다. 그들이 항상 꿈꿔왔던 것을 벌써 쟁취한 누군가를 칭송하는 얘기에 끼어들고 싶지 않기 때문이다.

황학루에 있었던 네 사람은 다음날 다른 장소에서 다시 만났다. 네 사람이 있는 곳은 사산을 마주 보며 장강에 인접한 풍광이 수려한 장원이었다. 장원 내에는 이들 외에도 나수의 사람이 있었고, 그들은 모두 중앙 건물의 회의장으로 보이는 큼직한 방에 모여들었다.

이 장원의 주인, 무창 양의문주 공손엽이 형주 회합이라 이름 붙여진 삼자 회동의 마지막 날 회의 개시를 선언했다. 무창의 양의문, 악양의 일월문, 그리고 강서 남창의 쌍룡회는 중원을 구주로 나눴을 때 형주에 해당하는 지역의 대표 세력들이었다. 물론 칠패로 꼽히는 일월문이나 쌍룡회에 비해 양의문의 세가 많이 떨어지는 편이었으나, 양의문은 문파 자체보다는 호북 지역에 자리한 무당과 전체 속가의 대표 자격으로 삼자 회동에 참여하고 있었다. 이 년 전의 첫 번째 회동은 호광과 강서를 휩쓴 홍수 대책을 위해, 작년의 두 번째 회동은 이 년 전 홍수로 인해 천정부지로 솟구친 곡류 수매가를 낮추기 위해 각 파에서 운용하는 표국과 거래선을 조율하는 작업이 회의의 주된 내용이었다.

올해의 회합도 작년과 별다를 바 없이 무림방파들의 회동이라기보다 이권 단체의 회의 같은 분위기일 것이리라 예상하고 회합을 찾은 일월문과 쌍룡회의 대표자들은 양의문에서 재기한 뜻밖의 사안으로 인해 골머리를 앓아야 했다. 그 덕택에 회합이 이틀 정도 더 연장되었고, 오늘 최종 결론을 내려야 할 시점에 이르렀다.

마무리 회의인지라 그간 논의된 여러 사안에 대한 결과 발표가 있었고, 자질구레한 안건이 모두 처리된 이후 아직껏 결론이 나지 않은 난제를 마무리 지어야 할 시간이 다가왔다.

공손엽이 조심스럽게 말을 꺼냈다.

"어제저녁 형산에서 운송된 시체들을 보셨을 것입니다. 장 사제와 그의 형의 시체에서 발견된 청색 장인(掌印)을 똑똑히 확인하셨으리라 믿습니다. 그것이 마교의 청살장(靑殺掌)의 흔적이라 판단하는 것에 대해 이제 이견을 제시하실 분은 안 계시겠지요?"

장내는 그의 말을 긍정하는 침묵이 흘렀다.

공손엽은 말을 이었다.

"그렇다면 삼파 공동의 조사단을 구성하자는 본 파의 의견에 대해 각파의 견해를 이제 피력해 주십시오."

쌍룡회 대표로 참석한 염제정의 부친 염서백이 못마땅한 목소리로 말했다.

"무림맹에서는 어떻게 한답디까? 마교의 잔당에 대해서는 주도적으로 처리해야 하는 것이 맹의 본분이 아니오?"

공손엽이 낮은 한숨을 내쉬며 대꾸했다.

"염 회주. 이 공손 모가 그간 몇 번은 말씀드렸을 텐데요. 아시다시피 지금 무림맹은 인원은 부족하고 닥쳐오는 일은 많습니다. 이 사건에 대해 급전을 맹에 보낸 것이 회합 하루 전의 일이니 아직 맹에 전갈이 도착하지도 않았을 것입니다. 행여 도착했다 해도 달랑 청색 장인이 찍힌 두 구의 시체 때문에 맹의 정예를 파견하리라고는 생각지 않습니다. 고로 우리 쪽에서 먼저 조사단을 파견한 다음, 추가되는 확실한 증거가 발견됐을 때 비로소 맹의 지원을 바라야겠지요."

"형산파 쪽은 어떻소? 앞마당에서 벌어진 일이니 그들이 먼저 나서야 하는 것 아니오?"

공손엽은 또다시 한숨을 내쉬었다. 봉문 선언만 안 했다 뿐이지, 몰락 직전인 형산파가 그럴 여력이 없다는 것을 뻔히 알면서도 회합 내내 저런 식으로 삐딱하게 나오고 있으니 결론이 아직까지 안 나오는 것이었다.

물론 염서백의 처지가 전혀 이해가 안 가는 것은 아니었다. 호남의 터줏대감인 일월문이야 정황이야 어쨌는 자기 구역의 형산에서 벌어진 사안이니 말은 안 해도 조사단을 발족하는 데 이견이 없을 것이다. 허나 강서에 위치하고 있는 쌍룡회 입장에서는 득 될 것 없는 조사 작업에 정예를 투입하기가 싫은 것이다. 그래서 뻔히 사정을 알면서도 무림맹을 물고 늘어지다가 이제는 그게 안 통하니 봉문 직전인 형산파까지 들고 나오는 것인데, 도가 지나치다는 생각이 아니 들 수 없었다.

공손엽이 딱했는지 일월문 대표로 참석한 부문주 성곤(成梱)이 끼어들었다.

"형산파야 이제 무림방파라 거론하기도 어려운 처지 아닙니까? 더 이상 구파일방이라 칭하기 어렵게 된 판국인데 거기까지 손을 벌리기는 좀 그렇고… 염 회주, 오늘 결론을 내립시다. 본 문은 양의문의 제안대로 스무 명의 정예무사를 조사단에 파견하기로 내부적으로 결정했소이다."

"오오, 그래 주시는 것입니까? 정말 감사합니다."

공손엽의 인사치레에 성곤은 손을 저었다.

"어차피 우리 지역에서 벌어진 일이외다. 공손 문주께서 무림맹 소속도 아닌데 그리 감사할 것 없소."

성곤은 염서백 쪽으로 고개를 돌렸다.

"염 회주, 우리야 앞마당이니 신경 써야 하고, 양의문이야 문도가 죽었고, 게다가 무림맹과의 정리도 있으니 손을 쓰지 않을 수 없을 것이오. 하나 쌍룡회는 지역 발전을 공동으로 도모하자는 형주 회합의 취지에 따른다는 대의명분 외에는 딱히 실리가 없는 조사단 파견일 테니 선뜻 나서기가 어려운 것 역시 충분히 이해가 됩니다. 그러니 이렇게 하는 게 어떻겠소? 주최자 격인 우리 두 방파는 양의문의 제안대로 각각 스무 명의 정예무사, 그중에 삼 인의 장로급 고수를 끼워서 파견하되, 쌍룡회는 열 명의 정예와 일 인의 장로급 고수를 지원한다는 식으로 이 얘기를 끝내는 것이?"

염서백은 미간을 찌푸린 채 코 옆으로 뻗친 염소수염을 비비 꼬았다. 어떻게 해서든지 조사단 파견에서 발을 빼보려 했지만 이번에는 조금 힘들었다. 성곤은 강남오걸로 꼽히는 자신보다 무공 수위는 낮을지 몰라도 강호의 배분은 한참 높은 데다가, 명분도 얻고 실리도 취하라는 이번 제안은 딱히 책잡을 꼬투리도 없었다.

"아니 뭐… 실리를 챙기겠다고 반대한 것은 아니고… 마교 문제에 대해서는 신중을 기하자는 얘기였습니다. 좋습니다. 성 부문주의 의견에 따르도록 하지요."

그는 마지못해 성곤의 제안을 수락했다.

공손엽은 밝아진 얼굴로 결론을 내렸다.

"감사합니다, 염 회주. 그러면 쌍룡회의 참가 인원 변동 외에는 미리 합의된 절차대로 따르는 것으로 결정하겠습니다. 각 파는 귀파하는 대로 조사단에 참가할 인원을 조속히 선발해 주시고 정확히 보름 후에 형산 앞에 집결하는 것으로 하겠습니다."

"아휴, 노인네, 어차피 참가할 거면서 어지간히 퉁기네. 참나, 민망해서 혼났어요."

길고 긴 마지막날 회의가 끝나고, 네 명의 젊은이는 작별 인사를 하려고 따로 모여 있었다. 지겹다는 표정으로 중얼대는 염제정의 뇌까림을 들은 한영영이 웃음을 터뜨렸다.

"호호! 염 공자, 아버님이 들으시면 또 볼기 맞으시려고 그래요?"

"한 소저! 이제는 볼기 안 맞는다니까요? 누가 그래요, 볼기 맞는다고? 진 형님이 그랬어?"

발끈하는 염제정에게 진소천이 웃으며 대꾸했다.

"아차, 내가 실언을 했구나. 요즘은 워낙 볼기에 살집이 많아져 맞아도 안 아프다며 볼기 대신 따귀를 때리시는데. 미안하다, 제정아."

"뭐야?"

뜻밖의 대답에 당황하는 염제정의 얼굴을 보며 세 사람이 폭소를 터뜨렸고, 염제정도 곧 따라 웃고 말았다.

한참 웃다가 돌연 한영영이 정색을 하며 말했다.

"그런데 세 분은 어떻게 하실 작정이세요? 조사단에 참여하실 건가요?"

"물론입니다."

"저는 다른 선약이 있습니다만, 늦게라도 참여할 겁니다."

욱일승천하는 맹정우의 영향으로 공명심에 활활 불타오르고 있는 두 신룡이 이런 기회를 마다할 리 없었다.

"저는 뭐, 끼워달라고 해도 아버지가 거치적거린다고 빼버릴 텐데요, 뭐. 나중에 진 형님한테 무용담이나 들어야지요."

염제정이 어깨를 으쓱하며 대답했다.

그러자 한영영이 아쉬운 표정으로 대꾸했다.

"어머, 아쉽네요, 염 공자. 우리 넷이 다시 한 번 의기투합할 수 있는 기회일 줄 알았는데."

"예?"

세 남자의 눈이 휘둥그레졌다.

"아니… 한 소저도 조사단에 참여하시게요?"

공손승이 의아한 표정으로 물었다. 한영영은 강호사미로 꼽힐 정도로 미모는 갖추었지만 무림삼봉에는 끼이지 못하는, 무공 수위는 알려진 바가 없는 여인이었다. 그래서 삼 년째 그녀를 만나고 있는 이 세 사람 역시 그녀를 꽃으로는 인식하되 무인으로 의식해 본 적이 없었기에 이 대답이 너무 뜻밖이었던 것이다.

"어머, 공손 공자님도 참. 부문주님 말마따나 저희 문파의 앞마당에서 벌어진 일인데 소녀가 가지 않으면 누가 가겠어요? 문주 딸이면 딸다운 처신을 해야 아랫사람한테 욕을 먹지 않는 법이지요."

"쩝, 한 소저가 가신다면 아버지를 좀 더 졸라볼까?"

염제정이 뒤통수를 긁적이며 말하는 가운데, 공손승과 진소천, 둘은 누가 먼저랄 것 없이 서로를 노려보았다. 이번 조사에서 행여 마교의 잔당이라도 발견하여 소탕할 수 있다면 세간의 큰 주목을 받고 이름을 날릴 수 있는 절호의 기회였다. 게다가 덤으로 한영영의 마음까지 얻을 수도 있다. 벌써부터 의욕이 충만한 둘의 눈은 상대에 대한 적개심까지 곁들여져 활활 타오르고 있었다.

제8장

영웅은 불의(不義)한 무리를 단호히 응징한다

정학두는 급할 것도 없고 서두를 것도 없는 무난한 걸음걸이로 상국객잔(上菊客棧)을 들어섰다.

이제 슬슬 낯이 익어가는 점박이 점소이가 반가이 그를 맞았다.

"아이고, 성 어르신, 또 오셨고요!"

"응, 그래. 잘 있었나?"

"그러믄입쇼. 오늘 사냥은 수확이 좀 있으셨습니까?"

"늘 그렇듯이 그냥 입에 풀칠하는 정도지 뭐."

마치 미리 정해놓은 듯 무미건조하게 대꾸를 하던 정학두의 눈이 한 곳으로 쏠렸다. 감칠맛 나는 구수한 목소리가 그의 귀에 이어서 시선까지 끌어당긴 때문이었다.

그의 눈이 향한 곳에서는 이미 객잔의 선객들이 모여들어 높은 의자에 앉아 있는 한 노인에게 시선을 고정한 채 그의 말을 경청하고 있었다.

"…목이 빠져라 기다리고 있던 중인들은 누가 고갯길을 내려올 것인가 온 이목을 기울였소. 과연 상대를 제압하고 두 발로 걸어 내려오는 사람은 누구일까? 폭풍마번이냐? 일검탈명이냐? 둘 중 누구냐에 따라 하북, 나아가서 강북무림의 판도가 완전히 뒤바뀔 수 있는 상황이었으니까 말이오."

노인은 숨을 고르는 듯 잠시 말을 멈추더니 앞에 있던 탁자에 놓여 있던 잔을 들어 마시기 시작했다. 노인의 목젖이 위아래로 움직임에 따라 중인 사이에 침 삼키는 소리가 꼴깍꼴깍 들리기 시작했다. 노인이 마시는 술이 먹고 싶어서 그런다기보다는, 노인의 이야기에 동화되어 무의식 중에 그의 행동까지 따라 하고 있는 것이었다.

"저 노인은 뭔가?"

정학두의 물음에 점소이가 어깨를 으쓱하며 답했다.

"객잔을 돌아다니며 강호의 이야기를 파는 매화자(賣話者)라던데요? 무슨 바람이 불어 이런 곳까지 왔나 모르겠지만 손님들이 자리를 뜨질 않고 이야기 들으며 이것저것 더 시키니 매상 올려줘서 좋긴 하군요."

노인이 슬슬 뜸을 들이자, 마침내 참지 못한 사람들이 이야기를 재촉했다.

"아, 거, 하던 얘기는 마저 끝내고 술을 마시든 밥을 먹든 하시오. 이거 답답해서 원."

"누가 이겼는지 그 얘기나 일단 끝내고 봅시다!"

노인은 빙긋이 웃으며 입을 다시 열었다.

"자자, 진정들 하시오. 이야기 거의 끝났소이다. 결국 걸어 내려온 사람은 오늘 이야기의 주인공, 일검탈명 맹정우였다오."

손님들 사이에 탄성이 흘렀다.

"그럼, 그 강북에서는 거칠 것이 없다는 편강이 패했단 말이오?"

노인은 고개를 강하게 끄덕였다.

"그렇소! 패했을 뿐 아니라 죽음을 면치 못했지. 결국 누가 봐도 황룡문의 일방적인 승리로 끝날 듯했던 비무는 팽가의 승리로 끝났고, 그 결과 팽가는 잃었던 중부 상권의 많은 부분을 회복하여 재건의 발판을 마련하게 되었소."

"재건의 발판뿐이겠소? 현 강호에서 가장 전도유망한 청년 영웅을 사위로 들이게 되었으니 하북의 패자는 다시 팽가가 차지하겠구만."

한 상인의 대꾸에 노인은 고개를 저었다.

"그런 일은 없었소이다."

"에? 분명 맹정우는 팽가 사위가 되는 조건으로 비무에 참가했다고 하지 않았소?"

"그랬었지요. 하나 팽가의 금지옥엽 팽보옥 소저와 빈객 시진 협사 사이에 그전부터 애틋한 연분이 있었다고 하더이다. 맹 소협은 그 사실을 알고는 아무런 사심 없이 그들의 앞날을 축복하며 깨끗이 사위 자리를 마다하고 떠났다고 하더군요."

손님들 사이에 더욱 큰 탄성이 흘렀다.

"대단하군. 하북제일미를 그렇게 내치다니."

"진정한 영웅의 풍모로구먼. 전통 명가의 권세와 미인을 뿌리치고 오로지 협의를 위해 목숨을 건 사투를 벌였다는 얘기 아닌가."

맹정우에 대한 감탄의 말들이 오고 가는 가운데 작달막한 한 사나이가 노인에게 물었다.

"그런데 노인장, 매화자라는 양반이 약초상이나 드나드는 이곳에 와서 공짜로 이런 귀한 이야기를 해주는 까닭이 대관절 무엇이오?"

노인은 좋은 질문이라는 듯 흡족한 표정을 띠며 말했다.

"노부가 이렇게 돌아다니며 강호의 이야기를 읊고 지낸 지도 어언 이십여 년이지만 맹 소협 같은 청년 영웅을 접해본 기억이 없소이다. 더 늙기 전에 이러한 청년 영웅을 한번이라도 직접 만나보는 것이 소원이라오. 그 소원을 여러분이 들어줄 수 있을 것 같아 이곳을 방문한 것이외다."

객잔의 손님들은 의아한 기색을 감추지 못했다. 아까 떠들었던 상인이 다시 노인에게 말했다.

"이보시오, 노인장. 우리가 무림 고수도 마음대로 포섭할 수 있다는 대상(大商)도 아니고 그저 이곳 상성현에서 나는 길경(桔梗:도라지)이나 사러 오는 약재상인들일 따름인데 무슨 재주로 그런 영웅을 만나볼 기회를 노인에게 제공할 수 있단 말이오?"

노인이 엷은 미소를 띠며 대답했다.

"후후, 다 이유가 있소이다. 맹 소협의 다음 행선지가 다름 아닌 이곳, 대별산이라 합니다."

"뭐요? 그자가 이곳에는 무슨 일로 온답니까?"

큰 소리로 반박하듯 외친 사람은 다름 아닌 정학두였다. 사람들의 시선이 그에게 몰리자 정학두는 자신의 실책을 깨닫고 머리를 긁적였다.

노인은 개의치 않는 듯 말을 이었다.

"노부도 우연히 듣게 된 얘기오만, 얼마 전 서안의 북평표국이라는 곳의 표물이 이 대별산의 녹림도당에게 몽땅 털렸다고 하오. 한데 그 표국과 맹 소협과는 상당히 밀접한 관계라 하더이다. 그래서 맹 소협이 친히 이 대별산에 행차하여 녹림도당을 응징하고 표물을 되찾을 거라 하더군요."

그 말에 사람들은 크게 놀라 웅성거리기 시작했다.

"대별산의 녹림도당이라면 대호채(大虎寨)를 말하는 게 아닌가."

"녹림맹에서 팍팍 밀어주는 산채라더니 오자마자 짐 싸게 되는 거아냐?"

"우리야 잘된 거 아닌가? 아직 마주쳐 본 적도 없지만 만나야 좋을 것 하나 없는 족속들이니 말일세."

"그거야 맹 소협이 그들을 무찔렀을 때 얘기지."

"허허, 이 사람! 강북의 최강자라던 편강도 무찔렀는데 설마 그깟 산적 패거리 하나 못 무찌르겠나?"

"이 친구 참, 말조심하게! 객잔에 산채 사람이라도 있으면 어쩌려고……."

"자넨 겁도 많구먼. 대별산 중턱에나 있을 산적들이 뭐 먹을 거 있다고 이 상성현까지 내려온단 말인가?"

노인은 신신당부를 하며 자신의 이야기를 맺었다.

"자자, 여러분. 그러니 혹시 이 근방을 돌아다니시다가 맹정우 소협이 나타났다는 이야기를 듣거들랑 잊지들 마시고 노부에게 기별을 해주시길 바라외다."

유명한 이야기의 주인공이 자신들의 삶에 끼어드는 것이 못내 믿기지 않은 듯, 노인의 이야기는 끝이 났건만 사람들은 흥분을 가라앉히지 않고 이야기꽃을 피웠다. 그러는 사이 고양된 객잔의 분위기를 깨뜨리지 않으려는 듯 조용히 객잔을 빠져나가는 한 그림자가 있었다.

대별산 대호채.

"채주, 채주! 큰일 났습니다!"

산채 본전 상단의 호피가 멋들어지게 깔린 태사의에 앉아 밤송이처럼 돋아난 턱수염 한 끝을 배배 꼬고 있던 노호(怒虎) 증산(曾山)은 헐레벌떡 뛰어들어 오는 정학두를 못마땅한 눈초리로 쳐다보았다.

"얌마, 정학두. 내가 몇 번을 말해야 알아듣겠느냐. 네놈도 더 이상 말단이 아닌 오장(伍長)이니 대별산이 두 쪽 나는 일이 있어도 행동함에 있어서 대대호채의 오장다운 위엄을 갖추라고 말이다. 네놈 같은 중간 허리들이 잘해야 밑에 애들도 빠릿빠릿해지고, 그래야 산채가 빨리빨리 기틀을 잡을 게 아니냐!"

그의 말마따나 대호채는 아직 기틀이 완전히 잡힌 상태가 아니었다. 증산이 수하들을 데리고 산채에 입성한 것이 고작 두 달 전이었다.

대별산에는 원래 다른 산채가 자리를 잡고 있었다. 그런데 전 채주가 녹림맹 총표파자(總瓢把子)의 두터운 신임으로 인해 맹이 있는 황산으로 불려가면서 안휘성 일대를 전전하던 노호 패거리가 이쪽의 빈자리를 메우게 된, 매우 특이한 개채(開寨) 내력을 가진 산채가 바로 이 대호채였다.

어찌 되었든 지닌 바 실력에 비해 있던 터가 좋지 않아 이름을 날리지 못한다고 생각하던 증산은 중원의 명산인 대별산에 입성하게 되자 그 감격이 이루 말할 수 없었고, 그에 비례하여 뭔가 해보겠다는 의욕 역시 하늘을 찌르고 있었다. 그리하여 산채의 기강을 확실히 잡기 위해 부하들에게 안 하던 잔소리까지 열심히 해대는 그였는데, 정학두는 그의 잔소리를 새겨들을 뜻이 전혀 없는 듯했다.

"두목! 지금 그게 문제가 아닙니다! 일검탈명 맹정우가 우리가 일전에 턴 표물을 찾으러 온답니다!"

"마! 이제 두목이란 말 쓰지 말고 채주라 하라고 몇 번을… 뭐? 누가 뭘 찾으러 온다고?"

정학두가 뭐라고 대답하기도 전에 산채 정문을 박차고 구르다시피 들어오는 또 한 명이 있었다. 역시 정학두와 같이 산 아래 촌락에 정탐을 나갔던 부하 중의 한 놈이었다.

"두목! 큰일 났습니다! 저번에 턴 표물이 일검탈명네 표물이랍니다요!"

"일검탈명? 어디서 많이 듣던 이름인데?"

여전히 사태 파악을 못하고 있는 증산이었다.

상황을 파악할 만한 충분한 시간이 흐른 후, 대호채에서는 긴급 비상 회의가 열리고 있었다.

"거 보십쇼, 표물은 함부로 터는 게 아니라고 했지 않습니까."

두 달 전 대별산으로 이사를 오는 와중에 우연히 부닥친 표행과 시비가 붙어 그 표물을 털게 되었을 때 유일하게 반대했넌 대호채 세 호랑이 중 둘째, 교호(狡虎) 진립(陳粒)의 말이었다.

"지난 얘기 해봐야 뭣 하겠소? 그리고 그 자식들이 그렇게 우리 성질을 건드렸으니 어차피 벌어질 싸움이었소. 둘째 형님도 싸울 때는 어지간히 설치더구만 뭘 그래."

성미 급한 막내 흑호(黑虎) 저수문의 대꾸였다.

"놈들을 혼낸 것을 뭐라 하는 것이 아니다. 어차피 표국과 녹림은 공생 관계인데 그렇게 탈탈 털어오는 것은 도리에 맞지 않는다는 얘기였지."

가장 성미 급하고 화도 잘 내는 첫째 중산이 그들의 대화를 가로막고 결론을 내렸다.

"그만들 해라! 막내 말대로 이미 끝난 얘기다. 일단 시비가 붙었으면 선빵을 날리고 보는 게 우리 대호채의 신조 아니냐! 거기에 대해서는 어떠한 후회도, 반성도 필요없다!"

보통 때 같으면 성질 더러운 큰 형님 말에는 토를 달 생각조차 안 할 진립이지만 이번에는 상황이 상황이니만치 기어이 한소리 대꾸하고야 만다.

"후회를 아니할 수 없는 상황 아닙니까? 찾아온다는 놈이 그냥 고수도 아니고 현재 강호에서 최고로 각광을 받고 있는 승룡(乘龍)이라구요."

"끄응! 그렇긴 하지."

어지간한 노호도 그 지적에는 반박할 수 없었다. 대체 얼마나 대단한 놈이길래 정탐을 나갔던 부하 다섯 놈이 죄다 똑같은 얘기를 물어온단 말인가? 대별산 주변 촌락의 객잔에 맹정우가 도적 소탕하러 온다는 소문이 안 퍼진 곳이 없었다.

"어쨌든 이 시련을 반드시 극복해야 해! 그래야 대별산에서 기반을 확실히 잡고 장차 녹림맹 최강의 산채로 발돋움할 수 있다! 그러니 대책을 짜내라구!"

셋은 맹정우에 대한 소식을 물어온 수하들, 그리고 최근 강호 소문깨나 귀동냥했다는 수하들은 모두 불러 모아 맹정우가 대관절 어떤 놈인가 꼼꼼히 분석하기 시작했다.

그런데 막상 그에 대한 말들을 긁어모아 보니 강호의 소문은 팔 할이 과장이란 말을 감안해도 괴물도 이런 괴물이 없었다. 편강 건은 말할 것도 없고, 섬서 영웅대회에서는 사천당가의 인물들까지도 피해가지 못한 극독에 홀로 중독되지 않은 채 장성 쪽에서 난다 긴다 하는 고수인 섭평을 일도양단했으며, 단신으로 장강수로연맹의 중추 중 하나인 교룡수채를 괴멸시켰다는 얘기까지 있었다(이러한 업적들은 특히 이번에 산 밑으로 정찰 갔다가 매화자한테 이야기를 들었다는 수하 놈들이 줄줄 외우고 있었다).

수하들이 신나게 떠들어대는 맹정우의 영웅담을 들으며 점점 표정이 일그러지던 세 두목은 보고를 끝낸 수하들을 물린 뒤 머리를 맞대고 한참을 더 쑥덕공론을 진행했다. 그리고 마침내 결론이 난 듯, 세 명 모두가 흡족한 얼굴로 고개를 쳐들었다.

"그럼, 놈을 맞이할 장소는?"

진립의 물음에 증산이 호탕한 일갈로 결론을 맺었다.

"보금자리를 잡았다고 해서 호랑이가 앉아서 먹이를 기다리는 것 봤나! 우리 대호채의 신조는 언제나 선빵이 최선이다! 놈이 나타났다는 전갈이 오면 그 즉시 산 아래로 맞이하러 간다!"

증산의 우렁찬 호통이 산채에 떠들썩하게 울려 퍼지면서 내호채는 곧바로 비상전시체제로 들어갔다. 모든 인원이 출동 채비를 마친 가운데 산채에서부터 대별산 아래의 정찰 지역까지 연락조가 줄줄이 깔려서 맹정우의 머리터럭만 발견해도 최소 한 식경 안에 산채로 그 소식이 전달되어 즉시 출동이 가능하도록 완벽한 체계가 갖추어졌다.

기다림의 초조한 시간이 흐르고 흘러 삼 일이 지날 무렵, 마침내 산 아래 쪽이 떠들썩해졌고, 마지막 연락조가 심장이 터져라 산채로 뛰어 들어 와 맹정우가 나타났다는 보고를 전했다.

"전원 출동!"

증산의 호령과 함께 대호채의 전 인원은 긴장된 얼굴로 산채를 박차고 나와 신속하게 하산을 시작했다.

✳

다음날 아침.

아직 다 걷히지 않은 안개가 옅게 낀 대별산을 뒤로하고 고갯길을 따라 터벅터벅 걸어내려 오는 두 청년이 있었다.

상성현의 초입에 들어서고 있는 두 청년의 뒤에는 나귀 한 마리가 허리가 휘어질 정도로 많은 짐을 진 채로 고삐를 쥔 키 작은 청년을 따라 쫄래쫄래 쫓아오고 있었다.

키 작은 청년은 흘끔 뒤를 돌아보며 나귀가 잘 따라오고 있나 눈으로 확인했다. 그는 나귀 등 위에 올려진 등짐을 흐뭇하게 바라보다가 옆 청년에게로 눈을 돌렸다.

창백한 낯빛의 훤칠한 키의 청년은 불편한 표정을 지으며 갈비뼈 부근을 어루만지고 있었다. 그것을 본 작은 청년이 걱정스레 물었다.

"왜, 통증이 오냐?"

큰 청년이 고개를 끄덕였다.

"음, 격전을 치른 후유증이 슬슬 오나 보다."

작은 청년은 혀를 찼다.

"너 그렇게 네 몸 생각 안 하고 좌충우돌하다간 강호에서 오래 버티기 힘들 게다. 부러진 갈비뼈도 아직 다 붙지 않은 이 시점에서 그렇게 무리를 했어야 했냐?"

큰 청년은 다부지게 대답했다.

"그럼! 천하의 맹정우가 감히 먼저 덤벼오는 상대를 마다할 수야 있나. 갈비뼈 아니라 팔다리가 부러졌다 해도 얼마든지 상대해 줘야지."

"지랄……."

혀를 차던 작은 청년은 뒤를 흘끔 돌아보며 다시 한 번 나귀가 잘 따라오나 눈으로 확인한 후 말을 이었다.

"어쨌거나 표물을 다 찾았으니 다행이다. 우리 몫에다가 북평표국 몫까지 찾았으니 한몫 단단히 잡은 셈이지?"

키 큰 청년은 고개를 저었다.

"택도 없다! 그 빌어먹을 함 영감이 비무 대가로 준다던 오천 냥 중 사천 냥을 사기 쳤으니 저 정도 가지고는 그 반의 반도 안 돼! 하여간 일이 될 듯 될 듯하면서도 결국 대박이 터지질 않는단 말이야. 어쨌든 명성이 하늘을 찌르고 있는 이 시점에서 뭔가 획기적인 벌이가 필요한……."

그의 말을 멈추게 한 것은 맞은편에서 다가오고 있는 일단의 무리였다.

십여 명가량으로 이루어진 일단의 장한은 모두 병장기를 소지하고 있어서 무림인으로 짐작이 되었다.

두 청년은 아직 예전 장사할 때의 습성이 남아 있는 탓에 가진 재산이 많은 상황에서 칼 든 자들과 마주치니 무의식적으로 긴장하게 되었다. 차츰 거리가 가까워짐에 따라 그 긴장도가 고조되던 상황에서 맞은편 무리 중 선두에 선 중년인이 먼저 말을 걸었다.

"형장들, 실례가 되지 않는다면 잠시 말씀 좀 묻겠소. 혹시 하북에서 오셨습니까?"

"그렇소이다만⋯⋯."

키 작은 청년이 슬쩍 긍정하자 중년인은 반색을 하며 되물었다.

"오오, 그렇다면 형장께서는 혹시 일검탈명 맹정우 대협 아니신지요?"

중년인의 표정과 돌아가는 분위기를 보아하니 적은 아닌 듯했다. 키 큰 청년, 맹정우는 오만한 미소를 띠며 한 발짝 앞으로 나섰다. 가슴을 쫙 펴고.

"제가 바로 맹정우입니다. 아구구구⋯⋯."

힘찬 소개 뒤에 따라 붙은 비명은 가슴의 통증 때문이었다. 가슴을 쫙 펴는 바람에 아직 붙지 않은 갈비뼈에 통증이 가해진 것이다.

맹정우가 말하다 말고 비명을 지르며 몸을 웅크리자 무리가 의아한 표정을 짓는 가운데 사람들 사이에서 조그만 어린아이가 툭 튀어나와 맹정우 앞으로 달려나왔다.

"맹 대협! 저희 누나를 구해주세요!"

"으잉?"

가슴을 부여잡느라 몸을 구부리고 있는 맹정우의 눈에 꼬마의 얼굴이 들어왔다. 한 열 살이나 되었을까? 오밀조밀한 이목구비의 아주 깜찍하게 생긴 꼬마였는데, 커다란 눈 가득히 눈물을 담고 있는 것이 너무도 애처로워 보였다.

"누나를 구해달라니, 무슨 얘기지?"

꼬마는 감정이 북받치는 듯, 더 이상 말을 잇지는 못하고 눈물만 뚝뚝 흘렸다. 보다 못한 중년인이 한 발짝 다가와 말하기 시작했다.

"위명이 자자한 맹 대협을 이렇게 뵙게 되니 영광이외다. 우리는 여기서 오십 리쯤 떨어진 곳에 위치한 안휘의 도림촌(桃林村)에서 온 사람들이오. 대협을 오늘까지도 뵙지 못했다면 우리끼리라도 놈들의 산채를 급습하려 하였지만 이렇듯 절묘하게 대협과 마주치게 되니 진정이 일을 하늘이 도우려 하는가 보오."

맹정우는 이 갑작스러운 상황에 어리둥절할 수밖에 없었다.

"저… 무슨 일 때문에 이러시는지 연유를 좀 말씀해 주시겠습니까?"

중년인은 마음을 진정시키려는 듯, 한 번 크게 숨을 들이쉰 후 분노가 가득 담긴 음성을 한 자 한 자 내뱉었다.

"우리는 그 노호인지 노견(怒犬)인지 하는 놈의 패거리에게 억울하게 죽임을 당한 이 아이의 부모의 원수를 갚고, 놈에게 끌려간 이 아이의 누나를 되찾고자 하오!"

이 비장미 넘치는 분위기의 대사를 외면하고 '저희는 바빠서 이만……' 하며 떠날 수는 없는 노릇, 결국 맹정우와 방구병은 그들에게 붙들려 이각여에 걸친 눈물 없이는 들을 수 없는 구구절절한 한 일가의 사연을 들어야만 했다.

사연은 대충 이랬다. 상건명(相乾明)이란 이름의 이 꼬마 아이는 누나와 부모님이랑 행복하게 살고 있었다. 도림촌 고갯길에서 작은 객잔을 경영하던 그의 아버지는 그 근방을 횡행하던 노호 패거리한테 자릿세를 헌납하고 있었는데, 그들의 과다한 세금 요구로 늘 속앓이를 하고 있었다. 그러다가 자릿세를 받으러 온 노호의 수하와 크게 다투다 상대의 무기에 머리를 얻어맞고 그만 죽어버렸다는 것이다. 그런데 이 죽일 놈들은 자신들의 과실로 사람이 죽었는데도 불구하고 사과는커녕 자릿세를 몇 년간 연체했다며 객잔을 빼앗고 심지어 건명의 누나까지 빼앗아가 버리는 후안무치한 행위를 서슴지 않았고, 거듭된 불행으로 큰 충격을 받은 그의 어머니까지 시름시름 앓다가 죽어버렸다고 한다.

같이 온 중년인은 도림촌에서 무당파 계열의 도장을 운영하는 마전(馬佺)이란 사람이었는데, 평소 상건명의 아비와 친분이 있었던 탓에 도저히 이 상황을 묵과할 수 없었다. 그래서 주변의 친구들을 모아 아이 가문의 복수를 하려고 이렇게 나선 것인데, 그들의 힘만으로는 대호채에 대적하기 심히 미약하여 고민하던 중 맹정우가 대호채를 응징하려 한다는 소문을 듣고 이렇게 그를 찾아 나선 것이라 한다.

맹정우는 이마에 내 천(川) 자를 그렸다. 어쩌다가 붙들려 다 듣고 보니 그야말로 빼도 박도 못할 사연이었다. 듣지 않았으면 모를까, 자신이 맹정우임을 밝힌 상황에서 이런 사연을 듣고도 물러선다면 청년 영웅으로서 있을 수 없는 일 아닌가.

"평소 맹 대협의 의기 어린 행동을 듣고 크게 감복해 왔소이다. 맹 대협께서 산채를 치겠다는 공언을 이미 하셨다고 들었소. 부디 이 아이의 부모의 원수를 갚아주시고 아이의 누나까지 구해주신다면 우리가 비록 힘이 미약하나 대협을 도와 한목숨 바칠 각오로 놈들과의 싸움에 발벗고 나서겠소이다!"

"으음……."

마전의 비장한 음성을 들으며 맹정우는 고뇌에 찬 표정을 지었다. 잠시간 생각하던 그는 마음을 굳히고 입을 열었다.

"알겠습니다. 놈들을 응징할 이유가 한 가지 더 는 셈이로군요. 이 아이의 누나는 반드시 구해 드리겠습니다."

"오오! 그럼 우리도 맹 대협의 거사에 동참하게 허락해 주시는 것이오?"

맹정우는 고개를 저었다.

"그것은 아닙니다. 죄송하지만 아이까지 데리고 산채를 급습한다는 것은 너무 큰 위험 부담이 따르는 일. 아이 누이의 신변은 저에게 맡기시고 이 마을에서 기다리십시오."

"물론 아이야 이곳에 맡긴다 하더라도 저희 몇 명은 충분히 대협에게 도움이 될 수 있을 것입니다."

"아니, 그러지 않으셔도 됩니다. 협사님들을 무시하는 것이 아니라, 이미 산채에 대한 급습 계획을 다 짜두었고, 이 계획은 손발이 맞는 사람끼리가 아니면 실패할 위험이 큽니다."

마전은 맹정우의 말에 놀라움을 감추지 못했다.

"그럼, 두 분이서만 산채를 치시겠단 말이시오?"

맹정우는 고개를 끄덕였다.

"그렇습니다. 저와 이 친구면 충분하니, 여러분께서는 마을에서 승전보를 기다리십시오. 안 그런가, 경천객?"

맹정우가 자신을 향해 고개를 돌리고 갑자기 의견을 묻자 화들짝 놀란 방구병은 이내 그의 말뜻을 알아차리고 맞장구를 쳤다.

"그… 그렇고말고! 이 친구와 저, 경천객에게 모든 것을 맡기시고 기다리십시오!"

마전과 나머지 무리는 두 사람의 의기에 찬 발언에 감동받은 얼굴로 정중하게 포권하며 아이의 누나의 안전을 부탁했다.

"맹 대협, 정말 감사합니다! 감사합니다!"

상건명은 눈물을 그치지 않으며 거듭거듭 맹정우에게 인사했다.

"감사의 인사는 누나를 구해 오고서 해도 늦지 않다. 아저씨들 말씀 잘 들으며 좋은 소식을 기다리고 있거라."

맹정우는 아이의 머리를 쓰다듬으며 부드럽게 말했다.

잠시 후, 손을 흔들며 배웅하는 상건명 일행이 고갯길을 지나며 안 보이게 될 즈음, 방구병이 어처구니없다는 표정으로 입을 열었다.

"대체 어쩔 셈이야?"

맹정우는 한숨을 길게 내쉬며 대꾸했다.

"어쩌긴 뭘 어쩌냐, 도로 올라가서 산채로 직접 쳐들어가야지! 염병, 영웅 짓 하기가 이렇게 힘들어서야!"

그로부터 한 시진 후.

대호채의 정문이 삐거덕 소리를 내며 열렸다. 마침 수하들을 몽땅 모아놓고 일장 연설 중이던 증산과 나머지 두 형제의 시선이 소리난 쪽으로 향했고, 그들의 움직임을 따라 대호채 산적 모두의 시선이 정문 쪽으로 향했다.

정문을 열고 들어오는 것은 산 아래로 정탐을 나갔던 수하였다. 그리고 그의 뒤를 따라 맹정우와 방구병이 들어왔다. 그들을 본 증산은 버럭 소리를 질렀다.

"맹 대협, 어서 오십시오! 뭐 잊고 가신 물건이라도?"

이각 후 대호채 본전 회의실.

탁자 주변에 빙 둘러앉은 다섯 명은 모두 이 자리가 불편한 듯, 뭔가 마뜩찮은 표정을 제각각 짓고 있었다.

맹정우가 의혹이 서린 표정으로 입을 열었다.

"증 채주, 채주의 말을 정말 믿어도 되겠소이까?"

증산은 억울하다는 듯 가슴을 탕탕 쳤다.

"그렇다니까요! 그 상가(相哥) 놈 생각을 하면 아직도 이가 갈립니다요! 자릿세는 무슨 놈의 자릿세! 그깟 게 몇 푼 된다고 제가 그걸 빌미로 객잔 하나를 떼먹겠습니까? 그놈 노름빚이 무려 오백 냥입니다, 오백 냥! 그걸 저희 도박장에서 잃은 것도 아니고 그 돈을 빌려가서 딴 데서 잃은 거라구요. 그깟 다 쓰러져 가는 객잔 하나 차압해 봐야 그 반 값도 안 나와 할 수 없이 집도 빼앗으려다가 딸년이 자기를 빚 대신 데려가라 하길래 그러마 하고 데려온 것입니다! 계집애를 곧 데려올 테니 그 입으로 직접 들어보시지요!"

맹정우는 여전히 미심쩍은 표정으로 말을 흘렸다.

"그쪽 과실로 아이 부모가 죽었다고 하던데……."

"그건 더 더욱 말이 안 되는 얘기입니다! 그 상가 놈 전직이 뭔 줄 아십니까? 차력삽니다, 차력사! 지 말로는 철두공(鐵頭功)을 익혔대나 뭐래나 그랬습니다! 그래서 단단한 머리 자랑하느라고 툭하면 객잔 기둥 받고, 바위 받고, 그러는 무식한 놈이었지요! 그놈이 죽기 전에 아마 제 부하랑 시비가 붙어 싸우다가 부하가 내려치는 몽둥이를 머리로 받아 뽀개고 나서 무기가 없어진 저희 부하 놈을 흠씬 두들겨 팼다는 깃으로 기억하고 있습니다. 그래서 나중에 손을 봐야겠다, 그러는 차에 죽었다는 소리가 들려오더군요. 평소 대가리 자랑하던 후유증으로 인해 죽었다고 합디다. 대협도 알다시피 매 맞은 후유증으로 죽었다 하면 매가 쌓이고 쌓여서 결국 골로 가는 거 아닙니까? 그런데 그 쌓이고 쌓인 매 중에 하필 제일 마지막에 때렸다고 해서 그 때린 놈이 살인자라 할 수는 없지 않습니까. 저희 부하 중에 정학두란 놈은 그때 상가 놈에게 얻어터져서 반쯤 죽었다 살아났습니다. 맞기는 정학두가 훨씬 더 맞았는데 단지 상가 놈이 죽었다고 해서 죽은 놈은 좋은 놈이고, 산

놈이 나쁜 놈이라고 할 수 있습니까? 그리고 나중에 죽은 그놈 마누라는 원래 폐병쟁이였습니다. 폐병쟁이 여편네가 콜록거리다 죽은 거까지 우리 녹림도가 책임져야 합니까?"

"하지만 마전 협사 말로는……."

"마전? 이게 지금 마전이란 놈이 꾸민 짓입니까?"

중산의 눈이 커졌다.

"둘째야! 장부 갖고 와라!"

그의 말이 끝나기가 무섭게 진립이 쪼르르 달려가 구석에 놓인 상자 하나를 열고 뒤적뒤적하더니 책자 하나를 들고 왔다.

중산은 책을 뒤적이더니 한 부분을 맹정우에게 보여주며 목소리를 높였다.

"보십쇼! 이게 저희 관할이던 도림촌 신도림객잔 노름빚 명세서입니다! 여기 보시면 최고 빚쟁이였다가 삭제된 게 그 상가 놈이고, 그 다음 빚쟁이가 누구입니까? 바로 마전이란 놈입니다! 이제 모든 내막을 알겠습니다! 그놈이 맹 대협의 협의 정신을 이용하여 저희를 죽이려는 차도살인지계(借刀殺人之計)를 꾸민 것이 분명합니다!"

일자무식 까막눈인 큰형 입에서 차도살인지계 같은 어려운 문자가 나오자 막내 호랑이 저수문은 입을 딱 벌렸다. 그는 옆에서 같이 입을 벌리고 있는 진립을 쿡쿡 찌르고 조용히 물었다.

"작은 형님, 큰 형님이 돈 거 아니유? 저런 논리적 언변과 문자를 쓸 줄 아는 사람이 아닌 걸로 아는데?"

진립이 더욱 나직한 목소리로 대꾸했다.

"저게 바로 생존의 몸부림을 치는 자가 극한 상황에서 발휘한다는 초능력이라는 거다. 까딱하다 저 청년 영웅의 협객행 목록에 자기 이름 석 자, 아니, 두 자가 올라갈까 무서워서 저러는 거 아니냐."

저수문은 코방귀를 뀌었다. 아직 젊은 혈기가 남아 있는 그는 큰형의 같잖은 꼴에 배알이 뒤틀리고 있었다.

'선빵이 최선'이라는 원칙이 상대를 공격할 때뿐 아니라 환대할 때도 적용된다는 것을 그는 어제저녁에 처음 알았다. 맹정우로 보이는 이가 대별산 초입에 들어섰다는 정탐조의 기별이 있자마자 산채의 전 인원이 총동원되어 득달같이 산 아래로 내려가 대대적인 환영 행사를 벌였다.

실력이 안 되니 항복하고 턴 표물을 되돌려주자는 데는 그 역시 동의했지만 맹정우를 보자마자 무릎을 꿇고 영웅의 표물을 몰라본 죄를 용서해 달라고 싹싹 빌자는 얘기인 줄은 몰랐던 것이다.

맹정우를 가마 태워 미리 예약해 놓은 객잔으로 모셔가 진수성찬을 대접하고 '특별 대접'까지 더 해주고 나서 준비한 표물에 이자까지 얹어 나귀 태워 실어 보낸 게 오늘 아침까지의 상황이었다.

한데 저 뻔뻔스러운 새파란 놈은 뭐가 부족했는지 떠난 지 두 시진도 채 안 되어 이번에는 산채까지 올라와서는 말도 안 되는 옛날 빚쟁이 사연을 끄집어내고 있었다. 그 꼴을 보자 하니 더욱 배알이 뒤틀리는 것이었다.

'아니, 놈의 속셈을 정말 몰라서 저러나?'

그때 중산이 그들에게 버럭 소리를 질렀다.

"이 계집애는 왜 안 오는 거야!"

진립이 재빨리 대꾸했다.

"뒷봉우리에 나물이나 캐러 간다고 여자애들 몇 명이 나갔는데, 거기 따라갔나 봅니다. 애들이 찾으러 갔으니 곧 올 겁니다."

"이런 제기, 개똥도 약에 쓰려면 없다더니!"

중산이 투덜거릴 때, 저수문이 그에게 슬쩍 손짓을 했다. 잠시 나가서 얘기하자는 신호였다. 삼 형제가 모두 눈짓으로 뜻을 통일한 후, 중산이 맹정우에게 조심스레 말했다.

"맹 대협, 잠시만 이곳에서 기다리십시오. 저희가 나가서 계집애를 직접 대령해 올리겠습니다."

말을 마치고 나가는 중산을 맹정우가 불렀다.

"아, 저기… 증 채주!"

"예?"

"혹시… 그 아이의 누나가 어젯밤에……."

중산은 다소 능글맞은 표정을 지으며 고개를 끄덕였다.

"그렇습니다!"

맹정우의 낯빛이 침중해졌다.

"알겠습니다. 볼일 보시지요."

세 호랑이가 회의실을 나간 직후, 맹정우는 의자에 등을 기대며 긴 한숨을 내쉬었다.

"갈수록 태산이구만."

방구병이 궁금한 얼굴로 물었다.

"왜, 또 무슨 문제 있어?"

"아무래도……."

맹정우는 말꼬리를 흐렸다.

"아무래도 뭐?"

"어제 같이 잔 여자가 그 꼬마 누나 같애."

제9장

영웅은 실수를 당당히 인정한다

회의실을 나서서 별실로 들어간 저수문은 어처구니없다는 표정으로 대뜸 말했다.

"아니, 큰형님! 놈이 원하는 게 뻔하지 않습니까? 뭐 그렇게 얘기를 길게 끄세요?"

증산이 의아한 표정으로 대꾸했다.

"그가 원하는 게 뭐란 말이냐?"

"뻔하죠. 대체 그 상가(相哥) 놈 얘기를 저놈이 누구에게 들었겠습니까? 어젯밤 상소하(相小河)랑 잔 게 저놈이라면서요. 그때 눈이 맞아서 그 계집애한테 구구절절한 사연을 듣고 표물 챙겨 내려가다가 마음이 바뀌어 다시 올라온 거 아니겠습니까. 그러니 그냥 계집애 줘버리고 말면 될 걸 뭘 그리 일일이 해명하시느라 그러세요?"

"모르는 소리 마라."

중산은 그답지 않게 낮고 조용한 목소리로 대꾸했다.

"설사 네 말대로 그 계집애한테 마음이 있는 게 진짜 속마음이라 쳐도, 일단 명분이 충족되어야 하는 게 저치들의 특징이다. 소위 명문정파의 무인, 그중에서도 특히 젊은 무사들이란 대의와 명분에 목숨을 걸기 마련이니, 우리가 한 점 부끄러움이 없다고 해명을 해야 나중에라도 다시 산적 괴수 목 따겠다며 대별산에 올라오는 일이 없을 거라 이 말이다. 그리고 실지로 우리는 이번 일에 부끄러움이 없지 않느냐? 그 마전이란 놈 이름 나온 거 보니 뻔히 내막을 알겠다. 아마 아이를 대동하고 놈이랑 같이 온 무리란 것들이 상가 놈과 마전이 주축이었던 도림촌 뜨내기들이겠지. 걔들이 우리한테 쌓인 빚이 한두 푼이야? 그러던 차에 일검탈명이 여길 치러 온다는 소리를 듣고 옳다구나 싶었겠지. 혹시 우리가 항복해서 표물을 탈탈 털어주는 사태가 생기면 구멍난 재정을 메꾸기 위해 자신들에게 최우선으로 빚 받으러 올 것이 뻔하니까 그를 이용하여 확실히 우리를 처리하기로 마음을 먹은 걸 게야. 잘만 포장하면 눈물 없이는 들을 수 없는 한 일가의 불행한 사연에 꼬마까지 대동했다면 협객행에 목숨 거는 순진한 젊은이가 아주 쉽사리 걸려들 수 있는 함정 아니겠어?"

"계집애 넣어주니 올타구나 하고 받아먹는 걸 보면 그리 순진한 것 같지도 않던데 뭘……."

여전히 마뜩찮은 표정의 저수문의 대꾸였다.

"그러니까, 어제 너랑 같이 잔 여자가 그 꼬마 아이의 누나라고?"

"그렇다니까. 몇 번을 말해야 알아듣겠냐."

맹정우는 방구병의 거듭된 질문에 짜증스레 대꾸하며 어젯밤 일을 떠올렸다.

산해진미, 진수성찬의 융숭한 대접을 받고 나서 잠이 들려는 찰나, 아리따운 여인 둘이 방으로 들어오더니 한 명이 구병이를 다른 방으로 데려가고, 한 명만이 맹정우의 방에 남았다.

큰 눈이 인상적인 여인은 처음에는 억지로 끌려온 듯 맹정우의 애무에도 별 반응이 없었다. 그러나 점차 시간이 흐르며 맹정우의 방중술 실력이 발휘되자 바짝 달아오른 그녀는 오히려 맹정우에게 엉겨 붙기 시작했다. 편강과의 전투 때 부러진 갈비뼈가 아직 완전히 붙지 않아 거동이 불편하던 맹정우였지만 좋다고 덤벼드는 여인을 마다할 리 없었다.

결국 밤새도록 방아를 찧고 나서 기력이 쇠해 창백해진 얼굴로 다리를 후들거리며 간신히 산채를 나섰던 것인데, 후들거리던 다리가 진정되기도 전에 기묘한 상황에서 뜨거운 밤을 같이 보낸 여인과 다시 재회를 할 판국인 것이다.

'어째 꼬마 얼굴이 낯이 익다 싶더니…….'

여기서 여자를 끌고 나가는 것도 문제지만 그 이후의 저리노 문제였다.

협객행을 하러 산채로 뛰어든 청년 영웅이 구하러 간 여자를 따먹었다.

이게 무슨 말도 안 되는 얘기란 말이냐. 이 얘기가 강호로 흘러나간다면 그동안 쌓았던 명성은 하루아침에 날아가 버리고 '색마(色魔)'란 꼬리표가 따라붙어 강호의 가인들이 달라붙기는커녕 멀리서 손가락질

하고 침을 뱉는 끔찍한 사태가 벌어질 수도 있는 것이었다.

　말 잘하는 노인 몇 명에게 돈 좀 찔러주고 대별산 근처 객잔이란 객잔에 다 투입시켜 화려한 영웅담을 떠벌리게 만들어 산적들이 지레 겁을 먹게 하는 작전은 대성공이었다. 찾아가기도 전에 지들이 알아서 산 밑으로 내려와 대대적인 대접을 할 때만 해도, 그리고 오늘 아침 나귀 허리가 부러져라 실은 표물과 이자까지 바리바리 싸 들고 길을 떠날 때만 해도 일이 이렇게 쉽게 풀릴 수가 있나 싶었는데, 갑작스레 실타래가 얽히기 시작하고 있었다.

　머리를 싸매고 고민하고 있는 사이 방문이 열리고 다시 세 호랑이가 들어왔다. 그리고 그 뒤를 따라 잠이 덜 깬 듯 부스스한 머리 꼴에 반쯤 눈이 감긴 한 여인이 걸어들어 왔다.

　'나물 캐러 간 게 아니라 자고 있었나 보군.'

　여인은 맹정우를 보더니 잠이 덜 깨 나른한 목소리로 말했다.

　"뭐야, 당신 어쩐 일로 여기까지 올라왔어?"

　"이것아! 맹 대협에게 말버릇이 그게 뭐냐!"

　증산이 옆에서 호통을 쳤지만 여인은 눈 하나 깜짝하지 않고 대꾸했다.

　"대협은 얼어죽을… 도적놈들끼리 서로 대협이라고 불러주면 도둑이 협객 된대? 당신은 왜 또 와서 자는 사람 귀찮게 깨우는 거지? 당신 밤기술은 쓸 만했지만 아침부터 응해주긴 싫어. 그러니 또 한 번 하고 싶으면 이따 저녁때 부르라고."

　"아이고, 이년이! 야야, 저년 붙잡아!"

　여인은 말을 마치고 몸을 돌려 벌써 나가고 있었다. 증산의 고함에 진립이 급히 나가는 여인을 붙잡았다.

방구병이 기가 찬 듯 맹정우를 쿡쿡 찔렀다.

"야, 진짜 그 꼬마 누나 맞아? 강제로 끌려와 붙들려 있는 분위기가 아닌데?"

맹정우도 미심쩍은 표정으로 고개를 끄덕였다. 산채 두목 세 명이 버티고 서 있는 앞에서 할 말 못할 말 다 하는 걸 보면 거의 채주 안사람 정도의 위치로 보였다.

진립이 귀찮아하는 여인을 간신히 끌고 왔다. 증산은 사정조의 눈짓을 하며 여인을 닦달했다.

"이것아, 금방 끝나니 좀 참아! 여기 맹 대협께서 네 아비의 우리에 대한 채무 얘기를 듣고 싶어하신다. 그러니 소상히 아뢰라."

"뭐야, 이 사람도 빚쟁이야? 내가 몸으로 때워서 다 끝난 얘기 뭐 하러 다시 들으려고?"

맹정우는 자세를 고쳐 잡으며 여인에게 말했다.

"소저, 실은 오늘 소저의 동생을 만났소. 나는 소저가 여기에 억지로 끌려온 것인지, 그리고 소저의 아버님이 이자들에게 억울하게 돌아가셨는지 그 얘기를 듣고 싶은 거요."

동생 얘기가 나오자 권태롭던 여인의 얼굴이 순간적으로 굳어졌다. 그러나 한줄기 격동의 빛이 잠깐 얼굴에 스쳤다 사라진 여인의 표정은 더욱 냉랭해졌다.

"흥, 어젯밤에 호박씨 깔 때는 언제고 왜 갑자기 영웅 협객 행세를 하는 거지, 당신? 생긴 거 하며 하는 꼬락서니를 보아하니 강호 명문가의 자식이라도 되나 보군? 왜? 이놈들이 내 아비를 죽이고 억지로 끌고 왔다고 하면 여길 박살 내고 날 구해주기라도 할 거야?"

그 말에 세 호랑이는 사색이 되었다. 지금 현재 사실을 증명해 줄 수 있는 것은 여인의 증언뿐인데, 여인이 어떤 마음을 먹느냐에 따라 오늘 맹정우의 검에 산중고혼이 될 수도 있는 상황인 것이다.

"야, 이 계집애야! 사실대로 똑바로 말씀드려! 행여 오해가 생기지 않게!"

"흥……!"

여인은 어쩔 줄 몰라 하는 세 호랑이를 보며 코웃음을 쳤다. 그리고는 맹정우에게로 시선을 돌렸다.

"성질 같아서야 이놈들을 싹 다 죽여 버리라고 하고 싶지만, 내 아비도 이놈들 못지않은 나쁜 놈이었으니 그러고 싶은 마음도 사라지는군. 맞아, 내 발로 얘네들 따라온 거니까 누구 잘잘못 이제 와서 따질 필요도 없어. 그 덕택에 객잔도 보전되었으니 불한당 남편 만나 몇십 년 고생하던 우리 엄마랑 건명이 둘이 입에 풀칠할 정도는 된 셈이고, 그러고 보면 이놈들이 도적놈들이긴 해도 아주 나쁜 놈들은 아니야."

세 채주가 가슴을 쓸어내리는 가운데, 맹정우가 한 가지 질문을 더 던졌다.

"혹시 마전이란 사람을 아오?"

"마전? 우리 아빠 옛날 짝패야. 아버지 못지않은 사기꾼이고. 무당파 무공 한가락 어디서 주워 배운 거 가지고 무당파 협객이라며 거들먹거리고 다니는 난봉꾼이지."

맹정우는 이제야 사건의 전모가 모두 파악이 되었다.

보아하니 이 여인의 아비나 마전, 그리고 이 세 호랑이는 다 비슷한 부류의 인간군상인 모양이다. 결국 채무 관계로 인한 다툼에 자신이 어쩌다 얽혀들어 마전에게 이용당할 뻔한 것이다.

혼탁한 세상, 여기에 휩쓸려 사는 사람들을 선과 악의 이분법으로 나눈다는 것은 불가능한 일이다. 선한 사람, 악한 사람은 존재하지 않는다. 약간 더 나쁘고 덜 나쁜 사람만이 존재할 따름인데, 이런 상황에서 협의를 세우겠다며 조금 더 나쁜 이에게 함부로 칼을 휘두르는 것도 참 우스운 일 아닌가?

맹정우는 협객행, 아니, 협객인 척하는 행동을 하기도 무척 어려운 세상이라는 것을 실감했다.

"그런데 건명이를 만났다고? 어머니는 어쩌고 그 아이가 이곳까지 왔지?"

여인의 질문에 맹정우는 잠시 머뭇거리다 대답했다.

"…소저의 어머니는 돌아가셨다 하오."

"뭐?"

당찬 모습을 보이던 여인이지만 큰 충격을 받은 듯했다. 잠시 멍하니 서 있던 여인은 한 손으로 입을 꽉 막더니, 천천히 몸을 돌려 밖으로 나갔다. 아마도 우는 모습을 남자들에게 보이고 싶지 않은 듯했다.

반면 증산은 희색이 만면한 얼굴이 되어 맹정우를 바라보았다.

"들으셨지요? 이제 모든 오해가 풀리셨을 줄로 압니다."

맹정우는 자리에서 일어나며 대답했다.

"알겠습니다. 증 채주, 참으로 실례가 많았습니다."

"아이고 실례는요, 별말씀을. 다음에 이 근처를 지나실 때가 있으면 꼭 다시 들러주십시오."

"하하! 알겠습니다. 기회가 되면 꼭 그렇게 하지요. 그런데 소저를 데리고 산을 내려가야 하니 죄송하지만 나귀 한 마리를 더 내주시겠습니까?"

"예?"

중산은 무슨 소리냐는 듯 눈을 동그랗게 뜨고 반문했다.

맹정우는 의외의 반응에 약간 당황했다.

"왜, 나귀가 없나요? 정 그러시다면 말이나 소라도… 그것도 없으면 할 수 없고……."

"아니, 그런 게 아니오라……."

중산은 난처한 표정으로 말을 이었다.

"소하를 데려가신다는 말을 거둬주십시오. 그 아이는 아직 몸값도 다 치르지 않았고……."

"형님!"

진립과 저수문이 새파랗게 질려 중산을 불러댔지만 중산은 꿈쩍도 하지 않았다.

"아무튼 그것만은 곤란합니다."

화기애애한 분위기에 찬물을 끼얹는 중산의 결연한 반응에 나머지 네 사람은 당황할 수밖에 없었다.

맹정우는 이해가 가지 않는 얼굴로 말했다.

"중 채주, 아이의 어머니도 죽고 이제 남매만 남았을 뿐이오. 그들을 연결해 주고 싶다는 것이 이 맹 모의 뜻이오. 정녕 저의 부탁을 저버리시겠소이까?"

맹정우는 슬슬 심기가 불편해지고 있다는 표정을 짓기 시작했다. 그러나 그동안 그렇게 눈치 빠르게 맹정우의 비위를 맞추던 중산은 요지부동이었다.

"죄송합니다. 정 그러하면 꼬마를 산채 식구로 받아들이지요."

그건 맹정우가 곤란했다. '산채로 납치된 여자를 구하러 간 청년 영웅이 데리고 나오기는커녕 그 여자의 동생까지 산채에 건네주었다'라는 말이 강호에 돌게 할 수는 없지 않은가.

맹정우는 얼굴을 찡그리며 목을 좌우로 돌렸다. 심기가 불편하다는 것을 구체적으로 표현하며 증산을 압박하려는 것이었다.

"증 채주, 정녕 이 맹 모의 체면을 봐주지 않으실 셈이오?"

수틀리면 다 뒤엎을 수도 있다는 분위기를 폴폴 풍기는 말이었지만 증산은 머리를 조아릴 뿐이었다.

"죄송합니다."

"형님!"

옆에서는 두 아우가 눈짓에 손짓 발짓까지 해대고 있었다.

그들은 증산의 의중을 어느 정도는 읽고 있었다. 상소하가 그들 무리에 속한 지 어언 반년. 아직까지 증산 이외에 다른 식구가 그녀의 몸에 손을 댄 일은 한 번도 없었다. 증산은 그만큼 상소하에게 듬뿍 정을 주고 있었다. 어제 눈물을 머금고 맹정우의 방에 그녀를 보낸 것은 참으로 뜻밖의 일이었는데, 역시 그것은 채주로서의 책임감 때문이었을 것이다. 그러나 아예 그녀를 데리고 가겠다는 말에는 책임감이고 나발이고 신성 쓸 여지가 없어지는 삭금의 증산이었나.

맹정우도 대충 상황을 읽기 시작했다. 아까 상소하가 증산의 말에 스스럼없이 대꾸하는 걸 보고 어느 정도 둘 사이의 관계가 심상치 않을 거라는 예상도 했었다. 그러나 저간의 상황이야 어쨌든 간에 마전 무리가 기거하는 곳까지 상소하를 끌고 가 상건명과 해후시키지 않으면 안 된다. 한참 급상승 중인 명성에 터럭만큼이라도 누를 끼치는 일이 없어야 할 현 상황이기 때문이다. 대별산 주변 객잔에 매화자들을 워낙 많이 투입시켰던 탓에 대별산과 인접한 안휘, 하남, 호광성 북부까지 맹정우가 대별 산채를 친다는 소문이 자자하게 퍼져 있는 상태였다. 그러니 최선의 결과를 어떻게든 도출시켜야 한다.

맹정우는 굳건한 표정을 짓고 있는 중산의 얼굴을 바라보며 고민할 수밖에 없었다.

남녀 사이의 정 앞에서는 그 어떤 것도 위력을 발휘하지 못하는 법, 더 이상 명성으로 압박해 봐야 소용이 없을 듯했다. 그렇다면 전략을 바꿔야 하는데, 지금 상황에서 무력으로 해결을 볼 수도 없는 노릇이었다.

자고로 칼을 한번 뽑을 때도 그걸 뽑을 만한 분위기가 형성돼야 하는 법이다. 살벌하던가, 아니면 최소한 낯설기라도 해야 부엌칼이라도 뽑을 기분이 나는 것이지 어젯밤부터 지금껏 같이 웃고 떠들던 사람들 앞에서 갑자기 '말 안 들으면 죽일 테다!' 하며 칼을 뽑고 설칠 수는 없는 노릇이었다. 더군다나 여기는 놈들의 산채였고, 이제 무공에 어느 정도 자신을 가졌다손 쳐도 아직 이렇게 많은 무리를 상대할 자신은 없는 맹정우였다.

"저기… 이렇게 하면 어떻겠습니까?"

보다 못해 끼어든 진립의 말이었다.

"어떻게 말입니까?"

"저희도 맹 대협의 체면을 봐드리고 싶습니다만 이것은 엄연한 채무 관계의 일입니다. 소하는 빚 대신에 이곳으로 들어온 것이니, 그 빚을 다 갚기 전까지 이곳에서 나가는 것은 곤란한 일입니다. 하여, 맹 대협 께서 그 빚을 다 갚아주신다면 채무 관계 청산을 인정하고 소하를 보내 드릴 수가 있을 것입니다."

그 말에 저수문과 방구병의 얼굴은 환해졌고, 중산과 맹정우의 얼굴은 와락 구겨졌다. 중산은 그렇게 되면 소하를 붙잡을 명분이 없어진다는 것에 분통이 터진 것이고, 맹정우는 생돈을 날려야 할 상황이 도래하니 얼굴이 절로 찡그려지는 것이었다.

맹정우는 한참을 고민하다 간신히 입을 열었다.

"아까 채무가 얼마라고 하셨죠?"

"오백……."

"팔백 냥!"

진립의 대답을 증산이 가로챘다.

진립이 사색이 되어 대꾸했다.

"형님, 채무는 오백 냥인데……."

"그간 이자가 붙었다! 팔백 냥! 그 이하로는 절대 안 됩니다!"

증산 입장에서는 어떻게든 소하를 붙잡고 싶었다. 설마 하니 산채에 끌려와 몸까지 버린 여인을 그런 거금을 주고 살 리는 없다는 생각을 품고 부르짖은 액수였다.

"팔……."

맹정우는 기가 막혔다. 오백 냥도 아까워 돌아가실 판에 팔백 냥이라니!

그때 방구병이 그를 쿡쿡 찔렀다.

"왜?"

맹정우가 신경질을 내며 고개를 돌리자, 방구병이 조용히 그의 귀에 입을 대고 읊조렸다.

"표물 있잖냐, 그게 돈으로 따지면 칠백 냥쯤 되거든? 그래서 어제 이자로 칠십 냥 받은 거잖아. 그러니 그냥 그거 다 합쳐서 줘버리고 여길 뜨는 게 어때?"

그는 친구 놈의 무공 실력이 세간에 알려진 것과는 달리 그다지 신용할 만하지 않다는 것을 누구보다도 잘 알았기에 도적 산채에 계속 눌러앉아 있기가 불안했다. 그래서 어떻게든 빨리 거래를 끝내고 떠나고 싶었다.

구병의 말은 아주 조용히 한 얘기였지만 가까이 있던 저수문이 그 얘기를 들었는지 반색을 하며 말했다.

"그러시지요. 표물에 이자면 얼추 팔백 냥 맞춰지니 두 분 그걸로 합의 보시는 게 어떻겠습니까?"

진립도 재빨리 거들었다.

"형님, 그렇게 하시죠."

중산이 눈을 치뜨고 부라렸지만 두 아우는 큰형의 심기보다는 맞은편 청년 영웅의 심기를 거스르지 않는 것이 급선무였다.

맹정우는 속에서 열불이 끓어올랐지만 상황이 이 지경에 이르니 타협을 아니할 수 없었다. 그는 돈이 아까워 벌벌 떨리는 손을 탁자 아래로 감추며 떨리는 목소리로 입을 열었다.

"증 채주, 그럼 그 정도 선에서 이 맹 모의 체면을 봐주심이……."

어지간한 중산도 이렇게까지 끌어온 상황에서 더 이상 버틸 수는 없었다. 그는 가래 끓는 음성으로 힘겹게 말을 내뱉었다.

"그… 렇게 하시지요."

그렇게 해서 세 사람의 얼굴에는 안도가, 두 사람의 얼굴에는 비감함이 가득 서린 채로 극적인 타협이 이루어졌다.

그로부터 한 시진 후, 두 청년과 나귀 한 마리가 두 시진 전과 비슷한 모양새로 상성현 초입에 들어서고 있었다. 한 가지 다른 점은 나귀 등에 짐 보따리 대신 아리따운 여인이 한 명 앉아 있다는 것.

세 사람은 마전이 상건명을 데리고 기다리고 있겠다던 객잔을 찾아 들어섰다. 객잔 안에서는 마침 마전 일행이 점심 식사를 하고 있었다.

"누나!"

"건명아!"

상건명은 먹던 밥그릇도 내팽개치고 누나에게 달려들었다. 두 남매는 서로를 꼬옥 부둥켜안고 해후(邂逅)의 기쁨을 눈물로 표현했다.

"맹 대협, 어떻게… 설마 벌써 산채로 쳐들어가 상 소저를 구출해 온 것이오?"

마전과 그의 무리가 기쁨보다는 의혹이 가득 담긴 얼굴을 한 채 다가왔다.

"예, 보시다시피."

맹정우의 심드렁한 대꾸에 마전은 당혹감을 감추지 못했다.

제아무리 급습이라 해도 그 수많은 산채의 녹림도를 처치하고 여인을 구해 오기에는 흐른 시간이 너무 짧았다. 과연 급습을 하긴 한 것일까?

"단 두 시진 만에 아이의 누이를 안전하게 구해오다니, 과연 상호를 질타하는 청년 영웅답구려. 명불허전이라는 말이 이렇게 잘 들어맞는 경우도 없을 것이오. 한데……."

마전은 정작 궁금한 것은 묻지 못하고 말꼬리를 흐렸다.

"산채의 녹림도들은 어떻게 됐나, 그게 궁금하신가 보지요?"

맹정우의 말에 마전은 냉큼 고개를 끄덕였다.

"그렇소, 놈들은 어떻게 되었소이까?"

"잘 있습니다."

"예?"

"마전 협사께 안부전하랍디다. 채무는 나중에 꼭 받으러 가겠다고 말이오. 그래서 제가 그랬지요. 오래 기다리고 멀리 도림촌까지 갈 것 없이 마전 협사와 그 동료들이 이 객잔에서 묵고 있으니 떠나기 전에 얼른 찾아가라고 말이지요. 그랬더니 중 채주가 반색을 하더이다. 채 비하는 대로 곧 따라오겠다 했으니 조금만 기다리시면 될 겁니다."

맹정우의 말이 끝나자 마전과 그 무리의 얼굴이 새파랗게 질렸다.

"그… 그럼 놈들이 이곳으로 오고 있단 말씀이오?"

"왜 아니겠습니까?"

"맹 대협, 맹 대협 같은 영웅 협객이 어떻게 산적의 말을 믿고 우리 의 소재를 가르쳐 줄 수가……."

"아, 너무 걱정하지 마십시오. 제가 잘 타일렀으니 무력으로 해코지 하는 일은 없을 겁니다. 마 협사는 그저 밀린 채무나 갚으시면 됩니다. 다른 분들도 대호채와의 잡다한 금전 관계가 있으면 이 기회에 깨끗이 청산하십시오. 서로 간에 사연이 많은가 보던데 저 남매의 경우야 사 정이 딱하니 제가 나섰지만 여러분 같은 강호의 협객이야 스스로가 그 런 것들을 처리할 능력은 다 보유하고 계시지 않습니까? 그들을 정 못 믿으시겠다면 제가 여기서 공정하게 공증을 서도록 하지요."

마전 무리는 당혹스러운 얼굴로 어쩔 줄 몰라 했다. 그러다가 자기 네끼리 웅성웅성하더니 잠시 실례하겠다며 일제히 뒷문으로 빠져나갔 다.

"한심한 놈팡이들 같으니……."

맹정우는 혀를 찼다. 성질 같아서야 뒤따라 나가서 한 놈씩 두들겨 패고픈 마음 굴뚝같았지만 강호에서의 위치를 생각하면 채신머리없는 짓 같아서 꾹 참고 말았다.

마전과 그의 일당은 무슨 쑥덕공론을 펼치는지 맹정우와 방구병, 그리고 두 남매가 식사를 모두 마칠 때까지 다시 들어올 생각을 하지 않았다.

"어이, 점소이, 뒤뜰로 나가서 아까 나간 떼거리들 좀 불러오게."

맹정우의 말을 듣고 뒤뜰로 나간 점소이는 잠시 뒤 혼자서 돌아왔다.

"저… 뒤뜰에 아무도 없는뎁쇼?"

"도망쳤나 보군."

방구병의 말에 맹정우도 고개를 끄덕였다. 한참 시간이 지나도록 들어오지 않자 어느 정도 짐작한 결과였다. 공평하게 공증을 서겠다고 해서 도망친 것을 보면 증산 패거리의 말이 신빙성이 더 있다는 얘기였다.

"그런데 당신, 유명한 사람이야?"

식사 내내 상건명과의 대화에만 열중하던 상소하가 갑자기 맹정우에게 던진 말이었다.

"음? 유명한 사람이냐고?"

맹정우는 잠시 멈칫했다. 이 여자의 처리 문제가 아직 남아 있었던 것이다.

'구하러 간 여자를 덮친 청년 영웅' 건은 아직 해결되지 않았다.

"유명은 무슨… 그저 무공 조금 하는 정도지 뭐."

슬쩍 얼버무리려 했지만 상소하는 오히려 눈을 반짝이기 시작했다.

"아까 마전이 그러던데? 강호를 질타하는 청년 영웅이라고. 그럼 꽤 유명한 사람 아냐?"

'그 새끼는 끝까지 도움이 안 되는 놈이로구만. 나중에 다시 만나기

만 해라.'

맹정우는 마전을 떠올리며 이를 갈았다. 아까 두들겨 패지 않고 보낸 게 슬슬 후회되고 있었다.

"그거야 인사치레로 하는 말이고. 그나저나 마전네 패거리가 다 도망갔으니 어떡하나? 둘이서 고향까지 가야 할 듯한데, 노자 돈이라도 좀 보태줄까?"

"그래 주면 고맙고……."

간신히 다른 쪽으로 말을 돌리게 되자 맹정우는 안도의 한숨을 내쉬었다. 바로 그 순간, 떠들썩한 말소리와 함께 일단의 사람들이 객잔 안으로 들이닥쳤다.

"자자! 오 노인! 그 얘기 한 번만 더 들읍시다!"

"허허… 한 얘기 또 들어서 뭐 하나, 그리고 맹 대협도 오늘 대별산을 뜬다고 했다 하니 이제 여기 있을 일도 없고 한데……."

"아따, 우리가 이야기 삯은 후하게 쳐드린다니까 그러시네. 자자, 어여 들어가서 한자리 잡고 맹정우 대협 얘기나 멋들어지게 뽑아보슈!"

들어온 사람들은 낯이 익은 한 노인과 여러 명의 장사치였다.

맹정우와 방구병은 노인의 얼굴을 보자마자 급히 고개를 수그렸다.

둘은 조그만 목소리로 다급하게 대화를 나눴다.

"이런 제기! 오 노인 아냐!"

"매화자들 어제까지만 떠들고 다니게 하고 다 귀가시키라고 했잖냐!"

"저 노인 집이 여기서 멀지 않은 곳이라더니 안면있는 사람들한테 붙잡힌 모양인데?"

오 노인은 벌써 상석에 자리 잡고 목을 가다듬고 있었다.

맹정우는 다급히 방구병에게 말했다.

"행여 노인이 네 얼굴을 알아보면 큰일이다. 일단 이곳을 뜨자!"

매화자들 섭외는 방구병이 했었다. 그러니 그를 노인이 알아보고 '시킨 일 잘했소이다!'라고 외치기라도 한다면 상황이 아주 희한하게 꼬일 수도 있었다.

"어이, 상 소저! 슬슬 일어나기로 할까?"

그러나 상소하는 일어날 마음이 없는 듯 꿈쩍도 하지 않았다.

"가만있어 봐, 지금 저 노인이 당신 얘기를 하는 것 같은데?"

'이런 제길!'

상황이 갑자기 최악으로 급변해 가고 있었다.

맹정우는 방구병에게 말했다.

"일단 너 먼저 얼굴 들키지 않게 조심해서 나가라! 나는 이 여자 꼬셔서 금방 따라갈 테니!"

"알았다."

방구병은 고개를 끄덕이고 조심스레 움직이며 객잔 문을 빠져나갔다.

"저 사람은 어디 가는 거야?"

"으응, 나귀 데리러 갔어. 우리 슬슬 떠나야 하는데, 일단 같이 나가지?"

상소하는 의아한 표정을 지었다.

"왜 갑자기 서두르지? 당신 얘기하니까 쑥스러워? 가만 좀 있어봐. 당신 여기 있는 거 얘기 안 할 테니 걱정하지 말고. 건명아, 너도 조용히 할아버지 이야기만 들어야 해?"

상건명은 알겠다는 듯 고개를 힘차게 끄덕였다.

두 남매가 꿈쩍도 안 하고 이야기를 들을 채비를 하자 맹정우도 어쩔 수 없이 고개를 푹 수그리고 옆에 앉아 있을 수밖에 없었다.

노인은 드디어 섬서 영웅대회 이야기를 시작하고 있었다. 객잔의 손님들과 상소하, 상건명은 곧 노인의 맛깔스러운 이야기 솜씨에 빠져들었다.

오로지 맹정우만이 몸을 배배 꼬고 있었다.

아무리 낯이 두꺼운 맹정우라지만 본인의 치적을 코앞에서 읊어대는 것을 듣는다는 것은 참 민망한 일이다. 더군다나 그게 자신이 작성한 원고를 고대로 낭송하고 있는 것이라면 말이다.

"…맹정우 대협의 위대함은 거기서 그치지 않았소. 시진에게 팽 소저를 양보한 것뿐 아니라 최후에 나타난 편강의 불합리한 비무 요청을 내치지 않고 당당히 받아들였다는 것! 그리고 마침내 편강과의 혈투 끝에 그의 폭풍마번을 꺾고 불과 약관의 나이에 강북칠웅의 자리에 오르는 강호 고금을 통틀어 전무후무한 업적을 세운 것이라오."

짝짝짝짝짝! 와아아아—

노인의 얘기가 끝나자 객잔의 손님들은 열렬히 박수 치며 환호했다. 상건명도 벌떡 일어나서 박수 치며 환호했다. 오직 상소하만이 고개를 푹 수그리고 생각에 잠긴 맹정우를 기묘한 눈초리로 쳐다볼 뿐이었다.

맹정우는 민망했던 기분도 잊은 채 고뇌하고 있었다.

'으음, 편강 부분에 좀 살을 붙여야겠나? 그쪽 묘사가 너무 간단한 듯한데… 바보 같은 놈! 지금 그런 생각할 때가 아니잖아! 요 계집애가 어떻게 받아들였느냐가 문제인데…….'

확실히 오 노인의 이야기에 나오는 영웅적 행적과 어젯밤 산적 패거리와 어울려 벌인 작태는 괴리가 너무 컸다.

고민하고 있는 그의 귀에 상소하의 목소리가 들려왔다.

"이봐요, 섬서영웅 씨."

"으… 응?"

"슬슬 일어나자고. 당신 친구 밖에서 목 빠지겠네."

그리고 보니 방구병이 나간 지도 한 식경이 훌쩍 넘은 시간이었다.

맹정우는 상소하의 표정을 슬쩍 살폈다. 무표정한 얼굴을 하고 있어서 도무지 꿍꿍이를 알 수 없었다.

'설마 그 거금을 들여 산채에서 빼내줬는데 나쁜 마음이야 먹겠어?'

'구하러 간 여인을 덮친 청년 영웅' 건도 대충 유야무야(有耶無耶) 될 듯하다고 섣불리 자기 좋은 쪽으로 예단(豫斷)하는 맹정우였으나, 현실은 그의 생각처럼 흐르지 않았다.

두 사람이 여관 밖으로 나오자, 먼저 나간 상건명을 나귀에 태워 놀아주고 있는 방구병이 저 멀리 보였다.

맹정우는 눈치를 슬슬 보다가 주머니를 뒤적여서 은자 두 냥을 꺼냈다. 그리고는 상소하에게 내밀었다.

"이거 받으셔."

상소하는 그가 내미는 은자를 물끄러미 바라보았다.

"이게 뭐야?"

"여비에 보태. 아무래도 고향까지 데려다 주기는 어려울 듯해서."

상소하는 잠시 맹정우의 얼굴을 바라보더니 웃음을 터뜨렸다.

"호호호호!"

"……?"

한참 웃던 상소하는 갑자기 웃음을 뚝 그치고 냉랭한 얼굴로 맹정우를 바라보았다.

"이봐, 섬서영웅 씨. 은자 두 냥으로 모든 것을 해결하려 하다니, 너무 싸게 끝내려는 거 아냐?"

맹정우의 표정이 굳어졌다.

"무슨 뜻이지?"

"무슨 뜻이긴, 강호의 청년 영웅이 도적들과 결탁하여 볼모로 잡힌 처녀를 유린했는데, 그래 놓고서 노잣돈 몇 푼 쥐어주고 입 싹 닦으려 해서는 안 된다 이거지."

"뭐?"

맹정우는 뒷골이 서늘해짐을 느꼈다.

올 것이 오고만 것이다. 매화자가 객잔 안으로 들이닥칠 때부터, 그리고 나가자는데도 상소하가 끝까지 버틸 때부터 불길한 예감이 뇌리에서 떠나질 않았는데 그것이 현실화되고 있었다.

그렇다고 이대로 주저앉아 버릴 맹정우는 아니었다.

"이 계집애 웃기지도 않군. 물에 빠진 사람 꺼내주니 보따리 달라고 한다더니……. 야, 그리고 어젯밤 일을 네가 감히 유린이라고 할 수 있냐? 몇 번 만져 주니 잔뜩 달아올라 가지고서 한 번만 더하자고 밤새 엉겨 붙은 게 누군데?"

맹정우의 거침없는 표현에 상소하의 얼굴이 노을처럼 새빨개졌다. 잠시 멈칫하던 그녀는 더욱 앙칼져진 목소리로 고함을 쳤다.

"흥! 잔뜩 점잔 빼더니 이제야 본 말투가 나오시는군, 천박한 놈! 네 놈이 섬서영웅인지 강북칠웅인지는 모르겠으나 표리부동한 놈인 것만은 확실하구나!"

맹정우는 뜨끔했다. 그렇기에 더욱 반발했다.

"뭐야? 누가 표리부동하다는 거야 대체? 천금을 들여 산채에서 빼내 줬더니 뭐 어쩌고 어째?"

"흥, 누가 빼내달라고 부탁이나 했니? 네가 네 명성에 흠집날까 무 서워 빼준 거지, 우리 남매 생각해서 날 빼줬을까? 고향에 가봐야 먹고 살기도 막막해. 객잔도 거덜났고, 아까 망신당하고 도망간 마전 패거 리가 우리를 가만 놔두지 않을 거야. 중산은 그놈들보다는 덜 나쁜 놈 이야. 건명이가 여기까지 온 김에 그냥 산채에서 같이 살게 해달라고 했으면 꼬마 하나 받아주는 것쯤은 기꺼이 허락했을걸? 그런데 네놈이 그 잘난 협행이란 걸 한답시고 빼내달라고 협박하니까 그놈도 어쩔 수 없이 날 내보냈겠지. 그래, 이렇게 빼냈으니 이제 어떡할 거야? 최소한 산채에 있으면 먹고살 걱정은 안 해도 됐는데, 이렇게 밖으로 나오니 우리 남매 오갈 데도 없어. 그런데도 네놈은 협행 한 번 했다고 희희낙 락하며 떠날 거야?"

맹정우는 정곡을 찌르는 그녀의 말에 아무런 대꾸를 하지 못했다.

상소하는 멍하니 서 있는 그를 잠시 응시하다가 코웃음을 치며 몸을 돌렸다.

그녀는 방구병에게 다가가 거칠게 상건명을 태운 나귀의 고삐를 뺐 었다. 그리고는 영문을 몰라 하는 상건명을 나귀에서 끌어내어 손을 붙잡고 길을 나서기 시작했다.

맹정우는 그녀가 하는 모양새를 쭉 주시했다. 먼저 머리 속에 그녀 의 협박이 떠올랐다. 이대로 떠나게 하면 안 좋은 소문이 퍼질 수 있겠 다 싶었다.

그러나 왠지 모르게 쓸쓸해 보이는 두 남매의 걸어가는 뒷모습을 보 고 있자니 그런 생각들이 점점 부질없게 느껴졌다.

문득 상건명의 뒷모습이 어릴 적 자신의 모습과 겹쳐지자, 가슴속에서 뭔가 뜨거운 것이 꿈틀거림을 맹정우는 느꼈다. 그리고 그 느낌은 굳어 있던 그의 두 발을 움직이게 만들었다.

✻

그로부터 한 달 뒤,

함토리는 타고 가던 마차를 무창의 초입에서 정지시켰다. 마차 삯을 치르고 하차한 함토리는 눈앞에 펼쳐진 장강의 수려한 풍경에 입맛을 다셨다.

"카아— 좋구나! 이런 곳에 낚시 한 자리 펴고 한나절만 낚으면 월척을 망태가 터지도록 잡을 수 있을 텐데…….''

아쉬운 마음에 입맛을 다셨지만 지금은 강태공 흉내를 내며 유유자적할 시간이 없었다. 그는 눈앞에 보이는 아담한 객잔을 응시했다.

〈영웅객잔〉

현판을 본 그는 싱긋 웃음을 지으며 안으로 들어갔다.

"어서 오십…….''

점소이는 인사를 하려다 말고 그의 얼굴을 보더니 말꼬리를 흐렸다.

함토리도 그를 보고 깜짝 놀랐으나, 곧 다시 웃음을 띠며 자리에 앉았다.

"허허— 이 객잔 점소이는 태도가 왜 이러나? 손님이 오셨는데 인사도 변변치 않게 하고 말이지.''

"저기… 객방으로 일단 들어가시죠."

"허허, 무슨 소리! 일단 요기부터 해야지. 여기 제일 잘하는 음식과 술을 빨리 대령해 주게. 탁자가 지저분한데 일단 좀 닦아주게나."

점소이의 얼굴이 벌게졌다. 그는 몸을 돌려 잔뜩 화난 얼굴로 주방으로 들어갔다.

주방 안으로 들어선 그는 머리에 쓰고 있던 두건을 잡아채서 바닥으로 집어 던졌다.

"아이, 이짓 정말 더러워서 못해먹겠네. 섬서영웅이 점소이 짓이나 하고 있다는 게 말이나 돼?"

주방에서 상건명과 함께 열심히 식기를 닦고 있던 방구병이 그걸 보고는 목소리를 높였다.

"어? 상 소저, 쟤 좀 보래요! 또 일 못하겠다고 땡깡 부려요!"

그러자 곧바로 여인의 앙칼진 목소리가 들려왔다.

"뭐야?"

그 말이 끝나기가 무섭게 기세 등등한 상소하가 주방문을 열고 뛰어 들어 왔다.

"야, 왜 또 일을 못하겠다는 거야?"

맹정우는 툴툴거리며 말을 내뱉었다.

"이제 한 달 됐잖아! 기반도 잡혔고, 주변 파락호들도 손 다 봐줬고, 내일부터 점소이들도 출근하기로 했는데 뭘 더 바라?"

상소하는 눈에 쌍심지를 키고 목소리를 높였다.

"아직 한 달 되려면 사흘이나 남았어! 남아일언중천금인데 그거 하나 똑바로 못하고 이렇게 땡깡이니? 가뜩이나 손도 부족한데. 손님이 뭐라 그러든 현재 너는 점소이니까 점소이답게 행동하라 했잖아! 끝날 때까지 똑바로 못하면 뭔 일이 일어날지 몰라!"

또 그놈의 협박이었다. 맹정우는 어이가 없다는 듯 혼잣말로 웅얼거렸다.

"망할 년, 구해주고 객잔까지 차려준 은혜를 이렇게 갚아?"

"뭐?"

상소하의 눈이 더욱 커지자 맹정우도 조금 불안해졌다. 정말 그녀가 화나면 뭔 일이 일어날지 모르기에, 잽싸게 자세를 낮췄다.

"그래, 그래, 미안하다, 미안해. 해주기로 한 거 끝까지 제대로 해야지. 근데 바깥에 아는 사람이 손님으로 왔거든? 잠시 얘기 좀 해도 되겠지?"

맹정우가 재빨리 저자세로 나오자 상소하도 마음이 풀린 듯, 표정이 조금 부드러워졌다.

"좋아, 대신 금방 끝내야 해. 곧 손님이 많이 몰려올 시간이니까!"

"알았다, 알았어."

맹정우는 한숨을 푹 쉬며 주방문을 나섰다. 맹정우 평생에 이렇게 다루기 어려운 여인은 처음이었다.

결국 떠나가는 남매를 붙잡은 맹정우는 그들이 살아갈 터전을 잡아주기로 마음을 먹었다. 마전 패거리로 인해 고향으로 가기도 어려웠고, 남매가 친척이 사는 무창으로 가길 원했기에 네 명은 호광의 무창으로 향했다.

남매는 객잔 영업을 해본 경험이 있기에 맹정우는 객잔을 물색했다.

무창 내에는 물가가 너무 비쌌기에 돈이 아까워서 도저히 구해주기가 불가능했고, 다행히 무창으로 들어가는 대로변에 위치한 객잔을 싸게 매입할 수 있었다. 전망 좋은 곳에 위치해 있지만 거의 다 쓰러져 가는 객잔이었는지라 맹정우와 방구병이 나서서 열심히 보수해야 했다. 두 사람이 열흘 동안 열심히 손본 탓에 번듯한 모양새를 갖추게 된 객잔은 〈영웅객잔〉이란 현판이 올려졌고, 맹정우는 자신의 꿈이 간접적으로나마 실현된 듯하여 잠시 흐뭇한 감정에 젖었다.

그러나 흐뭇함도 잠시, 떠나려던 둘은 객잔 영업이 정상화될 때까지는 어림도 없다는 상소하의 으름장에 못 이겨 보수한 기간까지 합쳐서 한 달만 도와주기로 합의를 보고 팔자에 없는 주방 보조와 점소이 노릇을 하고 있는 형편이었다.

그런데 그 와중에 특이한 일이 발생했다.

방구병은 함토리가 팽가에 있을 때 가르쳐 준 기초적인 도법인 비홍도법(緋紅刀法)을 업무 끝내고 시간 날 때마다 틈틈이 익혔는데, 맹정우 역시 칼 쓰는 재주가 없기는 마찬가지였기에 덩달아 같이 수련하게 되었다. 도법 수련이므로 맹정우는 천신도를 사용하여 연습을 해왔다. 그러던 중 칼에 기이한 현상이 발생하는 것이 발견되었다.

맹정우와 방구병은 그것에 대해 나름대로 머리를 싸매보았지만 해결이 나지 않았고, 결국 그들이 아는 유일한 강호의 식견 높은 인물을 불러야 한다는 결론이 도출되었다.

다만 맹정우는 팽가 건으로 인해 받기로 한 보상을 제대로 받지 못한 것 때문에 함토리에게 단단히 화가 났던지라 부르기가 껄끄러웠지만 천신도에 깃든 '천하제일도법'과 관련된 상황인 듯하니 아니 부를 수도 없었다.

결국 함토리가 자신에게 연락할 때 이용하라고 가르쳐 준 대로 무창의 개방 분타에 전갈을 넣어 그를 불렀던 것인데, 오늘 얼굴을 마주치고 보니 가라앉아 있던 앙금이 다시 올라오는 판에 함토리가 점소이라며 놀려대기까지 하는 바람에 맹정우가 그토록 화를 냈던 것이다.

맹정우는 마음을 가라앉히려 애쓰며 주방에서 나왔다.
"어이, 점소이! 식사는 아직 멀었나? 탁자 치우란 지가 언젠데 행주도 안 갖고 나오는 건가?"
맹정우는 함토리의 말을 한 귀로 흘려보내려 애쓰며 그에게로 다가갔다.
"적당히 하시죠. 저 아직 화 안 풀렸습니다."
그 말에 함토리도 장난스러운 표정을 지우고 얼른 미안한 어투로 대꾸했다.
"허허, 아직도 그 일을 잊지 않은 겐가. 젊은 사람이 너무 돈에 연연해도 못 쓴다네. 노부가 귀가 어두워 일천 냥을 오천 냥으로 잘못 들었다고 하지 않았나. 다소 적게 받았어도 협행도 하고 명성도 더 올랐으니 훨씬 더 이득 아닌가. 그리 생각하고 그만 잊게."
'대체 그게 말이 되는 소리야?'
맹정우는 다시 들어도 어이가 없었다. 일반 양민 노인네도 아니고 전음술까지 쓰는 내공 고수가 귀가 어두워 숫자를 잘못 듣다니, 가당키나 한 일인가?
맹정우는 또 한 번 버럭 화를 내고 싶었지만 지금은 부탁을 해야 하는 상황인지라 애써 기분을 가라앉혔다.
"그 얘기는 더 이상 하고 싶지 않군요. 그것 때문이 아니라 달리 여쭙고 싶은 게 있어서 이리 오시라 청하였습니다."
"그게 뭔가?"

"잠시 방으로 들어가시죠."

둘은 맹정우가 임시로 기거하는 구석의 객방으로 향했다.

객방에 들어선 맹정우는 문을 꼭 닫고 나서 침상 위에 걸려 있던 칼을 꺼냈다.

"그건 천신도가 아닌가."

"그렇습니다."

맹정우는 조심스럽게 칼집에서 천신도를 꺼냈다. 묵빛의 도신이 야릇한 광채를 뿜어내며 자태를 드러냈다.

"잘 보십시오."

맹정우는 천천히 내공을 칼에 주입시켰다.

우우웅!

맹정우의 웅혼한 내공이 깃들자 천신도는 살짝 떨리며 창룡음을 토해냈다.

'이 친구 내공이 더 성장했군.'

함토리는 감탄한 눈빛으로 맹정우를 바라보았다. 같이 있을 때도 느낀 거지만 그다지 내공 수련도 열심히 하지 않는 것 같은데 내공은 기이하게 높아지고 있는 듯했다.

"잘 보십쇼."

맹정우의 말에 함토리는 천신도로 눈을 돌렸다. 잠시 후, 그의 눈에 이채가 서렸다. 천신도의 도신에 은색의 무늬가 새겨지는 듯싶더니 조금씩조금씩 희미한 빛무리가 뿜어져 나오기 시작했다. 빛무리는 점점 더 짙어지며 그림과 도형을 형성하고 있었다.

"이것은……?"

그림의 형상은 점점 또렷해져 칼의 모양을 나타내었고, 작은 칼들의 연속적인 움직임이 꾸며지고 있었다. 그리고 맨 밑에는 웬 산 그림과 글자가 몇 자 적혀 있었다.

그러다가 맹정우가 내공 주입을 멈추자 그림과 글씨들은 거짓말 같이 사라져 버렸다.

"좀 더 버티고 있지 그랬나. 글자를 읽고 있는 중이었는데."

"이미 필사(筆寫)해 두었습니다."

맹정우는 침상 옆 문갑에서 종이 몇 장을 꺼내어서 탁자에 펼쳤다.

"흠……."

함토리는 눈을 빛내며 관찰하기 시작했다. 칼의 연속적인 동작 그림은 초식을 나타내는 듯했다. 그러나 그림이 대단히 간략했고, 몇 장 되지도 않았다.

"이게 다인가?"

"예, 그게 다입니다. 그게 천신도에 들어 있다는 천하제일도법일까요?"

"글쎄, 이것만 가지고서야… 이렇게 간단한 동작 몇 개로 천하제일도법을 완성시킬 수 있다면야 이 세상에 고수되지 못할 사람이 어디 있겠나. 대략 다섯 초식 정도 되겠군. 그나마도 상당히 단순하고… 흠, 어디서 본 듯한 초식이긴 한데……."

종이를 뒤적이던 함토리는 마지막 종이를 꺼내 들었다. 거기에는 산의 모양을 그린 그림과 함께 글자가 적혀 있었다.

"그건 칼 손잡이 바로 위쪽에 그려져 있던 그림입니다. 글씨가 무엇을 의미하는 것인지 도대체 모르겠던데……."

맹정우의 말을 흘려들으며 함토리는 그림을 유심히 살폈다. 산은 모두 다섯 봉우리로 구성되어 있었다. 봉우리는 동서남북과 중앙에 하나

씩 위치하고 있었는데, 특이하게도 남쪽 봉우리에만 글씨가 써 있었다. 금수(錦繡)라는.

그리고 그 밑에 또 글씨가 써 있었다.

천중천(天中天) **지중지**(地中地) 인중인(人中人) 수중수(水中水)

"특이한 문장이로군."

"무슨 뜻인지 아시겠습니까?"

"그럴 리야 있나. 다만… 위의 산 그림과 관련이 있는 문장 같은 데……."

함토리는 생각에 잠겼다. 그리고 그의 생각은 저녁이 지나고 맹정우와 방구병이 일을 끝마치고 방으로 들어올 때까지 계속되었다.

"함 노사님, 어서 오십쇼! 이거 미처 인사도 못 드리고… 그나저나 뭐 좀 알아내셨습니까?"

방구병의 떠들썩한 인사에 함토리는 미소로 답했다.

"방 소협, 반갑네. 그래 비홍도법의 진도는 잘 진척되고 있나?"

"그럼요, 세상을 놀래킬 준비가 다 되어 갑니다!"

함토리는 싱긋 웃으며 대꾸했다.

"기초적인 도법이긴 하나 착실하게 수련하면 제 한 몸 건사하기에는 어렵지 않을 걸세. 모름지기 세상 무슨 일이든지 기초가 가장 중요한 것이니 다른 곳에 눈 돌리지 말고 당분간은 그것에만 몰두하도록 하게."

"알겠습니다!"

방구병은 기초적이고 뭐고 간에 제대로 된 무공을 배운다는 것이 무

작정 기뻤다. 그토록 동경하던 세계에 드디어 첫 발을 들인 것이니…….

"어떻게, 좀 성과가 있었습니까?"

맹정우의 질문에 함토리는 고개를 끄덕였다.

"음, 어느 정도는. 내일 당장 출발할 수 있겠나?"

"내일이요?"

맹정우는 곤혹스러운 표정을 지었다. 상소하와 약조한 기간이 이틀 후까지인데 그 깐깐한 계집애가 허락해 줄지 의문이었다.

"이곳에 붙들려 있는 연유는 서면으로 대충 들었네만, 가급적 빨리 행동하는 게 좋을 걸세."

"왜죠?"

"조만간 천신도 건에 대한 공포(公布)가 맹에서 있을 걸세. 그렇게 되면 귀찮아질 염려가 있으니 자네도 조속히 천신도에 숨겨져 있다는 무명도법을 찾아야 할 필요가 있지."

"귀찮아지다니, 그게 무슨 뜻이죠?"

방구병이 끼어들었다.

"천신도를 빼앗으러 오는 상대가 있을 거란 얘기이신가요?"

"그렇네."

"에이, 설마 무림맹에서 공식적으로 수여한 것을 빼앗으려고 오는 간 큰 무인이 있을까요?"

"허허, 방 소협, 아직 멀었군. 무림맹의 권위에 위축될 정도의 무인들이야 맹에서 수여한 것이 아니라도 강북칠웅을 꺾은 맹 소협을 찾을 리가 없지. 진짜 문제는 맹 소협 실력을 알고도 천신도에 숨겨진 힘을 얻으려 찾아올 자들이야. 강북칠웅을 꺾은 자에게 덤벼들 정도라면 맹의 권위쯤이야 콧방귀도 뀌지 않을 정도의 세력이 있거나 그 이상의 본신 실력을 갖춘 고수이거나 둘 중에 하나, 혹은 둘 다일 걸세. 산서 혈사 때처럼 귀찮은 파리 떼야 꼬이지 않겠지만, 정작 찾아오는 몇 사람은 다들 엄청난 고수일 것이고, 맹 소협은 그들을 힘겹게 감당해 내야 할 거라 이 말씀이지."

듣고 있던 맹정우는 골치가 지끈거리기 시작했다. 손 안의 재보(財寶)가 재앙(災殃)으로 바뀔 수도 있다는 이야기 아닌가.

'그냥 팔아치울까.'

그 생각을 미리 안 해본 것도 아니었다. 수중의 돈은 거의 떨어진 상태였다. 처음 법현 대사 일행을 호위할 때 받았던 천 냥은 교룡수채 사건 때 적룡왕 제정구가 갖고 튀었고, 이번에 되찾은 표물은 상소하를 끄집어내는 데 다 썼다. 팽가 건으로 받은 천 냥마저 매화자들 수고 비와 영웅객잔 구입비로 거의 다 쓴 상황. 처음 예상과는 달리 명성은 점점 솟구치는 데 반해 수중의 돈은 점점 줄어들고 있었다.

그가 어떤 생각을 하고 있거나 말거나 함토리는 말을 계속했다.

"아마 전례로 보아 다음달 초에 정식으로 발표가 있을 게야. 그러니 가급적 조속한 행동이 필요하셨시."

"다음달 초라면 열흘 남짓밖에 안 남았지 않습니까!"

"그러니 내일 떠나라고 하는 게지."

"이런 제길……."

이렇게 되면 어떤 방향으로 가든 행동을 빨리 해야 한다.

"한 가지 여쭙겠는데, 혹시 이거 팔 수 있을까요?"

맹정우의 뜬금없는 말에 함토리보다 방구병이 더 깜짝 놀랐다.

"뭐… 뭣! 야, 이 미친놈아, 천하제일도법의 열쇠까지 얻은 이 마당에 칼을 팔겠다니, 정말 미친 거 아냐?"

"넌 좀 가만있어. 저야 검객이니 딱히 도법이 절실한 것도 아니고··· 어떻게 안 될까요?"

함토리는 놀란 표정을 짓다가 가볍게 웃음을 터뜨렸다.

"허허허, 맹 소협은 언제나 노부를 놀라게 하는군. 천하제일도법이 필요치 않다니, 욕심없는 젊은이로세. 그러나 그 생각은 오히려 더 위험하네."

"어째서요?"

"맹정우가 천신도를 내놓았다는 소문이 돌기 시작하면, 아마도 사람들은 맹 소협이 천신도의 숨겨진 힘을 얻었기에 칼을 내놓았을 거라고 생각할 걸세. 그렇지 않고서야 무인 된 입장으로 그런 보물을 함부로 내놓을 까닭이 없을 테니. 그렇게 되면 단순히 칼 값이 떨어지는 것으로 끝날 일이 아닐세. 누군가가 천신도의 힘을 얻었다면 이건 의미가 달라지는 얘기네. 그야말로 강호의 세력 판도를 뒤흔들 수 있는 사안이 되는 것이지. 당금 천하오성으로 꼽히는 사람 중 강호에서 적극적인 활동을 하는 자는 무림맹주 청천 진인과 철혈방주 위지관천뿐일세. 강호란 세계는 강자를 중심으로 움직인다는 말은 그 둘이 속해 있는 세력이 무림맹과 칠패 중 으뜸이라는 철혈방이란 사실로 여실히 증명되고 있네. 이런 상황에서 천신도의 힘을 얻어 그들에 필적할 만한 능력을 가진 자가 나타나게 된다면 어떻겠나? 곧 그는 쟁패천하를 꿈꾸는 모든 세력의 주목을 받게 될 것일세. 섭외 대상으로 주목받을 수도 있지만, 경계 대상, 혹은 척살 제일 순위가 될지도 모른다는 것이지. 그야말로 강북칠웅의 자리에 오르는 것과는 차원이 다른 얘기가 되는 걸세. 맹 소협은 아마도 번거로운 것이 싫어서 칼을 내놓으려 하는 모양인데, 그렇게 되면 번거로운 차원을 넘어서게 되겠지. 그래도 괜찮겠나?"

"크윽……."

맹정우는 침음성을 흘리다가 문득 말했다.

"그런데 칼 값도 떨어집니까?"

그는 함토리의 말 중 뒷부분도 뒷부분이었지만 처음에 '단순히 칼 값 떨어지는 것으로 끝날 얘기가 아니다' 라는 전제 부분이 마음에 걸렸던 것이다.

"으응? 그… 그렇겠지. 천신도의 제일 중요한 의미인 무명도법을 쏙 빼놓고 내다 파는 것으로 인식된다면 당연히 값은 떨어질 걸세."

'제길…….'

천하 세력들이 주목하고 경계하고… 그런 얘기들은 뜬구름 잡은 것 같아 금방 와 닿지도 않았다. 그러나 손 안의 재물의 가치가 하락한다는 것은 맹정우에게는 아주 민감한 사안이었다.

"그럼 어떻게 해도 마찬가지 아닙니까. 가지고 있어도 노리는 놈들이 있을 거고, 팔아치우려 해도 귀찮은 일이 생길 거고. 보물이 아니라 애물단지군요."

"해결책은 한 가지뿐일세. 다른 자들이 천신도를 노리지 못하게 만드는 것이지."

"어떻게요?"

함토리는 대답하지 않고 방구병에게 질문을 돌렸다.

"방 소협, 어떻게 해야 다른 자들이 보물을 노리지 못하게 될까?"

방구병은 잠시 생각에 잠겼다가 입을 열었다.

"으음, 강호에서 뭔가를 지키는 길은 단 하나밖에 없죠. 감히 남이 넘보지 못할 정도의 실력을 가지고 있어야 한다는 거. 특히 무기 같은 거면 그 무인을 떠올릴 때 그 병기를 위력적으로 사용하는 모습을 같이 떠올릴 정도가 된다고 하면 감히 그걸 빼앗겠다고 덤비는 일은 없지 않을까요?"

"그렇지! 바로 그걸세. 그러니 한시 바삐 천신도의 숨겨진 힘을 찾아야 이 모든 어려움이 해결된다 이 얘기일세."

"퓨우우우……."

맹정우는 길게 한숨을 내쉬었다. 성질 같아서야 천신도를 함토리에게 던져 주고서 '맹에 갖다 주쇼!' 하고픈 마음 굴뚝같지만 이런 보물을 한 푼도 받지 않고 남에게 넘겨줄 만한 뱃심은 그에게는 없었다.

"알겠습니다. 정 그러면 가급적 빨리 행동하는 수밖에 없겠군요. 일단 오대산으로 가야겠지요?"

"거긴 가봐야 소용없을 거네."

"예? 소소인이 무명도법을 익히다 죽은 곳이 거기 아닙니까? 그리고 그 다섯 개의 봉우리 그림도 오대산을 뜻하는 것 같던데……."

"이 사람들 아직 소소인이 왜 죽은 것인지 모르는구먼."

"도법을 익히다가 주화입마에 걸려 죽은 거 아닙니까?"

"그건 산서성에서 소문이 잘못 돈 것일세."

함토리는 날카로운 눈빛을 발하며 말을 이었다.

"천신도를 녹림도당들이 가져갔고 나중에 시체를 따로 회수했다는 말을 들었겠지? 그걸 회수한 것이 무림맹일세. 맹에서는 그런 사안에 대해 철저히 보안을 지키니 그의 사인에 대해 떠돈 소문은 전부 녹림도당의 입을 통해 전해진 것뿐일세. 결론적으로 말하자면 주화입마에 걸린 것은 맞되, 그것은 제 스스로 분을 못 이겨 걸린 것이지 무명도법을 익히다 걸린 것이 아니란 걸세."

"분을 못 이기다니, 무슨 원한 산 일이 있었답니까?"

"그렇지! 잘 아는구먼. 시체를 회수할 때 동굴에서 발견된 일기장을 보고 안 내막이네만, 의협이라고 할 수 있는 소소인이 친구의 유품을 허락도 받지 않고 빼간 것은 가문의 원수에게 복수하기 위해서였네. 그 역시 자네들처럼 칼에서 그림을 발견하기까지는 한 것 같더군. 오대산에 도법이 숨겨져 있을 줄 알고 그곳에 가서 이 잡듯이 산을 뒤지고 다녔지만 몇 년이 걸려도 그 특이한 문장의 수수께끼를 풀지 못했던 것이겠지. 그러다가 몇 년째 도법도 찾지 못하고 복수도 못하는 것에 의한 조급한 마음 탓에 수련 중에 심마가 껴서 주화입마를 당하게 되었고, 그 때문에 있던 무공까지 소실되자 분을 참지 못해 자살한 것일세. 이러한 내용을 까막눈을 간신히 면한 녹림도당들이 몇 자 읽어보지도 않고 멋대로 해석한 것이지."

뜻밖의 사연이었다.

맹정우가 얼굴을 찌푸리며 말했다.

"그럼 더 더욱 골치 아파진 것 아닙니까. 오대산을 몇 년씩이나 이 잡듯 뒤지고 다녀도 결국 수수께끼를 풀어내지 못했다는 얘긴데, 그래서 아예 가지 말라는 얘기신가요?"

"아니, 노부가 한참 생각해 봤는데, 오대산에 간 것 자체가 소소인이 범한 결정적인 오류 같네."

"그래요?"

"보다시피 봉우리 다섯 개의 그림, 그리고 남쪽 봉우리에 금수(錦繡)라고 써 있네. 한데 오대산의 다섯 봉우리 중에는 금수봉이란 봉우리가 있지. 그리고 아마 그 위치도 남쪽일 게야. 이 그림하고 정확히 일치하지. 그러니 누구나 이걸 보면 오대산의 모양을 그려 넣은 것이라고 생각할 수밖에 없을 걸세. 그러나 금수봉이라는 이름은 굉장히 흔하다네. 풍광이 아름다운 산에 금수라는 이름을 붙이기는 쉬운 일이거든. 노부가 예전에 형산파에서 잠시 기거했던 적이 있네만 형산 칠십이봉 중에서도 금수봉이라 불리는 봉우리가 있었지."

"그러나 봉우리가 다섯 개에 금수봉이 딸려 있는 조건이라면 역시 오대산을 생각할 수밖에 없지 않을까요?"

"오대산은 그렇게 큰 산이 아닐세."

함토리는 확신에 찬 어조로 말을 이었다.

"그중에 한 봉우리를 소소인 같은 고수가 몇 년간 이 잡듯이 뒤지고 다녔는데 아무것도 건지지 못했다는 것은 시사하는 바가 있네. 물론 비지(秘地)란 건 눈앞에 두고서도 못 찾을 수 있는 것이네만 이 경우에는 아예 번지수를 잘못 찾았다는 생각이 드는군."

그는 말을 마치고 갑자기 천신도를 들더니 초식 하나를 구사했다.

맹정우의 눈에 기광이 일었다. 그가 구사하는 초식이 낯이 익었던 것이다.

"칼 그림의 움직임과 비슷하군요."

좌우로 잔영을 남기며 정면으로 찔러 들어가는 초식, 천신도에 그려진 다섯 개의 칼 그림 중 하나와 흡사한 움직임이었다.

"형산파의 진성검(辰星劍) 제일식 암천조검(暗天照劍)이라네. 칼 그림이 워낙 단순해서 확신은 못하겠네만 투로의 형식이 거의 비슷하군. 형산파 제자들이 기수식으로도 잘 쓰는 초식이라 노부가 형산에 있을 때 눈동냥을 해뒀던 초식이지."

"그럼 그 무명도법이라는 게 형산파의 무공이란 말씀입니까?"

"글쎄, 설마 하니 도법도 아니고 검법일 리야 없겠지. 그리고 나머지 네 개도 왠지 낯이 익은 초식이긴 한데 전부 형산파의 것인지는 확신이 서지 않는군. 아무럼 원래 칼 임자였던 대력신도 탁비 정도의 고수가 설마 형산파의 무공도 못 알아보았을 리가 있겠나?"

그는 산 그림이 그려진 종이를 좍 펼쳐 들었다.

"그 비밀은 이 산 그림에서 가리키는 장소에 가봐야 풀리겠지. 이 초식을 알아보고 나서 어느 정도 확신한 것이네만 노부가 생각하기에 이 그림이 가리키는 장소는 바로 형산이라고 보네. 만약 이 다섯 봉우리를 오대산으로 생각하지 않고 크게 생각해서 중원오악이라고 생각해보면 어떨까?"

맹정우가 그제야 알아들었다는 듯 고개를 끄덕였다.

"남쪽 봉우리는 남악(南岳), 형산이로군요."

"그렇지. 그곳의 금수봉을 찾는 것이 가장 타당한 선택이라고 보네."

*

끼이익—

맹정우는 누군가 자신의 방문을 여는 소리에 눈을 떴다.

삼경이 벌써 지난 야심한 시각의 방문자는 조용히 침상 앞으로 다가왔다.

맹정우는 창문으로 비스듬히 비쳐 들어오는 옅은 달빛으로 인해 드러난 윤곽의 부드러운 곡선으로 인해 방문자가 누구인지 짐작할 수 있었다.

"웬일이야, 이 시간에?"

상소하는 침상 가장자리에 슬쩍 걸터앉았다.

"그냥."

'이 계집애, 마음이 바뀌었나?'

맹정우는 약간 불안해졌다.

함토리와의 대화 후에 내일 떠나야 할 것 같다고 말하니 날짜 채우고 가라고 호통 칠 줄 알았던 상소하는 의외로 선선히 수락했었다. 그랬던 그녀가 야심한 밤에 무슨 일로 자신을 찾아온 걸까? 설마 마음이 바뀌어 날짜 채우고 가라고 하러 온 걸까?

달빛에 점차 눈이 익숙해진 맹정우는 그녀를 유심히 살폈다.

침상 끄트머리에 걸터앉아서 살짝 고개를 숙이고 앉아 있는 자태가 평소 일 안 한다고 타박 주던 여인의 모양새라고는 상상하기 어려울 지경이었다. 맹정우는 여인을 많이 겪어본 사내답게 무표정해 보이는 그녀의 얼굴에서 어떤 기대감 같은 것을 읽어낼 수 있었다.

'이 계집애, 한번 하자고 온 것 같네.'

뜻밖이었다.

대별산 객잔에서의 첫날 밤 이후 이 곳 무창에 와서도 둘은 한 번도 잠자리를 같이 한 적이 없었다. 상건명도 있는 데다가, 졸지에 점소이가 되어버린 맹정우와 객잔 주인이 돼버린 상소하였기에 매일 툭탁거리느라 잠자리로 연결될 수 있는 감정 같은 것은 생길 경황 자체가 없었기 때문이었다.

"너… 나랑 자고 싶어서 왔지?"

맹정우의 직접적인 화술에 상소하의 눈꼬리가 살짝 떨렸다. 그녀는 얼굴을 붉히며 날카롭게 대꾸했다.

"멍청이! 다른 사람이 다 네 생각처럼 행동할 줄 아나 보지?"

맹정우는 피식 웃었다. 하긴 아무리 대찬 여인이라도 어찌 그 질문에 긍정할 수가 있을까.

"그럼 뭐 하러 왔는데?"

상소하는 벌떡 일어서며 말했다.

"네놈 떠나기 전에 그 멍청한 꼬락서니를 눈으로 똑똑히 한 번 더 확인하려고 왔던 거다! 꼬락서니 잘 봤으니 이만 갈게!"

말을 마치고 성큼성큼 걸어나가는 상소하를 따라간 맹정우가 그녀의 팔을 붙잡아 뒤로 돌려세웠다.

"왜 이래?"

"이거 놀라운걸?"

"뭐가?"

"의외로 귀여운 구석도 있으니 말이야."

"멍청이!"

"억!"

마지막에 멍청이 소리와 함께 내지른 상소하의 주먹에 맹정우는 배를 얻어맞고 말았다. 그러나 비명을 지르면서도 그는 잡고 있던 상소하의 팔을 놓지 않았고, 몸을 구부린 채로 그 팔을 끌어당겨 그녀의 허리를 어깨에 댄 다음 몸을 일으키며 그대로 들쳐 업었다.

"이거 놔!"

"그렇게 소리 지르면 건명이 깬다."

그 말은 확실히 상소하의 입을 다물게 하는데 효과가 있었다. 맹정우는 어깨에 들쳐 업은 상소하를 침상까지 데려가서 내려놓은 후 그대로 그 위를 덮쳤다.

"저리 안 비켜?"

맹정우는 코웃음을 쳤다.

'비키라며 내 옷은 왜 벗기고 있는 거야, 이 계집애? 옷보고 비키라고 한 건가.'

그 다음 상황은 말 그대로 이심전심(以心傳心), 두 사람은 곧 달아올랐고 열락의 한 시진이 폭풍처럼 지나갔다.

"…돌아와."

"뭐?"

"언제든지, 돌아오고 싶으면 돌아오라고."

열락의 시간이 끝난 후, 둘은 침상에 나란히 누워 있었다.

맹정우는 자신의 팔을 베고 누워 있는 상소하를 어이없는 눈초리로 바라보았다.

"뭐야, 볼일 다 보면 여기 와서 또 점소이 노릇 하라고?"

"멍청이!"

상소하는 어이가 없는 듯 피식 웃으며 말을 이었다.

"네가 무슨 연유로, 어떻게 해서 세상을 떠들썩하게 만든 영웅이 된 지는 잘 모르겠어. 하지만 같이 지내면서 한 가지는 확실하게 느꼈어. 너는 보기와는 달리, 강호 명문가의 도련님도 아니고, 그런 잘난 쪽 족속들하고 아예 거리가 멀어. 비록 겉멋은 무지하게 들어 있긴 하지만 뼛속까지 속물은 아닌 것 같아. 사실, 건명이와 나의 생계를 책임지라고 윽박지른 것은 이제 와 생각하면 상당히 무리한 요구였는데, 이렇듯 순순히 들어줄 줄은 몰랐어. 나같이 하찮은 계집애의 협박이야 코웃음한 번으로 지나칠 수도 있었을 테니 설마 그게 무서워서 내 말을 들어준 것은 아니겠지. 그런 걸 보면 속에 착한 구석이 아직 남아 있고, 같이 한 달 가까이 살아보니 뭐랄까, 왠지 모르게 우리 같은 양민의 분위기가 나."

상소하는 삼단 같은 머릿결을 쓸어 올리며 잠시 말을 멈췄다가 다시 이었다.

"모르겠어. 대별산 객잔에서 들은 얘기나 여기 와서까지 네 얘기가 들리는 것을 보면 네가 정말 강호의 대단한 사람 같은데, 내가 보기에는 그 명성이 네게 맞지 않는, 그러니까 안 어울리는 옷을 입고 있다는 느낌이 들어."

상소하는 고개를 쳐들어 맹정우를 바라보았다.

"너는 나와 건명이의 은인이야. 그러니 네가 정말 잘되길 바라. 하지만… 행여 실패를 하거나 그쪽 세계가 맞지 않다고 생각하면, 적어도 네가 돌아와서 안식할 만한 장소가 이 세상에 한 곳은 있다는 것을 기억해. 그리고 언제라도 마음이 내킬 때 돌아와. 영웅객잔의 문이 너에게는 항상 열려 있을 테니까."

상소하는 말을 마치며 모처럼 싱긋 웃었다.

"이 말을 하고 싶어서 방에 들어왔던 거야."

맹정우는 잠시 멍하니 상소하를 바라보았다. 그리고는 환하게 웃으며 그녀를 끌어안았다. 그리고 감동한 목소리로 그녀의 귀에 속삭였다.

"고맙다."

그리고는 속으로 생각했다.

'미쳤냐, 내가 이 코딱지만한 객잔으로 돌아오게. 강호에서 밑천 닥

닥 긁어모아서 서안에 대궐 같은 주루 열 채쯤 짓고 너보다 열 배는 예쁜 계집애들 옆에 끼고 희희낙락하면서 살 거다, 요년아.'

자신의 앞날을 예측 못하는 맹정우의 망상이었다.

제10장

영웅은 복잡다단한 상황에서

예리한 통찰력을 발휘한다

"그러니까 형산 가는 김에 의뢰까지 수락했다, 이거냐?"

"어쩔 수 있냐. 매화자 비용에 소하 계집애 몸값, 그리고 영웅객잔 설립 비용까지 지출되고 나니 남은 게 있어야지. 부와 명성이란 말이 서로 같이 따라다니는 것이 아니고 이렇게 동떨어질 수도 있다는 섯을 절실히 체감하고 있는 중이시다."

대화 중인 맹정우와 방구병은 무림맹에서 내준 마차를 타고 무창 시내를 향해 질주하고 있었다.

맹정우는 엄청나게 가벼워진 돈주머니를 짤그락거리고 있었다. 방금 한 말마따나 꺾일 줄 모르고 치솟는 명성에 비해 돈은 점점 목표 액수에서 멀어져 가고 있었다.

처음 법현 대사 호위비로 받은 천 냥은 적룡왕에게 빼앗겼고, 그 다음 되찾은 표물은 상소하 몸값으로 다 차압되었다. 그리고 팽가 건으로 받은 천 냥 역시 매화자 비용과 영웅객잔 설립 비용으로 거의 다 탕진한 상태. 이런 절박한 상황에서 함토리의 의뢰는 물리치기 어려운 유혹이었다.

함토리의 말에 의하면 형산에 마교 무공의 흔적을 아로새긴 시체가 나타났다고 한다. 그래서 그 지역의 세 파가 연합하여 조사단을 파견하면서 무림맹에 협조를 부탁했는데, 새외의 침공과 왜구의 난입에 신경 쓰느라 여력이 없는 무림맹에서는 맹정우가 협조해 주기를 부탁했다는 것이었다.

팽가 건으로 제대로 한 번 데였던 맹정우는 다시 함토리의 의뢰를 받는다는 것이 탐탁지 않았지만 조사단에 강호사미 중 일 인인 한영영이 끼어 있다는 말과 의뢰비 이천 냥을 계약서까지 확실하게 챙겨서 지불하겠다는 제안에 어쩔 수 없이 솔깃하고 말았다.

어차피 형산 가는 길이니 겸사겸사 도와주는 시늉만 내면 될 듯하고, 결정적으로 돈과 여자가 보상으로 돌아오니 맹정우로서도 흔쾌히 승낙할 수밖에 없는 사안이었다.

맹정우는 서명한 계약서를 꺼내어 다시 꼼꼼이 읽기 시작했다. 이천 냥 지급에 더불어 조사 비용, 교통비 지급 등의 세세한 조건과 함께 맹의 천신도 처리 발표를 한 달간 늦춰주겠다는 요건까지 포함되어 있었다.

"조건 참 좋구만."

옆에서 넘겨보던 방구병의 말이었다.

"그래서 더 수상하지 않냐?"

맹정우의 말에 방구병은 고개를 갸웃거렸다.

"무슨 뜻이야?"

맹정우는 손가락으로 계약서를 탁탁 퉁겼다.

"어차피 형산 가는 길에 겸사겸사 돈도 벌라고 하길래 덥석 물긴 했는데 곰곰이 생각해 보니 아무래도 수상해. 단돈 천 냥으로 이 몸을 강북칠웅 두 명과 싸우게 만들었던 함 영감 아니냐. 이 맹정우 살아 생전에 남을 그렇게 이용해 본 기억은 있어도 그처럼 남에게 휘둘렸던 적은 처음이거든. 그래서 요번에도 이용당하는 것이 아닐까 하는 생각이 들어서 말이다."

"이용당할 게 뭐 있어? 어차피 형산에 가야 하는 것은 사실 아냐. 물론 조사단에 협력하는 일이 생각보다 위험할 수도 있겠지만… 아무리 함 노사라도 그것까지 예측할 수야 없지 않겠냐. 위험 수당 포함해도 이천 냥이 적은 액수도 아니고."

"액수가 문제가 아니라 애당초 그 일을 시키려고 우리를 그쪽으로 유도한 것이 아닐까 해서 말이지."

방구병은 못 알아듣겠다는 듯 고개를 갸웃거렸다.

"어떻게 우리를 유도해? 우리는 이미 그쪽으로 가고 있는데."

"멍청아, 그게 바로 유도 아니냐! 애당초 그 영감의 목적은 우리 수수께끼를 풀어주는 게 아니고 우리를 형산으로 보내 그 조사단에 포함시키려는 게 아니었겠느냐 이 말이야. 그러던 차에 천신도에 희한한 그림과 글자가 뜨니까 오대산이 신빙성이 높은데도 형산으로 가야 한다고 구라친 게 아닐까 하는 생각이 든단 말이다."

"에이 설마, 노사님 설명도 그럴듯했잖아."

"그러니까 더 문제지. 그럴듯할수록 사기일 확률도 더 높은 게 사람의 말이니까."

실상 말은 그렇게 하면서도 맹정우도 함토리의 추측이 그럴듯하다고 생각을 하고 있었다. 다만 너무 딱딱 맞아떨어지는 전개가 수상했고, 그보다 더욱 마음에 걸리는 것이 하나 더 있었다.

"구병아, 나는 도통 이해가 가질 않는 게 있다."

"뭐가?"

"이 천신도 말이다. 공력을 주입해야 그림이 나오고, 그 그림도 자세히 나오는 것도 아니고 이상한 문장이 암시되어 있고, 또 그 문장을 풀어야 도법이 숨겨진 장소를 알 수가 있고… 이런 복잡한 과정을 거치게 만든 이유가 뭘까?"

"글쎄… 네 팔성검처럼 일정한 공력을 갖춘 자라야 도법이 있는 장소로 올 자격이 있다는 뜻 아닐까?"

맹정우는 방구병의 대답이 성이 차지 않는 듯, 고개를 갸웃거렸다.

"잘 모르겠어. 팔성검 때도 느낀 거지만, 이렇게 특수한 방법을 고안하여 칼에 설치하는 작업도 보통 일이 아닐 텐데, 이런 복잡한 작업 절차를 거쳐서 후인(後人)을 구하겠다는 그 심보를 도통 이해를 못하겠거든."

"원래 강호의 비사란 다 그런 거야. 그래야 신비감이 있고, 멋있는 거 아니냐!"

맹정우는 지 혼자 신나서 지껄이는 방구병을 한심하게 바라보았다. 이놈은 아직 야사와 현실의 차이를 구분하지 못하고 있었다.

'함 노사한테 자세히 좀 물어볼걸.'

이번 여행에는 함토리가 동행하지 않았다. 처음에는 그도 따라오려고 했으나 출발 직전에 찾아온 웬 거지의 연락을 받더니 바쁜 일이 생겼다며 떠나 버렸다.

서로 얼굴 붉히기도 하고 의심하기도 했지만 역시 그간 많은 도움을 얻었던 것도 부인하기 어려운 함토리였기에 왠지 허전한 마음이 드는 맹정우였다.

　둘은 무창 남문 쪽에 있는 양의문에 도착했다. 일검탈명 맹정우가 도착했다는 말에 인원이 많이 빠져나가 한적하던 양의문은 크게 술렁거렸다.

　버선발로 튀어나와 직각으로 허리를 구부리며 그들을 맞이한 총관은 양의문주가 있다는 접견실로 그들을 급히 안내했다.

　맹정우와 방구병이 접견실로 들어서니 양의문주로 보이는 중년인이 희색이 만면한 얼굴로 둘을 맞이했다.

　"어서 오시오, 맹 소협! 사해를 진동시키고 있는 청년 영웅을 이렇게 보게 되니 영광이외다. 본인은 양의문의 문주직을 맡고 있는 공손엽이라 하오."

　"과분한 환대에 몸 둘 바를 모르겠습니다. 맹정우입니다."

　"하하, 겸손하기도. 그런데 같이 온 소협은?"

　공손엽이 자신에게까지 시선을 놀리자 방구병의 얼굴이 환해졌다.

　"경천객 방구병입니다."

　맹정우가 옆에서 '크흥' 하고 코웃음을 터뜨리는 와중에도 방구병은 꿋꿋했다. 비홍도법도 어느 정도 손에 익혔겠다, 이제 천하를 놀래킬[驚지] 때가 얼마 남지 않은 것이다.

　"오늘 청년 영웅들이 이리도 많이 본 문을 찾아주니 오늘이 길일인가 보오. 아, 우리 혜공 스님과도 초면일 텐데, 인사들 하시오."

　그리고 보니 접견실 한쪽에는 아까부터 웬 까까중 하나가 앉아 있었다. 이십 대 중반으로 보이는 단단한 체구의 까까중은 벌떡 일어나서

한 손으로 합장 자세를 취했다.

"소림의 혜공입니다."

방구병이 깜짝 놀라며 말했다.

"혜공 스님이시라면 사룡삼봉 중 그……?"

혜공은 소림사 제일의 기재로, 무림맹 좌호법 법현 대사의 적통제자이기도 했다. 무림맹의 최운과 함께 후기지수 중 양대신룡으로 꼽히는 그가 이곳에 온 이유는 맹정우와 비슷했다.

"사부님께서 지원군이 올 거라고 하셨었는데, 그게 일검탈명 맹정우 소협인 줄 몰랐군요."

맹정우는 착석한 뒤 자신이 이곳까지 오게 된 경위를 설명하고 있는 혜공을 유심히 바라보고 있었다. 어딘가 모르게 이질적인 느낌을 갖게 하는 까까중이었다. 그런데 그 느낌의 실체를 파악하기가 어려웠다. 단단한 체구에 비해 키가 작아 땅딸막한 것이 신체적 특징이었지만 그것 때문에 이런 느낌이 드는 것은 아니었다.

"어쨌든 정말 다행이외다. 조사단을 보낸 뒤로 혹시라도 마교의 잔당과 맞닥뜨리기라도 한다면 사고가 나지 않을까 노심초사하고 있던 차에 맹 소협과 혜공 스님 같은 청년 영웅들을 맹에서 보내주었으니 말이오."

"크흠!"

방구병이 자기도 있다는 것을 알리고자 큰기침을 했지만 공손엽은 알아차리지 못한 듯 말을 이었다.

"조사단이 형산으로 간 지도 벌써 이레째이오만, 아직 아무런 성과가 없소이다. 형산이야 그 뻗어 나간 길이가 천 리에 이르는 대산맥이니 사고가 일어난 지점 근처 봉우리를 뒤지는 것만으로도 시일을 꽤 잡아먹을 듯하오."

"그 사고란 것에 대해 자세히 얘기를 해주셨으면 합니다."

혜공의 말에 공손엽은 자세를 고쳐 잡고 신중한 어조로 이야기하기 시작했다.

"사건은 본 문의 문도 중에 장익현이라는 사제가 자신의 형을 만나러 형산을 찾아가면서부터 시작되었소. 장 사제의 형 역시 무당파에 잠시 몸을 담았던 도인으로, 요 근래에는 형산의 작은 도관에 몸을 의탁하고 있는 처지였소. 그런데 한 달 말미로 형산을 찾아갔던 장 사제에게서 인편으로 서신이 도착했소. 최근 형산에 있는 화전민 마을에서 이상한 소문이 퍼지고 있기에 그것을 자신의 형과 함께 조사해 보려 하니 시일이 좀 더 걸리겠다는 내용이었소. 장 사제는 지닌 바 무예가 출중했고, 그의 형은 도력이 높은 도사였기에 무슨 일인지는 몰라도 크게 염려하지 않았는데, 서신이 도착한 지 두 달이 지났건만 아무런 소식이 없었소. 결국 어떻게 된 것인가 걱정되어 문도들을 형산에 파견했지. 찾으러 간 문도들은 두 사람이 사건을 조사하러 갔다는 부근을 샅샅이 수색했으나 아무것도 발견하지 못했소. 그런데 포기하고 산을 내려오다가 실종 지점에서 백 리는 떨어진 계곡에서 두 사람의 시체를 발견한 거요. 그리고는 경악하고 말았소. 두 사람의 가슴에 선명히 찍혀 있는 청색 장인을 보고."

혜공은 이미 들은 듯했고 맹정우는 들어도 뭔 소린지 모르니 그러나 보다 했지만 방구병은 공손엽의 마지막 말에 깜짝 놀라며 목소리를 높였다.

"청색 장인이라면, 설마 마교의 청살장이 나타났다는 말씀이십니까?"

공손엽은 고개를 끄덕였다.

"그렇소. 그것 말고는 달리 생각할 수 없을 정도로 또렷한 청색 장인이었지. 다른 제자들은 시체를 추스르고, 한 명은 급히 본 문으로 소식을 알리기 위해 돌아와야 했소. 때마침 형주회합이 열리고 있는 시점이어서 일월문과 쌍룡회에도 이 사실을 알리고 대책을 논할 수가 있었지. 그 결과, 총 오십 인의 조사단을 삼파 합동으로 결성하여 칠 일 전에 파견하게 된 것이외다."

혜공이 입을 열었다.

"한 가지 여쭙겠습니다. 애초에 조사의 동기였던 그 화전민의 소문이란 무엇입니까?"

"형산 칠십이 봉 중에 성수봉(聖獸峰)이란 봉우리가 있는데, 그곳으로 사냥이나 약초를 캐러 간 화전민들이 곧잘 실종되는 상황이 벌어졌다고 하오. 본래 이무기가 사는 곳이라고 소문난 절지였는데, 최근 실종자가 빈번하다 보니 영수가 노했다는 둥 소문이 돌고 있었기에 장사제와 그의 형이 실종자도 찾고, 소문도 풀 겸 나섰다가 횡액(橫厄)을 당한 것이오."

"그렇군요."

혜공은 고개를 끄덕였다. 그는 부리부리한 눈을 반짝이며 깊은 생각에 잠겼다. 결국 성수봉에 마교와 관련된 뭔가가 있고, 화전민이나 두 형제가 그것을 건드렸기에 실종, 죽음에 이른 것일 게다. 그러나, 그런 비지(秘地)에 숨어 살고 있을 마교 잔당이라면 청살장같이 흔적이 크게 남는 마공을 과시하여 이목을 집중시킬 이유가 대체 무엇이란 말인가? 의혹은 점점 증폭되었으나 결론은 한 가지였다. 최대한 신속하게 조사단에 합류해야 한다는 것.

*

"아, 그럼 혜공 스님은 무림맹 소속은 아니신 거군요?"

"그렇습니다. 저희 사부께서 적을 두고 계시고 본 사가 무림맹의 행사에는 가급적 협력한다는 방침이기에 이렇게 나오게 된 것이지요. 무림맹이 최근 워낙 바쁘고, 마교의 흔적이란 것은 무림맹뿐 아니라 중원 강호 전체의 중대한 사안이기에 나서게 된 것입니다."

"오, 훌륭합니다!"

맹정우와 방구병, 혜공을 태운 마차는 형산을 향해 박차를 가하고 있었다. 마차 안에서는 방구병과 혜공이 마주 보고 앉아서 담소를 나누고 있었고, 맹정우는 자는 척하고 있었다.

혜공은 잡다한 것을 많이 알아 얘기 나눌 거리가 많은 방구병과 금방 친해졌지만, 떠오르는 신진고수인 맹정우는 호적수로 인식한 듯 왠지 서먹하게 대하고 있었다.

맹정우 역시 혜공이 비구니가 아닌 이상 크게 관심을 두지 않고 있었다. 그래서 둘 사이의 대화는 사흘 동안의 마차 여행에도 불구하고 큰 진전이 없었다.

'난쟁이들끼리 죽이 맞았군!'

자는 척하기도 지겨워진 맹정우가 슬며시 실눈을 뜨고 둘이 하는 양을 보고 있자니 은근히 소외감이 들고 아니꼬워졌다. 아닌 게 아니라 땅딸막한 키의 둘이 머리를 맞대고 떠드는 것이 꽤 잘 어울리는 짝패라는 생각이 들었다.

'뭐, 형산에 가면 한 소저를 만날 수 있다고 했으니…….'

조사단에 한영영이 끼어 있다는 말은 시큰둥하던 그를 의욕적이게 만들었고, 더욱 좋았던 것은 성수봉이 금수봉과 맞닿아 있는 봉우리라는 거였다. 이렇게 되면 기보와 미녀, 둘을 한꺼번에 취할 수 있는 기회인 것이다.

내심 즐거운 상상으로 자위해 보았으나 기나긴 마차 여행이 워낙 무료한지라, 결국 둘의 대화에 끼어들기로 마음을 먹은 맹정우는 눈을 뜨고 몸을 앞으로 내밀었다. 그런데 그 순간, 방구병의 얘기를 듣기 위해 몸을 살짝 내밀고 있는 혜공의 계인 찍힌 머리가 시야에 들어왔고, 그제야 처음 만났을 때 혜공에게 느꼈던 이질적인 느낌을 알 수 있었다.

'대머리잖아!'

물론 모든 중은 다 대머리이다. 그러나 혜공 같은 까까중, 젊은 승은 '파르라니 깎은 머리'라는 표현처럼 숱 많은 머리를 다 깎아낸 시퍼런 머리 자국이 나 있어야 하는데, 혜공은 나이 먹어 대머리가 된 사람처럼 머리 중앙까지가 맨들맨들하여, 파리가 앉아도 낙상할 듯이 보였다. 노승이면 몰라도 젊은 까까중이 빛무리까지 어리는 맨들맨들한 대머리라는 것이, 처음 만났을 때 낯선 느낌을 주었던 것이다.

'이거 재밌군!'

맹정우는 갑자기 앞의 까까중에게 흥미가 일기 시작했다.

"혜공 스님, 혹시 별호가 뭡니까?"

갑작스런 맹정우의 질문에 의아한 빛을 내던 혜공은 잠시 머뭇거리다가 대답했다.

"별칭은 딱히 없습니다. 그러기에는 아직 젊지요. 맹 시주같이 큰 업적을 세운 것도 아니고."

방구병이 끼어들었다.

"그러고 보니 신기하네요. 신진사룡의 선두로 꼽히는 혜공 스님인데 아직 별호가 없다니. 제가 하나 지어드릴까요?"

"아, 아닙니다. 불문의 제자가 강호의 명리를 쫓고자 스스로 별호를 짓다니, 있을 수 없는 일입니다."

혜공은 손사래를 쳤다. 그러나 방구병은 물러서지 않았다.

"스님이 아니라 제가 짓는다니까요. 가만, 소림일룡은 너무 구태의 연하고, 경천객은 내가 썼으니까……."

"소광승(少光僧)이 좋겠군."

갑자기 들려온 맹정우의 말에 방구병은 고개를 갸웃거렸다.

"소광승? 그게 무슨 뜻이야? 뭐가 빛이 나는데?"

"혜공 스님 머리를 봐라. 젊은 스님치고는 너무 반짝이지 않냐?"

혜공의 낯빛이 갑자기 딱딱해지는 가운데 방구병이 웃음을 터뜨렸다.

"푸하하! 그러네! 아니 젊은 양반이 벌써 대머리라니… 하긴, 스님이니 상관없다만… 소광승이라! 그거 정말 딱이군!"

"죄송하지만… 사양하겠습니다."

낮게 가라앉은 혜공의 목소리가 들려왔다.

"에이, 왜 그래요. 딱 어울리는데. 앞으로 강호를 위진시킬 별호인지 누가 압니까?"

"글쎄, 싫습니다!"

혜공은 결국 고함을 지르고야 말았다. 도대체 이 작자들이 어떻게 소림사 내에서만 떠돌던 자신의 별명을 알아챘는지 알 수가 없었다.

별명이 생긴 연유는 이랬다.

작년 봄, 방장스님이 주재하는 새벽 예불에 장로들은 일괄적으로 참여해야 했는데, 장로 중에 한 명인 법제(法悌) 대사는 전날 늦게까지 잠을 못 잔 터라 도저히 몰려드는 졸음을 주체할 수 없었다. 그래서 중간에 내빼야겠다 싶던 차에 때마침 근처에서 순찰을 돌고 있던 혜공이 눈에 띄었다. 다른 어린 제자라면 머리만 봐도 티가 딱 나기 때문에 속이기 어려웠지만 머리가 맨들맨들하여 고개만 숙이고 있으면 원로승이라 우겨도 믿을 만한 혜공이었기에 남들 눈에 안 띄게 그를 불러 자기 자리에 대신 세워놓고 숙소로 내빼고 만 것이다. 방장인 법수(法水) 대사는 예불 끝날 때까지 장로가 뒤바뀐 줄을 전혀 눈치 채지 못했었다.

뒤늦게 다른 장로의 밀고(?)로 그 사실을 들은 법수 대사는 너털웃음을 터뜨리며 '예불하다 뒤돌아보면 반짝거리는 대머리 열다섯이 제자리에 정확히 있으니 어떤 놈이 내뺀 것인지 알 리가 있나. 앞으로는 계인 숫자도 세가면서 감시해야겠구나' 라고 말했다고 한다.

젊은 제자들이 들어 좋은 내용이 아니니 장로회의 때 웃고 넘어간 사안이었지만 시중들던 동자승이 이 재미있는 얘기를 듣고서 친구에게 떠들어댄 것이 화근이었다. 소문은 은밀히 소림사 경내로 퍼져 나가 평소 어렵기만 하던 대사형을 씹고자 하는 욕망이 충만했던 혜공의 사제들은 소광승(小光僧)이란 별명까지 지어내며 자신들의 욕구를 충족시켰고, 종래에는 혜공의 귀에까지 이 별명이 들어가고야 말았다.

장로가 시키니까 어쩔 수 없이 한 것이지만 그 사건이 몹시 창피했고, 평소에도 자신의 맨들맨들하다 못해 빛나는 머리가 은근히 신경 쓰였던 혜공인지라 이 별명에 기겁을 하여 곧바로 진압에 들어갔다.

곧 소문의 주동자인 사제 다섯 명이 연무동으로 끌려 들어갔고, 삼

일간 마보(馬步) 상태를 유지한 채 침식을 하는 무지막지한 기합을 받아야 했다. 또한 행여 이 별명이 소림사 밖으로 흘러나간다면 향후 어떤 사태가 벌어질지 모른다는 그의 으름장에 이대 이하의 제자들은 모두 공포에 떨어야 했다.

이렇게 수선을 떨며 잠식시켰던 별명인데, 이 작자들이 어떻게 알았는지 다시 끄집어낸 것이다. 물론 소(小)와 소(少)가 다른 뜻이긴 하나 머리가 빛나는 것을 지칭함은 똑같았다. 이것만큼은 무조건 막아야 한다.

"자꾸 그 별명을 언급하시면 빈승을 모독하는 거라 생각하고 가만있지 않겠습니다!"

강경한 그의 어조에 방구병은 찔끔했지만, 그 정도에 물러설 맹정우가 아니었다.

"자꾸 언급하다니, 그 얘기인즉슨 전에도 누가 소광승이라고 부른 적이 있다는 얘기요?"

"소광승이라고 하지 말라 했습니다!"

쾅!

굉음과 함께 혜공의 오른 주먹이 마차 벽으로 들어갔다 나왔다. 얼마나 빠르게 나갔다 들어온 것인지 주먹이 보이지도 않았을뿐더러, 신기하게도 나무로 만든 벽이 으깨져 나가지 않고 주먹이 나갔다 들어온 구멍만 새겨져 있었다. 주먹을 타격 지점에 갖다 댐과 동시에 잡아 빼어 타격 부위는 최소화하고 타격점의 파괴는 극대화하는 고등의 수법이었다.

"나한권(羅漢拳)의 위력이 놀랍군."

방구병의 말이었다.

"아라한신권(阿羅漢神拳)입니다."

혜공의 대답이었다.

무림 고수들이 상대의 초식을 경탄하며 자신의 식견을 드러낼 때를 흉내 내 본 것이지만 애석하게도 잘못 짚고 말았다. 방구병이 머쓱해하는 사이 혜공은 맹정우에게 다짐하듯 말했다.

"다시는 그 별명을 입에 올리지 마시길 바랍니다. 이 점만 지켜주신다면 결코 이 이상의 결례를 범하지는 않을 것입니다."

"아… 알았소이다."

이 정도로 강경하게 나오는 데야 어지간한 맹정우도 한 발짝 물러설 수밖에 없었다. 그러나 인간이란 모름지기 금지된 것을 범하고자 하는 욕망에 항상 시달리는 존재, 가는 길 내내 맹정우는 '어이, 빛나리!' 하고 불러보고 싶은 것을 꾹꾹 눌러 참아야 했다.

*

"헉, 헉, 소천 혀엉— 같이 가—"

진소천은 인상을 있는 대로 구기면서도 걸음을 멈추어야 했다. 잠시 후 염제정이 낑낑거리며 그가 서 있는 바위 위로 기어올라 왔다. 바위에 올라선 염제정은 주변을 살피며 말했다.

"어? 한 소저는?"

"녀석아! 그렇게 걱정되면 보조를 맞춰 따라올 것이지 왜 계속 뒤처져서 내 발목까지 잡냐!"

염제정은 진소천의 호통에 고개를 움츠리면서도 한영영이 어디 있나 두리번거리는 것을 멈추지 않았다.

진소천은 깊은 한숨을 내뿜으며 염제정의 목덜미를 움켜쥐고 바위를 벗어나 오르막길을 오르기 시작했다. 염제정은 바동거렸지만 놔주면 또 뒤쳐질 게 뻔하다는 것을 알기에 진소천은 손을 놓지 않고 외려 걷는 속도를 높였다.

염제정에게는 다행하게도 가파른 오르막을 얼마 오르지 않아 진소천의 발걸음이 멈춰졌다.

"진 공자, 염 공자! 빨리 오세요!"

힘겨워서, 짜증이 나서 찌푸려져 있던 두 사람의 얼굴이 그 목소리로 인해 살짝 펴졌다. 벌써 열흘째 소득없는 탐색을 거듭하고 있었지만 한영영의 생기발랄한 활동으로 인해 지루함을 많이 잊고 있었다.

두 사람은 능선을 따라 한영영이 손짓하고 있는 위치로 걸어갔다.

본래 다른 볼일이 있었기에 나중에 온다던 진소천과 그의 부친 염서백과 그 자신조차도 이곳에 오는 것이 못 미덥던 염제성이 이리 비지땀을 흘리며 조사에 착수하고 있는 것은 마교의 잔당을 척살하여 강호를 보호하려는 의기라기보다는 한영영을 향한 구애의 힘이 컸다고 할 수 있다.

그들의 염원이 조 편성에 반영된 것인지, 한영영과 그들은 오 인 일 조로 짜여진 열한 개 조 중에 같은 조로 편성될 수 있었다. 옥에 티라면 공손승까지 같은 조로 편성되었다는 것이겠지만 한영영을 매일 볼 수 있다면 감내할 수 있는 사항이었다.

이들은 조사단이기에 앞서 세 파의 중요 인물이었기에 참가한 장로급 고수 중에 가장 노련한 일월문의 부문주 성곤이 지휘를 맡고 있었다. 성곤은 도사였다가 환속한 노고수로, 무공에다가 잡기도 어느 정도 갖춘 무인이었다. 그는 지금 능선이 꺾어지는 곳에 서서 전방을 심각하게 바라보고 있었다.

"일단 들어가 보는 것이 좋지 않겠습니까?"

그의 옆에서 전방의 흐릿한 안개가 끼인 산길을 바라보던 공손승의 말이었다.

성곤은 고개를 끄덕였다.

"요기(妖氣)가 어느 정도 감지되기는 하지만, 봉우리의 음(陰)한 기운이 모여서 그런 것인지도 모르니 섣불리 다른 조를 부를 필요는 없을 듯하오. 그러면 여기서 공자들과 아가씨는 기다리고, 노부가 먼저……."

"부문주님, 그러지 마세요."

한영영의 단호한 목소리가 그의 말을 끊었다.

"하오나 아가씨……."

"제가 처음 시작할 때도 말씀드렸잖아요? 부문주께서는 저희 보표로 이 조에 끼어 있는 것이 아니라고요. 저희가 비록 각파의 후계자이긴 하지만 일단 조사단의 일원으로 여기 온 이상 조장인 부문주님의 명령을 받아야 하는 일개 단원일 뿐이에요. 그러니 일부가 먼저 가서 탐색을 하려면 저나 공손 공자가 가야 하지 조장님이 가서 정탐할 일이 아니에요."

"저희도 있습니다."

어느새 진소천과 염제정이 뒤쫓아와 말했다.

"한 소저 말이 맞습니다. 부문주께서 자꾸 그러시면 정말 곤란하니다. 저희를 무인으로 인정하지 않고 보호 대상으로 인식하신다면 이곳에서 계속 조사를 할 이유가 없습니다."

이들도 의외로 당찬 한영영의 말에 자극받은 듯 다부진 결의를 내보이고 있었다.

성곤은 노회한 웃음을 지으며 고개를 끄덕였다.

"이거 노부가 큰 실수를 했구려. 진 공자 말이 맞소! 같은 조의 구성원을 동등한 동료, 동등한 무사로 인정하지 않고서는 조사단이 제대로 운영될 수가 없는 것을. 여러분이 워낙 각파의 중요한 인물들인지라 노부도 모르게 쓸데없는 걱정을 하고 있었나 보오. 좋소, 일단 다 같이 들어가 봅시다."

일행은 긴장하며 안개가 들어찬 지역으로 진입했다. 열흘을 헤맨 끝에 처음 실마리를 잡은 듯했기에 기대와 흥분감이 안개와 함께 몸에 배어들었다.

공손승이 긴장을 늦추려는 듯 입을 열었다.

"그나저나 한 소저, 다시 봤습니다. 그렇게 강단있는 성격인 줄 미처 몰랐는데요?"

"어머나, 공손 공자, 그럼 저를 어떤 성격으로 보셨게요?"

"음, 발랄하고 귀여운 면만 봐왔었기 때문에 성격도 그렇기만 할 줄 알았지요. 대일월문의 부문주님을 야단칠 정도의 성격이 있는 줄은 정말 몰랐습니다."

"어머, 야단을 치다뇨. 잘못 생각하시는 것을 지적한 것뿐이지요. 설마 공손 공자는 여자가 그런 소리를 하면 성격있는 것으로 보시는 건가요?"

"아이구! 아닙니다. 저는 그런 성격을 무척 좋아하죠."

한영영의 표정이 샐쭉해지자 화들짝 놀라 크게 손을 저으며 그녀의 말을 부정하는 공손승이었다. 한영영은 그의 표정이 재미있었는지 까르르 웃음을 터뜨렸고, 공손승도 따라 웃고 말았다. 물론 뒤따르는 두 청년의 얼굴은 앞의 화기애애한 분위기에 반하여 싸늘해졌다.

"으음, 역시 다시 나가서 다른 조를 부르는 것이 좋겠소."
"예에? 뭐 발견한 것도 없는데요? 조금만 더 들어가 보죠?"
성곤의 말에 공손승을 비롯한 청년들의 얼굴이 찌푸려졌지만 이번에는 성곤도 물러서지 않았다.
"이쯤 들어와 보니 확신할 수 있겠소. 이 요기는 결코 자연적으로 발생하는 기운이 아니오. 노부가 그걸 보여 드리지."
성곤은 품에서 주사(硃砂)로 그린 듯 붉은 글씨가 쓰여 있는 노란 색 종이 두 장을 꺼냈다. 그는 두 장의 종이를 각각 하나씩 양 손등에 붙였다. 그리고는 진언(眞言)을 외우며 천천히 두 손을 뻗었다. 그러자 그의 두 손에서 부드러운 기운이 흘러나오며 안개를 거두기 시작했다.
"이것은?"
"구마제사부(驅魔除邪符)에 반응하는 안개라는 것이 그 증거지요. 노부도 이 부적을 친분있는 형산의 도장에게 얻어온 것일 뿐, 술법 계통에 문외한이라 할 수 있으니 이쯤에서 손을 털고 나가는 것이 좋겠소. 요번에 양의문에서 오신 일엽(一葉) 도장이 도력이 높으시니 그쪽 조를 불러오고 나서 계속 조사를 합시다."
혈기방장한 청년들인지라 잔뜩 기대를 하고 있다가 뒤로 물러서려니 발걸음이 떨어지지 않았다. 그러나 성곤의 말이 이치에 맞는 것을 알기에, 떨어지지 않는 발을 뒤로 돌려야 했다.

그런데 기이한 일이 벌어졌다. 분명히 능선의 꺾어지는 부분에서 돌아선 지점까지 걸어온 시각이 불과 이각이 채 안 되었는데 가도가도 출발 지점이 보이지 않았다. 삼각 가까이 걷던 일행은 뭔가 잘못되고 있다는 낌새를 느꼈다.

"아무래도… 어디에선가 어긋난 모양인데?"

염제정의 말에 진소천이 코웃음을 쳤다.

"일직선으로 갔다 일직선으로 오는 길인데 어긋날 일이 뭐가 있단 말이냐?"

성곤이 심각한 표정으로 말했다.

"아무래도 이 이상 무턱대고 걷는 것은 위험할 듯싶소. 일단 다른 조를 불러봅시다."

그의 말에 곤손승이 작은 활과 화살을 꺼냈다. 그리고는 하늘에 대고 쏘자 피이이잉― 하는 날카로운 소리를 내며 멀리멀리 날아갔다. 신호용으로 사용되는 소리나는 화살, 명적(鳴鏑)이 달린 효시(嚆矢)였다.

효시를 날린 지 반 시진이 지났지만 다른 어떤 소도 도착하지 않았다. 그사이 효시를 두 번이나 더 날렸지만 별무소용이었다.

"더 이상은 안 되겠습니다. 이대로 있다가 해가 지기라도 한다면 어떤 일이 벌어질지 모릅니다."

진소천의 말에 성곤도 고개를 끄덕였다.

그의 낯빛은 침중해져 있었다. 효시도 소용이 없다면 그들은 틀림없이 기문절진(奇門絶陣)에 갇혀 있다는 판단이었다. 소리까지 가둘 수 있는 진이라면 결코 빠져나가기가 쉽지 않을 기진임이 분명했다.

그는 내심 한영영의 말을 들은 것을 후회하기 시작했다.

"일단 가지고 있는 물건을 최대한 이용해 봅시다. 공손 공자, 받으시오."

그는 품에서 다시 두 장의 부적을 꺼냈다.

구마제사부는 네 장뿐이었다. 그와 공손승이 정면으로 나서서 장력을 뿜어내자 안개가 걷히기 시작했다. 일행은 두 사람이 지치면 진소천과 한 명씩 바꾸는 식으로 해서 안개를 헤치며 전진했다. 그러나 도무지 끝이 보이지 않았다.

"저, 부문주님."

한영영의 말에 성곤은 걸음을 멈추었다.

"무슨 일입니까, 아가씨."

"역시 이대로 출구를 찾는 것은 무의미할 것 같아요. 아예 가던 길을 계속 가서 안으로 진입하는 것이 낫지 않을까요?"

"그러나 그것은 너무 위험한 시도입니다."

"혹시라도 적의 비처를 찾을 수 있다면, 적어도 거기서부터는 진이 영향력을 끼치지 못할 거예요. 그렇다면 효시나 다른 방법으로 다른 조에게 알리기 오히려 쉬울 수도 있어요. 이대로 진 속의 미아가 되느니 적극적으로 대처하는 것이 낫지 않을까요?"

성곤은 고민했으나 다른 청년들은 대찬성이었다.

성곤은 후기지수들의 치기 어린 모험심에 내심 한숨을 쉬었으나 뾰족한 방법이 없기에 결국 그들의 의견에 따르기로 했다. 날이 어두워지기 전에 어떻게든 퇴로를 찾아야 했다.

*

맹정우 일행이 도착하니 상황이 급박해져 있었다. 성수봉 아래에서 각 조의 위치를 조정하던 조사단원들은 새파랗게 질려 있었고, 책임자로 보이는 무인은 안절부절못하고 있다가 그들의 도착이 알려지자 환해진 얼굴로 뛰어나왔다.

"무림맹에서 오신 분들이라구요? 어서 오십쇼! 양의문의 양백입니다."

"맹정우입니다."

"혜공입니다."

"경천객 방구병입니다."

방구병만이 별호를 붙였으나 양백이 알아본 것은 나머지 두 사람이었다.

"매… 맹정우라면! 일검탈명! 섬서영웅입니까?"

"하하! 영웅이라니 과찬의 말씀을."

"아이고 이런 영광이! 어쨌든 살았습니다. 게다가 혜공 대시끼지… 이 위기를 넘기라고 하늘이 보내주신 분들 같습니다."

방구병이 입을 삐죽이는 가운데 혜공이 물었다.

"위기라니, 무슨 사단이라도 벌어졌습니까?"

양백은 낯빛을 바꾸며 말을 이었다.

"예에, 지금 조사단이 발칵 뒤집힌 상황입니다. 쉰다섯 명으로 이루어진 조사단은 열한 개 조로 나누어져서 저희 조가 성수봉 아래에서 연락과 조정 업무를 맡고, 나머지 열 개 조가 성수봉을 분할하여 돌아다니며 미심쩍은 지역을 찾고 있었는데 성수봉 남쪽 측면을 조사 중이던 한 개조가 이틀 전에 실종되고 말았습니다."

"그랬군요."

혜공은 고개를 끄덕이면서도 의아함을 감추지 못했다. 한 개조가 연락이 끊겼다면 문제가 생기긴 한 것이겠으나 현재 이곳의 분위기는 전력의 절반은 날아간 듯한 분위기였던 것이다.

그의 표정을 읽은 듯, 양백이 말을 이었다.

"문제는 그 조에 하필 세 문파의 후계자가 집결해 있었다는 것입니다. 우리 문의 대공자님과 일월문의 금지옥엽 한영영 소저, 쌍룡회의 두 소룡(小龍) 진소천, 염제정 공자가 모두 속해 있는 조였기 때문에 이제는 마교 흔적이 문제가 아니라 실종된 조를 찾는 일이 조사단의 주목적으로 바뀐 상태입니다."

그의 말에 맹정우의 낯빛이 변했다. 만나야 하는 여인이 실종되었다니!

혜공은 이해가 가지 않는다는 표정으로 물었다.

"왜 그런 무모한 조 편성이 있었던 것입니까? 각파의 후계자 정도 되면 이런 위험한 일에 끼는 것은 그렇다 쳐도 보통 그들을 보호할 만한 고수급과 같이 편성되어야 하는 것 아닙니까?"

"물론 우리도 금지옥엽들을 각각 다른 조에 편성시키려 했었지요. 그러나 아시다시피 우리 공손 공자와 쌍룡회의 진 공자는 후기지수 중에 내로라하는 인물들인지라 보호받기를 거부하는 형편이었고, 의외로 조사단에 끼인 한영영 소저를 보호하겠다는 고집을 피우는지라 어쩔 수 없이 같은 조에 묶을 수밖에 없었지요. 염 공자 역시 맘에 맞는 사람들끼리 다니는 것이 더 안전하다고 고집을 부리고… 그래서 할 수 없이 노련한 일월문의 성곤 부문주를 끼워넣은 것이었습니다. 성 부문주가 노련하고 두 공자의 무위가 외려 다른 조사단원들을 압도하니 안전할 것이라고 생각했었는데 설마 사단이 그쪽 조에서 일어날 줄은……."

혜공은 내심 코웃음을 쳤다. 일이 어떻게 돌아가는지 감을 잡은 것이다. 부잣집 도련님들의 사랑 싸움에 이 중요한 사안이 휘둘려지고 있는 모양이다.

그러나 원인이야 어쨌든 간에 한 조가 실종되었다는 것은 성수봉에 뭔가가 있긴 있다는 단정적인 증거였다.

"그럼 다른 조들은 지금 그 조가 실종된 위치를 탐색하고 있겠군요."

"물론입니다. 성수봉 곳곳에 흩어져 있던 나머지 아홉 개 조가 어제부터 모두 남쪽 기슭을 뒤지고 있는 형편입니다."

"그런데 아직 흔적을 못 찾았습니까?"

양백은 무거운 얼굴로 고개를 끄덕였다.

"예… 남쪽 중턱에서 마지막 흔적을 발견한 뒤로 그 근처를 이 잡듯 뒤지고 있지만 성과가 없습니다. 성수봉이 다른 봉우리에 비해 비교적 지대가 넓고 험준하긴 하지만 아홉 개 조 마흔여덟 명이 한쪽 기슭을 이틀에 걸쳐 뒤지고 있는데 자취를 찾지 못한다는 게 이해가 안 가는 상황입니다. 그래서 혹시 납치된 뒤 다른 곳으로 옮겨진 게 아닌가 하여 내일부터는 다른 봉우리도 뒤져야 하는 것이 아닌가, 생각 중입니다."

맹정우 일행은 양백의 설명을 다 들은 뒤 독자적으로 한 조를 짜서 탐색을 해보기로 했다. 성수봉의 남쪽에 인접한 봉우리가 금수봉이란 말을 들은 맹정우의 강력한 주장으로 일행은 두 봉우리 사이에 위치한 계곡을 먼저 뒤져 보기로 결정했다.

일행이 계곡으로 출발한 뒤 이각 후, 양백은 웬 아리따운 소저가 도착했다는 부하의 보고를 받는다.

"소저께서는 누구신지?"

"창천보의 은소예라 합니다. 혹시 맹정우란 작자가 이곳에 왔나요?"

✷

맹정우 일행은 계곡으로 들어서 있었다. 계곡을 구성하고 있는 양쪽의 봉우리는 매우 대조적이었다. 성수봉 꼭대기 쪽은 기암괴석이 창검같이 솟구쳐 있고, 그 조금 아래부터는 삼림이 여유 공간 없이 빽빽하게 들어차 있는 것이 음산한 인상을 주었다. 반면 금수봉은 그 이름대로 한 폭의 산수화에서 튀어나온 것처럼 수려한 풍광을 자랑했다.

일행이 깊은 계곡으로 한참을 진입하자 저 멀리 계곡이 시작되는 폭포가 보였다.

"폭포까지 가서부터는 성수봉으로 오르는 게 좋을 것 같습니다."

혜공의 말에 맹정우는 마지 못해 고개를 끄덕였다. 금수봉에 가서 무명도법을 찾고픈 마음 굴뚝같았지만 깐깐한 빛나리의 눈치가 보여서 그럴 수는 없었다. 물론 한영영도 조금 마음에 걸렸다.

그는 옆에서 걷고 있는 방구병을 팔꿈치로 쿡 찔렀다.

"왜?"

맹정우는 앞서 가는 혜공이 들을세라 나지막이 말했다.

"야, 좀 생각해 봤냐?"

"뭘?"

"금수봉 근처까지 왔으니 기회가 되면 무명도법인지 뭔지를 찾아봐야 될 것 아니냐. 그러자면 그 천중천 지중지 인중인 어쩌구… 가 뭔 소린지 풀어내야 할 듯한데……."

"그렇지."

둘은 좌측의 금수봉을 열심히 살피며 문자의 의미를 되새기기 시작했다. 폭포에 거의 다 와갈 때쯤, 방구병이 손뼉을 짝 하고 쳤다.

"알았다!"

"뭐? 뭘 알아?"

"천중천! 그러니까 하늘 중의 하늘이란 얘기 아냐? 지금 고개를 들어봐라. 뭐가 보이냐?"

맹정우는 고개를 들어보았다.

"하늘이 보이는데? 구름이 좀 떠 있고."

"그래! 그런데 평소 보던 하늘하고 다르지 않냐?"

"뭐가?"

방구병은 답답한 듯 가슴을 쳤다.

"이런 바보! 뭔가에 둘러싸인 하늘 아니냐!"

"아하……."

맹정우는 그제야 방구병이 무슨 얘기를 하는지 알아들었다. 두 봉우리가 깎아지른 듯이 계곡을 둘러싸고 있어서 마치 하늘이 봉우리에 갇힌 듯 보였던 것이다. 확실히 평지가 대부분인 중원에서는 자주 보기 힘든 풍경이었다.

"그러니까 저게 천중천이라고?"

"그렇지! 그렇다면 지중지는 더욱 간단해지지."

"어떻게?"

"천중천을 볼 수 있는 이 계곡과 인접한 곳에 아마도 땅굴 같은 게 파져 있을 것이다. 전대 기인이 파놓은 비밀 연공실 같은 것이… 땅속에 땅이니 바로 지중지 아니겠냐?"

듣고 있자니 점점 그럴듯해졌다.

"그럼 인중인하고 수중수는?"

"그게 문제인데… 수중수는 일단 거기로 통해 들어가는 지하수로 같은 것이 아닐까?"

맹정우는 이번에는 고개를 갸웃거렸다.

"이봐, 그럼 아예 지중수라고 하는 게 맞잖아? 어차피 같은 지하 통로, 지하 수로인데 어떤 것은 지중지이고, 어떤 것은 수중수라고 했겠어? 그리하면 기준이 일정하지 않잖아."

"아니야, 가령 물속에 또 다른 흐름 같은 것이 있다면… 으음… 역시 인중인을 먼저 풀어야 할 듯한데……."

그러는 사이 일행은 폭포까지 당도했다. 폭포는 멀리서 볼 때보다 훨씬 크고 웅장했다. 얼추 백 장 가까운 위치에서 하강하는 낙수(落水)는 승천에 실패한 용이 한 맺힌 울음을 토해내며 추락하는 듯 바닥에 위치한 소(沼)에 몸을 던져 물보라를 비산시키고 굉음을 이끌어냈다.

일행은 잠시 그 장관을 넋을 잃고 바라보았다.

"자, 이제 성수봉 쪽으로 올라갑시다."

혜공이 말과 함께 성수봉으로 발걸음을 떼었고, 맹정우와 방구병이 그 뒤를 따랐다.

지루한 탐색 작업이 시작되었다. 혜공은 신중하게 한 걸음 한 걸음을 떼며 날카로운 안광으로 사위를 살폈다. 풀잎 한 포기 나무 한 그루 허투루 지나치는 법이 없었기에 일행의 전진 속도가 무척 느려졌다.

맹정우와 방구병 역시 그와 보조를 맞추어야 했기 때문에 괜히 풀숲 한번 뒤져 보고, 이리저리 기웃거리는 등 혜공을 흉내 내기 시작했다. 그러나 탐색에 대해서는 쥐뿔도 모르는 강호초출들은 지리하고 할 줄도 모르는 이 작업에 곧 싫증을 냈고, 결국 둘이 잡담이나 하며 혜공의 뒤를 쫄래쫄래 따라가는 상태가 되고 말았다.

"이봐, 곰곰이 생각해 봤는데 말이지."

방구병이 말을 꺼냈다.

"역시 인중인의 해답은 딱 한 가지뿐이야."

"그게 뭔데?"

"사람 속에 사람이 있다는 말이 뭘 뜻하겠어? 애를 뱄다는 얘기 아니겠냐?"

"뭐?"

맹정우의 어처구니없어하는 반응에 개의치 않고 방구병은 말을 이었다.

"나도 처음에는 말이 안 된다고 생각했었는데 수중수와 연계를 하니 답이 나오더군."

"임신부랑 수중수랑 무슨 관계가 있기에?"

"일단 임신부가 확실하다는 가정이라면 대관절 임신부가 왜 비급 찾는 데 필요한 걸까? 이걸 생각했었지."

"그래서?"

"내가 생각하기에는 천중천, 지중지까지가 위치를 나타내는 말이라면, 인중인, 수중수는 비처에 들어갈 수 있는 열쇠라고 생각해. 그렇다면 임신부가 어떤 특성이 있기에 필요한 것일까? 너도 예전에 그 침술사한테 잡스럽게나마 의예를 좀 배웠으니 알 것 아니냐. 여자가 임신을 하면 몸에 여러 가지 변화가 생긴다는 것을."

"그렇지."

방구병은 눈을 번득이며 말을 이었다.

"좀 아까 폭포를 봤을 때, 나는 한 가지 생각을 떠올렸지. 바로 그 생각이 수중수의 비밀을 푸는 열쇠가 되었지."

"왜 갑자기 뜬금없이 폭포 얘기냐?"

"그 폭포의 거센 물줄기, 그게 마치 내 오줌줄기 같더라고."

"……?"

갑자기 헛소리를 늘어놓는 것을 보니 이놈을 한 대 때려줘야 할 시점인가 맹정우가 고민하는 순간, 방구병의 목소리가 커졌다.

"바로 그때! 임신부가 소피를 본다면 거기에 뭔가가 섞여 들어갈 것이다라는 생각이 머리를 뇌전처럼 스치고 지나가더군! 바로 아기의 오줌! 아기가 태중에서 오줌을 누면 결국 그것이 나중에 어머니의 소변으로 빠져나갈 것이 아닌가? 이거야말로 명명백백히 물속의 물, 바로 수중수가 가리키는 상황이 아니겠어?"

맹정우는 하도 어이가 없어 할 말을 잊고 말았다. 그런 그의 표정이 자신의 고견에 감탄한 표정인 줄로 착각한 방구병은 만족스러운 목소리로 말을 이었다.

"기인의 비처 정도 되면 성수(聖獸)나 이물(異物) 같은 것들이 흔히 문지기로 있을 것이다 이거야. 아마도 천신도의 주인이 세워놓은 성수는 임신부의 소변 그러니까 태아의 소변에 상극인 놈일 것이야. 그러니 지중지. 땅굴만 찾고, 거기다가 임신부의 소변만 구해오면 모든 것은 해결될 수 있다, 이 말이지!"

'네놈이 그러면 그렇지……'

맹정우는 희희낙락하는 방구병을 한심하다는 눈초리로 바라보았다. 강호에 들어서서는 갑자기 똑똑해지는 바람에 그를 놀라게 했었지만 역시 특유의 어리버리함은 어디 가질 않았다. 따지고 보면 실제의 강호보다는 야사나 전설에 전문가인 놈이니 이런 해괴망측한 가정도 가능한 것일 게다.

물론 동남(童男)의 소변을 약으로 쓰기도 하고, 탯줄을 귀신 쫓는 데 사용한다는 말도 들어보긴 했다. 그러나 인중인, 수중수에서 임신부의 소변까지 오는 과정에서의 논리의 비약이 어마어마했다.

생각해 보면 천중천부터 문제가 있었다. 봉우리가 병풍처럼 양쪽으로 서 있긴 했지만 그걸 보고 천중천이라고 하기에는 무리가 있다. 산중천(山中天)이라면 몰라도.

지중지는 더욱 말이 안 된다. 전대 기인이 공성전이라도 할 일 있나. 대관절 왜 땅굴을 파고 들어가 거기에 도법을 뇌둔단 말인가.

맹정우는 애당초부터 이런 식으로 도법을 찾아야 한다는 것이 이해가 되지 않았다. 왜 짐작도 못할 공정과 수고를 들여 칼에 공력을 한참 주입해야 식별할 수 있는 문양을 새기고, 암호까지 만들어놔 비급을 찾기 어렵게 만드나? 대체 그래서 칼 임자가 얻는 게 뭐란 말인가? 찾지 못하게 하려면 아예 도법을 없애던가, 굳이 물려주고 싶다면 칼에다가 읽기 좋게 만든 비급을 끼워서 물려주던가 할 것이지, 구병이의 허황된 무림야사에나 나올 법한 이런 과정들을 왜 현실에서 겪게 만드는 것일까?

"어떠냐, 내 생각이 정답인 것 같지? 그렇지?"

옆에서는 방구병이 자신의 고견에 대한 찬사를 듣고 싶은 것인지 대답을 보채고 있었다.

맹정우는 피곤하고 짜증이 나 야단치기도 귀찮아서 대충 대답했다.

"그래, 그래. 그런데 임신부는 대관절 어디서 구하냐?"

"글쎄, 근처 화전민 마을에라도 가보면… 어! 저기 여자가!"

'여자'라는 말에 맹정우의 고개가 조건반사적으로 돌아갔다.

과연 방구병이 가리키는 오르막에서 웬 여인이 득달같이 달려오고 있는 것이 보였다.

상당히 멀게 보였던 여인은 발이 무지막지하게 빨라 눈 깜짝할 새에 그들에게 가까이 접근했다. 방구병이 가까이 다가오는 여인을 보며 말했다.

"임신부는 아닌 것 같군. 그러기엔 허리가 너무 날씬해… 가만… 우와! 엄청난 미인인데! 조사단인가?"

경공을 구사하고 칼까지 들고 있으니 당연히 무림인일 테고, 성수봉에서 만날 무림인이라면 삼파 연합 조사단이나, 혹은 조사단이 찾고 있는 대상일 것이다.

여인이 가까이 옴에 따라 맹정우는 어디서 많이 본 듯한 여인이라는 생각이 들기 시작했다.

'어디서 봤더라?'

여인은 일행에게 다가오자마자 입을 열었다.

"일검탈명 맹정우가 누구죠?"

"예, 접니다."

미인의 부름에 한껏 무게를 잡으며 나섰으나 돌아온 것은 그의 목까지 다가온 칼이었다.

"이 음적 놈, 날 기억하겠느냐?"

일행은 이 황당한 상황에 잠시 멍해졌다.

혜공이 접근했다.

"소저, 무슨 일인지는 몰라도 일단 칼을 거두고……."

"다가오지 말아요!"

여인의 서슬 퍼런 반응에 혜공은 멈칫했다. 그러나 여인의 시선이 잠깐 혜공 쪽으로 이동한 것을 놓칠 맹정우가 아니었다. 그는 제일식을 뒤로 시전하여 재빨리 후퇴, 목에서 칼을 떼어냈다.

"어딜!"

여인은 쏜살같이 맹정우에게 달려들었다. 제법 빠른 신법이었지만 신법 하면 맹정우도 일가견이 있었다. 이번에는 일보장천을 뒤로 시전했고, 여인과의 거리가 순식간에 벌어졌다. 여인은 뒤로 움직이면서도 자신의 전진 속도를 능가하는 맹정우의 신법에 놀란 빛을 보였으나 곧 입술을 깨물고 속도를 더욱 내어 달려들었다.

뒤로 달려가는 사내를 칼을 든 여인이 쫓아가는 기이한 모양새의 추격전이 벌어졌다.

맹정우는 이제는 여유가 붙어 여인이 다 쫓아올 때까지 기다렸다가 칼을 휘두르는 순간 몸을 띄워 피하곤 했다. 여인은 약이 올라 달아오른 얼굴로 씩씩대며 쫓아가는 것을 멈추지 않았다.

"이봐요, 소저. 아무리 미인에게 약한 게 영웅이라지만 이쯤 합시다. 대체 무슨 원수를 졌기에 다짜고짜 칼을 휘두르는 거요?"

"닥쳐라, 이놈! 오늘 너를 죽이고 나도 죽겠다!"

"그 느린 걸음으로 오늘 내로 날 죽일 수야 있겠소? 소저 혼자 자살은 할 수 있으니 목표 달성은 절반밖에 못하겠구려."

순간적으로 튀어나온 맹정우 특유의 느물거림에 약이 바싹 오른 여인은 분노를 신법으로 폭발시켰다. 순식간에 맹정우에게로 접근한 그녀는 빛살 같은 일격을 날렸다.

그러나 맹정우는 이미 오 장 뒤로 날아가 있었다.

"하하! 오늘 내로는 어렵다니까."

공중에 떴다가 착지하면서도 맹정우는 이죽거림을 계속했다. 그런데 뜻밖에도 여인의 얼굴에 분노가 아닌 미소가 서리는 것이 보였다.

뭔가 이상하다고 생각하는 찰나, 왠지 착지하는 발 밑이 허전하다는 것이 느껴졌다.

"헉!"

아래를 내려다보니 계곡이 입을 쩍 벌리고 있었다. 뒤로만 계속 달려왔더니 어느 결에 계곡 근처까지 와버렸던 것이다. 게다가 뒤도 보지 않고 몸을 띄운 마지막 도약은 절벽을 이미 지나치고 있었다.

"안 돼에!"

맹정우의 신형은 서서히 추락해 갔다.

털썩!

맹정우는 어리둥절했다. 바닥으로 추락한 것치고는 너무 시기가 빨랐다.

두리번거리며 상황을 파악해 보니 떨어진 지점에서 불과 오 장 아래에 위치한 넓적하고 큼지막한 바위였다.

"뭐야, 이거 별거 아니잖아?"

마음을 진정시키고 주변을 살피니 정말 별거 아닌 상황이었다. 지금 그가 있는 위치는 폭포의 측면에 위치한, 이십 장 정도 높이의 절벽이었다. 높이도 그리 높지 않은 데다가 아래에는 폭포의 소가 위치하고 있어서 떨어져도 크게 다칠 것 같지도 않았다.

"이거 어떻게 해야 하나⋯⋯."

마음 같아서야 절벽 위로 올라가고 싶지만 성깔있는 여인네가 칼을 들고 덤빌 테니 그러긴 쉽지 않고, 눈 딱 감고 소로 뛰어내리자니 왠지 좀 무서웠다.

고민하는 사이, 상황이 악화되고 말았다. 성깔있는 여인네가 칼을 들고 바위로 뛰어내린 것이다.

"명줄이 긴 놈이로구나. 여기서 멱을 따주마."

맹정우는 양손을 들어 그녀를 진정시켰다.

"잠깐만 소저. 죽을 때는 죽더라도 그 연유나 알고 죽읍시다. 대관절 왜 이러는 거요?"

"몰라서 묻는 게냐!"

"정말 모르오! 이래 뵈도 나름대로 강호에서 좋은 평판을 듣고 있는 사람이오. 오해가 있다면 일단 말이나 들어보고 손을 쓰는 것이 낫지 않겠소?"

"오해는 무슨! 네놈이 나를 능멸하고도 그런 소리가 입에서 나올 수 있느냐?"

"아니 능멸이라니⋯⋯."

대꾸하면서도 맹정우는 그녀의 얼굴을 자세히 살폈다. 가까이에서 관찰하니 그제야 한 장면이 떠올랐다. 섬서로 오는 관도 옆 풀숲에서⋯⋯.

"아! 창천보의 은 소저!"

여인은 얼굴을 더욱 굳히며 차갑게 말했다.

"나를 기억하는 것을 보니 네놈이 맞긴 맞나 보구나. 이제 목을 내밀어라."

맹정우는 기가 차다는 듯 대꾸했다.

"아니, 은 소저! 생명의 은인한테 칼이라니, 이건 너무한 것 아니오? 혹시 팽가와의 정혼 때문에 이러는 거라면 없던 일로 하기로 했고, 은 대협과도 잘 협의가 되었고……."

"닥쳐라, 이놈! 네가 어떻게 내 생명의 은인이 된단 말이냐!"

"그걸 몰라서 묻소? 관도에서 음적에게 춘약에 중독되어 있는 것을 내가… 음… 몸을 바쳐서……."

"닥쳐!"

나중에 정 파파에게 자초지종을 듣고서야 자신에게 어떤 일이 벌어진 것인지, 하복부의 통증이 무얼 의미하는지 알 수 있었던 그녀였다. 창천보에서는 그녀와 맹정우의 혼인을 기정사실화하고 혼인 준비까지 하고 있었지만 그녀 입장에서는 기도 안 찰 노릇이었다. 맹정우가 대관절 어떤 미친놈인지는 몰라도 멋대로 춘약에 중독된 것이라 오해하여 자신을 범한 것이다. 물론 그로 인해 주화입마의 초기 단계에서 벗어날 수 있었지만 그걸로 모든 것을 용서할 수는 없었다.

그녀는 분기탱천하여 보를 뛰쳐나왔고, 맹정우의 행적을 쫓아 강호를 주유하다 마침내 여기까지 오게 된 것이다.

맹정우가 다시 그때 일을 언급하자 분이 치밀어 오른 은소예는 칼을 빼 곧장 달려들었다. 맹정우의 뒤는 낭떠러지였으니 더 피할 공간도 없었다.

"죽어라!"

그녀는 맹정우의 심장을 향해 일 검을 찔러갔다. 무림삼봉으로 꼽히는 여고수답게 날카롭기 그지없는 일격이었다.

맹정우 입장에서는 퇴로가 막히고 반격할 재주도 없으니 어찌할 바를 모르는 상황이었다.

'에라!'

할 수없이 맹정우는 뒤로 후퇴했다. 낭떠러지로 몸을 던진 것이다.

필살의 의지로 몸을 던져 찔렀건만 예상 밖으로 상대의 신형이 푹 꺼져 버리자 은소예는 허탈한 표정으로 신형을 정지시켰다.

그녀는 천천히 바위 끝으로 걸어갔다. 그리고 아래를 내려다보는 순간, 바위 끝에서 갑자기 두 개의 손이 쑥 올라오더니 그녀의 발목을 잡아챘다.

"어맛!"

은소예는 보기 좋게 뒤로 나동그라져 뒤통수를 바닥에 찧고 말았다. 그런 그녀의 몸 위로 검은 그림자가 덮쳐들었다.

벼랑으로 떨어지는 척하며 미리 보아둔 넓적 바위 바로 아래의 오목한 부분으로 몸을 숨겼다가 다시 튀어 올라온 맹정우였다.

그는 재빨리 은소예의 오른손을 제압하여 갈을 떨어뜨리게 만들고 왼손까지 붙들었다. 그런 다음 은소예의 얼굴에 자신의 얼굴을 바싹 들이대고 고함쳤다.

"감히 예비 신랑을 죽이려고 들어? 네년은 소박이다! 시집오기도 전에 소박이야!"

"누가……."

은소예는 불타오르는 눈으로 맹정우를 노려보며 외쳤다.

"네깟 놈한테 시집간단 말이냐!"

말이 끝남과 동시에 그녀의 이마가 맹정우의 코를 향해 돌진했다.

빡!

"아우!"

맹정우는 코를 부여잡고 은소예의 옆으로 나뒹굴었다. 그 틈을 타 은소예는 몸을 뒤집어 맹정우 쪽에 떨어져 있는 자신의 검을 집으려 했다. 허겁지겁 다가갔으나 그녀의 움직임을 눈치 챈 맹정우가 몸을 돌려 검을 차버렸다. 검은 저 멀리 날아가더니 그만 바위를 벗어나 아래로 떨어져 내려갔다.

"내 검!"

은소예가 급히 기어갔으나 그녀의 검은 속절없이 떨어져 폭포 아래의 깊은 소로 추락하고 말았다. 그녀의 열 번째 생일에 현 무림맹주에게서 선물로 받은, 그때부터 지금까지 그녀 몸의 일부로 생각해 왔던 애병 설매(雪梅)가 그렇게 사라져 버린 것이다.

"아이고, 코야……."

코를 만지작거리며 몸을 일으키던 맹정우는 흠칫하고야 말았다. 뒤를 돌아 그를 바라보는 은소예의 두 눈이 눈물이 가득 담긴 채로 원독에 찬 빛을 뿜어내고 있었기 때문이다.

"아니, 저기……."

"이야아아아!"

뭐라 말할 새도 없이 은소예가 괴성을 부르짖으며 달려들었다. 미처 몸을 일으켜 중심을 잡기도 전이라 맹정우가 방어할 새도 없이 은소예의 몸이 그를 덮쳤고, 둘은 넓적한 바위 위를 한 덩어리로 뒤엉킨 채 데굴데굴 굴렀다.

불행히도 그들에게 구를 수 있도록 허용된 공간은 그리 크지 않았다.

바위 위에서 정확히 세 바퀴를 구른 다음 그들의 몸은 추락하기 시작했다.

마치 사랑하는 두 연인이 현실을 극복하지 못하고 벼랑 아래로 몸을 던지듯이 한 덩어리가 되어 소를 향해 추락하는 그들이었지만 굳이 연인들과의 차이점을 꼽자면 떨어지는 와중에 오고 가는 것이 사랑의 밀어가 아닌 주먹이라는 것이었다.

제11장

영웅은 도움을 필요로 하는 자를

좌시하지 않는다(1)

첨벙!

둘은 뒤엉킨 채로 소의 깊은 물속으로 빠져 들어갔다.

맹정우는 잠시 동안 정신을 차릴 수가 없었다. 우선 잠깐의 고공 낙
하 숭에 은소예가 날린 주먹이 하필 아직 다 아물지 않은 늑골에 정통
으로 맞는 바람에 커다란 통증이 있었고, 게다가 폭포의 낙하로 인해
소의 내부는 격류가 소용돌이치고 있어서 몸을 제대로 가눌 수가 없었
다.

한참을 허우적거린 끝에 간신히 몸을 가누고 수면으로 향할 준비를
할 수 있었다. 그러던 중 불현듯 자신의 오른손에 뭔가가 잡혀 있다는
것이 느껴졌다.

'이것은?'

누군가의 팔이었다. 축 늘어져 버린 것을 보니 이미 정신을 잃은 모

양이었다.

'기절했나 보군!'

아마도 헤엄을 못 치는 모양이었다. 아까 한 짓거리를 봐서는 그냥 놔두고 올라가고픈 마음 굴뚝같았지만, 몸을 섞었던 정도 있고, 무엇보다도 미녀를 죽도록 방치하는 것은 그의 성격상 있을 수 없는 일이었다.

맹정우는 스스로의 하해와 같은 아량에 감탄하며 서서히 수면 위로 부상했다. 마침내 밝은 햇살을 얼굴에 느낄 수 있었고, 그는 급히 물가로 헤엄쳐 갔다. 물속에서 기절한 은소예를 빨리 구급 처치 해야겠다는 생각 때문이었다.

물가에 다다른 맹정우는 뭍으로 기어올라 오며 오른손에 잡힌 은소예의 팔을 잡아당겼다.

뚝!

'뚝?'

기이한 소리와 함께 뭔가 단절되는 듯한 느낌이 은소예의 오른팔에서 느껴졌다. 맹정우는 의아한 얼굴로 은소에 쪽으로 몸을 돌리며 그녀를 보았다. 그러자 물가에 상체만 내놓은 채 엎드려져 있는 그녀의 한쪽 팔이 옷소매에서 많이 삐쳐 나와 있는 것이 보였다.

맹정우는 뇌리를 스치고 지나가는 불길한 감을 애써 억누르며 그녀의 팔을 마저 잡아당겼다. 그러자 그녀의 팔이 팔꿈치께에서 잘려진 채 옷소매에서 쑥 튀어나왔다.

"아악!"

맹정우는 기겁을 하며 팔을 공중으로 집어던졌다. 공중 위로 솟구쳐 올라간 팔이 한참 날아간 뒤 땅에 떨어질 때까지 그는 놀란 가슴을 진정시킬 수 없었다.

"헉… 헉… 뭐야! 그 여자가 아니잖아!"

간신히 정신을 추스린 후 살펴보니 자신이 끌어 올린 인물은 여자도 아니었다. 머리가 풀어져서 잠시 착각했던 거였다.

엎드려진 몸을 돌려보니 죽은 지 한참 지난 듯 얼굴도 물에 부어 터져 누군지 알아볼 수도 없는 한 사내였다.

"그럼 이 여자는 어디간 거지?"

눈을 돌려 은소예를 찾아보니 소에서 계곡 하류 쪽으로 서서히 떠내려 가고 있는 은소예의 등짝이 보였다. 맹정우는 정신적으로나 육체적으로나 혼란한 상태였지만 결국 은소예를 구하러 다시 물속으로 몸을 던져야 했다.

"생각보다 더럽게 무겁군."

맹정우는 낑낑거리며 은소예를 뭍으로 끄집어냈다. 그리고는 가슴을 압박하여 물을 토하게 만들었다.

기절했던 은소예는 잠시 후 콜록거리며 물을 토해냈고, 그 와중에 혜공과 방구병이 도착했다.

"대체 이게 무슨 소동이야?"

방구병의 질문에 맹정우가 어깨를 으쓱거렸다.

"글쎄 말이다. 이 여자가 바로 창천보의 은 소저라는구나."

"이 아가씨가 바로 화화선녀란 말야? 과연 소문대로 절색에 불같은 성격이로군. 근데 대체 왜 너에게 칼을 빼 들고 죽이겠다고 달려든 거지?"

"내가 묻고 싶은 말이다."

"혹시 은가(恩家)에서는 신랑을 들이기 전에 무예를 시험해 보는 가풍(家風)이 있는 게 아닐까?"

맹정우는 코웃음을 쳤다.

"심장에다가 칼을 찔러 넣는 게 무예 시험이냐?"

"그게 아니면 팽가 비무의 결과를 모르고 네가 팽가 사위로 된 것만 듣고서 열받아서 죽이겠다고 쫓아온 건지도 모르지."

"흐흠……."

그 얘기는 그럴듯했다. 사위 선발대회 우승이나 편강과의 비무 승리는 떠들썩하게 강호에 퍼졌지만 상대적으로 팽가와의 혼인 취소는 뒷얘기에 해당하니 그 부분만 쏙 빼놓고 소문을 들었다면 양다리 걸친 것이라고 지레짐작했을 수도 있다.

"그래도 그렇지, 예비신랑이니 뭐니 하는 것을 떠나서라도 음적의 손아귀에서 자신을 구해낸 구원자에게 이 따위 짓거리를 할 수가 있는 거야?"

맹정우의 말이 떨어지기가 무섭게 밑에서 대답이 들려왔다.

"콜록, 콜록… 누가 구원자라는 거야, 대체?"

가까스로 정신을 차린 은소예가 몸을 일으키며 한 말이었다.

맹정우는 손가락으로 자신을 가리켰다.

은소예는 고함을 버럭 질렀다.

"미친놈! 나는 그때 그놈을 죽이고 나서 상처로 인해 잠시 정신을 잃은 것뿐이었다! 그걸 지나가는 네놈이 멋모르고 음약에 중독된 걸로 착각하여……."

은소예는 차마 더 이상 말을 잊지 못하고 주르륵 눈물을 흘렸다. 상황이 이 지경이 되자 자신의 처지가 너무 기가 막혔던 것이다. 물을 잔뜩 먹고 기절했다가 막 깨어난 탓에 심신이 불안정한 데다가 애병 설매를 잃은 상심까지 겹쳐져서 그녀는 고개를 무릎에 묻고 엉엉 울기 시작했다.

방구병은 고개를 절레절레 저었고, 맹정우는 난감한 듯 뒤통수를 긁적였다.

설마 그런 곡절이 있는 줄은 꿈에도 생각 못했기에 어떻게 달래볼 염두가 나질 않았다.

"쯧쯧쯧, 여난(女難)이로군. 여자로 흥한 자, 여자로 망하기 마련이지……."

방구병은 혀를 차며 그 자리를 벗어났다. 제삼자가 끼일 수 있는 상황이 아니었다.

몸을 돌리니 혜공이 상류 쪽 물가에 앉아서 웬 시체를 살피고 있는 것이 보였다. 호기심이 발동한 방구병은 그에게로 다가갔다.

"웬 시첸가요?"

혜공은 고개도 돌리지 않고 시체를 계속 살피며 대꾸했다.

"왜 여기 있는지는 잘 모르겠지만 아주 흥미로운 시체로군요."

"뭐가 그리 흥미롭습니까?"

혜공은 시체의 얼굴과 손 등 옷 밖으로 나온 부분을 가리켰다.

"시체의 상태로 보아 물속에 꽤 오랜 시간 잠겨 있던 시체입니다. 익사체의 공통점은 시간이 지나면서 형체를 알아볼 수 없을 정도로 팅팅 분다는 것인데, 이 시체는 얼굴이 약간 붓긴 했지만 손가락이나 팔다리 등은 거의 일반적인 사람의 체형을 그대로 유지하고 있습니다. 이것이 상당히 기이하군요."

그러면서 그는 팔이 떨어져 나간 오른 소매를 걷어붙였다. 그러자 팔꿈치의 단면이 드러났다.

방구병은 끔찍한 광경에 눈살을 찌푸렸지만, 혜공은 개의치 않고 단면을 가리키며 말을 이었다.

"보다시피 혈관이 있는 자리가 구멍이 나 있지 않고 찰싹 붙어 있습니다. 만일 혈액이 있어서 응고가 되었다면 당연히 응고된 혈액으로 가득 찬 단면이 보여야 하는데, 이렇듯 혈관이 한 일 자로 닫혀 있다는 것은… 이 시체의 혈액이 모두 밖으로 빠져나갔다는 것을 의미하지요."

방구병이 놀라며 말했다.

"피가 밖으로 빠져나가다니요, 무슨 흡혈 박쥐한테라도 물린 걸까요?"

동물의 피를 빨아 먹는 박쥐가 있다는 얘기는 그도 들어본 기억이 있었다.

"단순히 짐승에게 당한 거라면 외려 다행이겠지요. 이 사람은 차림새로 보아 화전민으로 보이는데… 최근 성수봉 쪽에서 빈번하게 발생했다는 의문의 실종자 중 한 사람 같군요."

혜공은 시체의 옷을 벗겨냈다. 물에 젖은 옷을 다 찢어내 버리자 온몸에 새겨진 상처가 눈에 띄었다.

"이건 손자국 같은데요?"

방구병의 말에 혜공은 무거워진 표정으로 고개를 끄덕였다.

"사람 몸에 이 정도의 손자국이 나려면 공력을 가진 자라야 가능한 얘기겠지요. 왜 흡혈까지 해야 했는지는 알 수가 없습니다만… 시체의 상태로 보아 단순히 피만 빤 것이 아니라 정기까지 흡수해 간 모양이군요. 이 시체로 인해 사건의 실체에 한 발짝 다가설 수도 있을 듯합니

다. 그런데 아까 이곳을 지나칠 때 발견하지 못했던 시체가 왜 지금에
야 나타난 것일까……."

"그건 제가 끌어 올린 겁니다."

갑자기 들려온 목소리에 혜공과 방구병은 고개를 돌렸다. 그들의 뒤
에는 맹정우가 서 있었다.

"약혼자끼리 합의 봤냐? 아직 울고 있는 것 같네?"

방구병이 맹정우의 뒤쪽을 넘겨보니 여전히 고개를 무릎에 파묻고
있는 은소예가 보였다.

맹정우가 난처한 표정으로 대답했다.

"여자가 울고 있을 때의 대응 방안은 단 두 가지지. 안아주거나, 아
님 그 자리에서 도망치거나."

"안아주지 그랬어?"

"그것도 때와 상황을 봐가면서 행해야 할 덕목이지. 지금 같은 경우
안아줬다가는 두들겨 맞거나, 이에 물리겠지."

별로 남녀상열지사에 대한 얘기를 듣고 싶지 않은 혜공이 끼어들었
다.

"맹 시주, 어떻게 건져 올린 것인지 자세히 말씀해 주십시오."

맹정우는 위에서 떨어져서 물속 깊숙이 잠겨들었다가 시체의 팔을
우연히 잡아 끄집어 올렸다고 설명했다.

"그렇다면 결국 몸의 혈액이 다 빠져나갔기 때문에 물 위로 뜨지 않
던 것을 억지로 끌어 올린 셈인데……."

이윽고 혜공은 결심을 굳힌 듯 물가로 다가섰다.

"혜공 스님, 어쩌시게요?"

방구병이 걱정스레 물었다.

"바닥을 좀 조사해 봐야겠습니다."

"바닥을요?"

"예, 시체가 더 있을지도 모르고… 결정적으로 양의문의 장 협사와 그의 형제 분의 시체가 발견된 것이 이곳에서 백 리 가까이 떨어진 계곡이라고 하지 않았습니까? 그들이 그곳까지 직접 갈 이유가 없다고 생각한다면 이 시체와 같이 이 근처에 던져졌다가 그곳까지 흘러갔다는 가정도 가능하니, 이 계곡 내부에 뭔가 있음 직하다는 느낌이 드는군요."

혜공은 말을 마치고 몸을 던져 소 속으로 잠겨들었다. 과연 폭포의 압력으로 인해 소 안의 물의 흐름이 대단했지만 그는 개의치 않고 천근추를 시전, 더욱 깊이 잠겨들었다.

한참을 내려가자 마침내 바닥이 보였다. 찾고자 했던 시체는 보이지 않았으나 특이한 것을 발견할 수 있었다. 혜공은 그것을 향해 다가가 면밀히 관찰한 후 수면을 향해 떠오르기 시작했다.

"푸아!"

수면 위로 떠오른 혜공은 호흡을 크게 들이켰다. 일각여를 물 밑에 있었으나 심후한 내공의 그가 호흡이 가쁠 정도의 시간은 아니었다. 다만 폭포의 낙하로 인한 물의 흐름 속에 몸을 조절하기가 어려워 힘이 많이 소진되었다.

"시체가 더 있었습니까?"

뭍으로 올라선 그에게 방구병이 물었다.

혜공은 고개를 저었다.

"아닙니다. 그러나 시체가 흘러나온 장소라고 짐작되는 통로를 발견했습니다."

"통로요?"

"예, 자연적인 구멍인가 하여 면밀히 관찰해 보았지만 뭔가 인공적인 혼적이 느껴졌습니다. 사람이 충분히 드나들 수 있을 정도의 구멍이니 그곳을 거슬러 올라가다 보면 뭔가 나타날 듯도 합니다."

혜공은 양백에게서 받은 효시를 바랑에서 꺼내 들었다.

피유우우우우—

효시가 기나긴 휘파람을 불며 하늘 위로 치솟았다.

잠시 후, 성수봉에서 또 한 개의 효시가 긴 울음과 함께 날아올랐다. 응답 신호였는데, 의외로 그 지점이 산꼭대기 쪽이었다.

혜공은 눈살을 살짝 찌푸렸다. 반 각을 더 기다려 보았지만 더 이상의 응답이 없었다.

"이상하네요. 왜 한 조밖에 응답을 안 하는 거지?"

방구병의 의문에 혜공이 답했다.

"아무래도… 저쪽에서도 뭔가를 발견한 듯합니다. 그래서 한군데에 뭉쳐 있는 것이겠지요."

"그렇다면 저쪽 조사가 끝날 때까지 기다려야 하나요?"

"응답이 왔으니 지원 조를 보내긴 하겠지요. 그러나 저기서 여기까지 오려면 반 시진은 넘을 듯한데……."

혜공은 걱정스레 하늘을 올려다보았다. 이제 유시(오후 5—7시)를 지나고 술시에 가까워지는 듯, 붉은 노을이 진 하늘에는 해가 봉우리에 걸려 있었다. 반 시진 후의 도착이라면 이미 어두워진 다음일 것이다. 어두워지고 나면 가뜩이나 물속이라 찾기도 어려운 구멍을 다시 찾을 수 없고, 내일에나 조사가 가능하다. 문제의 조가 실종된 지 벌써 이틀이 지난 상황이니 다시 하루가 지난다면 상황이 더욱 악화될 수가 있다. 단서를 잡은 상황에서 조사는 빠르면 빠를수록 좋다.

"일단 들어가 봅시다."

말한 것은 맹정우였다. 일단 이 자리를 빨리 뜨고픈 것이 첫 번째 이유요, 호광제일미라는 한영영이 걱정됨이 두 번째 이유였다.

혜공도 고개를 끄덕였다. 어차피 정탐을 위해 몇 사람만 들어가야 할 상황이라면, 맹정우와 자신만한 적격자도 없는 형편이니 과감한 시도를 해보는 것도 나쁘지 않을 듯했다.

"그러면 방 시주께서 남아서 지원조가 오면 저희 소식을 알려주십시오."

혜공의 제안에 방구병은 고개를 저었다.

"아닙니다, 혜공 스님. 저도 따라가겠습니다. 어디로 간다는 표식만 남기면 되지 않겠습니까? 뭣하면 저기 저 은 소저에게 부탁하고 들어가도 되고."

"그러나……."

혜공은 혹시라도 구병의 심기를 거스를까 봐 말을 잇지 못했다.

맹정우가 그의 고충을 알아챈 듯 방구병을 한쪽으로 끌고 가서 따로 말했다.

"이봐, 웬만하면 같이 가겠는데, 폭포 때문에 물속에서 운신하기가 여간 어렵지 않다고. 바닥까지 내려가려면 호흡도 많이 가쁠 거고. 스님이나 나 정도의 공력을 갖추고 물에도 익숙하지 않다면 위험해. 아직 하늘을 놀라게 할 기회는 많으니 이번만 참아라."

그러나 방구병은 물러서지 않았다.

"아니야! 내가 생각할 때 아무리 봐도 그 수로는 마교 잔당의 기지로 통하는 것이 아니라 우리가 찾는 무명도법의 비지가 틀림없어. 그러니 반드시 들어가 봐야겠어. 사해에 이름을 날리면서도 강호 초짜 티를 못 벗어나고 있는 네놈을 온갖 기진(奇陣)과 함정이 도사리고 있을 그곳으로 어떻게 혼자 보낼 수가 있겠느냐?'

맹정우는 내심 코웃음을 쳤다. 말은 자신을 걱정한다고 하고 있지만 실상은 그 무명도법인가 하는 것을 얻고 싶은 마음이 있기 때문이리라. 얄밉기도 했지만 그 열정만큼은 높이 사줄 만했다.

"좋아! 까짓거 죽이 되든 밥이 되든 같이 가보자구."

결국 다같이 들어가기로 합의한 일행은 지하 수로를 찾아 그곳으로 들어간다는 글과 표식을 남기고 잠수 준비에 들어갔다.

천근추 수법이 뛰어난 혜공이 방구병을 데리고 먼저 들어가고, 맹정우가 뒤따르기로 결정되었다.

첨벙!

방구병과 혜공의 신형이 급격히 물속으로 사라졌다. 그 다음, 맹정우가 뒤를 이르려는 찰나였다. 이제껏 주저앉아서 얼굴을 무릎에 묻고 있던 은소예가 일행의 움직임을 보더니 벌떡 일어서서 외쳤다.

"뭐 하려는 거야!"

맹정우는 혹시 또 말썽이 생길까 겁이나 재빨리 몸을 던졌다. 자신에게 달려오는 은소예를 향해 나중에 다시 보자고 손까지 흔들면서.

맹정우는 검푸른 물속으로 침잠해 들어갔다. 천근추를 모르니 천상 허우적거리면서 밑으로 헤엄쳐 들어가는 수밖에 없었다. 한참을 헤엄쳐 들어가던 맹정우는 뭔가가 자신의 바지 자락을 붙잡는 것이 느껴졌다.

'뭐야?'

바지 자락을 잡아당기는 것의 정체를 알아보려 고개를 돌린 맹정우는 깜짝 놀랐다. 언제 따라온 것인지 은소예가 자신의 바지 자락을 꼭 붙잡고 따라오고 있었던 것이다.

'도… 독한 년!'

맹정우는 바동거리며 은소예를 떨쳐 내려 했다. 은소예는 절대 놔주지 않겠다는 듯 바지 자락을 두 손으로 꼭 움켜잡았으나 맹정우의 빠른 발놀림으로 인해 결국 놓쳐 버리고 말았다.

맹정우는 속으로 쾌재를 부르며 재빨리 손발을 놀려 은소예로부터 멀어졌다. 그런데 흘깃 쳐다보니 은소예의 움직임이 이상했다.

어찌할 바를 모르고 바동거리며 맹정우를 쳐다보는 그 눈빛이 애처롭게 바뀌어 있었다.

'헤엄칠 줄 모르는구나!'

그저 천근추를 이용해 자신을 따라 잠수해 들어와 바지 자락을 잡은 듯했다. 맹정우는 할 수 없이 몸을 돌려 은소예에게로 향했다.

은소예에게 다가간 맹정우는 손가락으로 아래를 가리켰다. 은소예는 다소 겁에 질린 큰 눈으로 그를 바라보며 고개를 열심히 끄덕였다. 두 사람은 손을 잡고 아래로 깊숙이 가라앉았다. 다행히 은소예의 천근추가 뛰어나 가라앉기는 쉽게 할 수 있었다.

두 사람은 아래에서 기다리고 있는 혜공과 조우할 수 있었고, 세 사람은 구멍으로 몸을 들였다.

수로는 한 사람의 몸이 넉넉하게 통과할 수 있는 정도로, 벽을 잡고 올라갈 수가 있어서 헤엄칠 줄 모르는 은소예도 운신이 가능했다.

수로 안은 한 치 앞도 볼 수 없는 어둠이었다. 뛰어난 공력으로 인해 호흡을 오랜 시간 멈추는 것이 가능한 세 사람이었지만 시야가 캄캄한 가운데 앞에 뭐가 나올지 모를 좁은 통로를 헤치며 나아가는 것은 힘

겨운 일이었다.

다행히도 수로는 그리 길지 않았다. 일행은 곧 어두컴컴한 지하 연 못 위로 부상할 수 있었다.

"다들 왔나?"

방구병의 나지막한 목소리가 유난히도 반갑게 느껴졌다.

서서히 눈이 어두움에 익숙해지자 주변 사물이 모습을 드러냈다. 천 연적으로 보이는 동굴 안이었고 구부러진 통로가 안쪽으로 나 있는 것 이 보였다.

"어? 은 소저도 따라왔네? 둘이 화해했나?"

방구병의 말에 생각이 난 듯, 맹정우가 은소예를 바라보며 벌컥 화 를 냈다.

"이 정신 나간 여자야. 헤엄도 못 치면서 여기가 어디라고 따라와!"

호흡을 추스르던 은소예는 고개를 번쩍 들어 대들었다.

"닥쳐, 이 음적 놈아. 네놈이 어디로 도망쳐도 끝까지 따라가 응징할 테니 각오해. 검만 찾으면 넌 그때 끝이야."

"목소리를 낮추십쇼!"

혜공의 나지막하고도 힘찬 목소리에 두 사람은 싸움을 중단해야 했 다.

"지금은 다툴 시기도, 장소도 아닙니다. 창천보의 은소예 소저십니 까?"

은소예는 혜공의 질문에 고개를 끄덕였다.

"그래요, 제가 은소예예요."

"맹 시주와 무슨 일이 있으신지는 정확히 모르겠지만, 이곳까지 따 라오셨으니 우리가 찾는 게 뭔지 들으셨을 것입니다. 뛰어난 무위를 갖추셨다는 것은 익히 들어왔습니다만 여인의 몸으로 동참하기에는 너무 위험한 일이고, 상황입니다. 부디 수로를 통해 도로 나가주십시오."

혜공이 정중하고도 간곡하게 말했지만, 은소예는 고개를 저었다.

"그러고 싶지도 않지만, 그럴 수도 없어요. 저는 헤엄을 못 친답니다. 그러니 홀로 수로로 나갈 수도 없지요. 누가 저를 밖에까지 도로 데려다 주시겠어요?"

이곳까지 들어와서 어둠에 적응하는 시간까지 꽤 걸린 터라, 지금 다시 나갔다가는 어두워져 구멍을 찾지 못해서 도로 들어오지 못할 수도 있었다. 그녀를 데리고 나가려면 천상 혜공이나 맹정우가 나서야 하는데, 둘 중 한 명이 빠진다면 조사 자체가 어려워진다.

"이 여자가 아주 배 째라 식으로 나오네? 여기서는 댁을 지켜줄 호위 무사나 파파 할머니도 없다고. 혹시라도 내가 보호해 주길 바란다면 그건 큰 오산이야."

맹정우가 기가 차다는 듯 던지는 말이었다.

그 말을 들은 은소예는 분을 참지 못하고 파르르 몸을 떨었다.

"누가 너더러 보호해 달랬냐? 네 몸 간수나 잘해라. 이곳을 나가고 나서 내 검을 받아야 할 테니!"

둘이 으르렁거리는 사이, 혜공과 방구병은 동굴 내부를 조사하기 시작했다.

"냄새가 지독하군."

방구병의 말마따나 동굴은 악취가 만연해 있었다. 악취는 벽 쪽에 있는 여러 개의 커다란 항아리에서 나오고 있었다.

혜공이 다가가서 살펴보니 정체를 알 수 없는 액체로 가득 차 있었다.

혜공은 근처에 있는 나무 부스러기를 하나 주워서 항아리에 던져 넣었다.

치이익!

부스러기는 연기를 내며 녹아들어 갔다.

'지독하군. 무슨 독(毒) 종류 같은데……'

혜공은 고개를 갸웃거렸지만 별다른 도구가 없는지라 더 이상 액체에 대해 알아낼 방법은 없었다. 그는 고개를 돌려 일행에게 말했다.

"아무래도… 여기는 폐수 처리장 같습니다."

"폐수 처리장이요?"

"예, 이 연못은 물의 흐름으로 보아 지하수가 소로 흘러드는 길목인 듯하군요. 원래는 수로가 더 작았을 텐데, 폐수 말고 뭔가 큼직한 쓰레기를 버리기 위해서 더 크게 벌려놓은 것 같습니다. 시체도 그로 인해 밖으로 빠져나간 것 같고… 무슨 목적으로 이런 짓을 했는지는 이제 안으로 들어가 보면 알 수 있겠지요."

혜공은 여전히 으르렁거리고 있는 맹정우와 은소예에게로 고개를 돌렸다.

"두 분 그쯤 해 주십시오. 이제 이곳 탐색을 시작해야 하는데 일사불란함이 필수인 상황이니 이후의 다툼은 용납하지 않겠습니다."

그의 말이 일리가 있었기에 맹정우와 은소예는 말다툼을 그쳤다.

혜공이 앞장서서 안쪽으로 들어가기 시작했고, 나머지 일행이 그 뒤를 따랐다.

방구병이 납득할 수 없다는 듯 중얼거렸다.

"아닌데… 여긴 틀림없이 지중지가 가리키는 그 장소인데……"

뒤따라오던 맹정우가 코웃음 쳤다.

"전대기인이 뭐 할 일이 없어서 폐수 처리장을 만든단 말이냐?"

"두고 봐라, 누구 말이 맞나."

구부러진 통로는 삼십 장쯤 이어졌고, 그 끝은 철문이 가로막고 있었다.

철문은 그리 크지 않은 사람 하나가 들락날락할 정도의 크기였는데, 흉측하게 생긴 동물의 문양이 새겨져 있었다.

동물은 전체적으로 소와 비슷한 형상을 하고 있었는데 성이 잔뜩 난 듯 등이 튀어 올라 있었고, 호랑이와 닮은 얼굴에는 세 개의 눈과 날카로운 뿔이 달려 있었다. 특이한 것은 앞발은 사람 손 형상을 하고 있었는데 포승줄 같은 것을 붙들고 있었다.

"단단히 잠겼군요."

혜공이 밀어보았으나 꿈쩍도 하지 않았다.

"제가 한번 해보지요."

맹정우가 나섰다.

그는 허리춤에 차고 있는 검과 도 중에 천신도를 빼냈다. 그리고 철문을 향해 찔러들어 갔다.

퉁!

"어?"

맹정우는 자신의 눈을 의심했다. 철문은 천신도의 일격에 흠집도 나지 않았던 것이다.

몇 번을 다시 찔러보아도 결과는 마찬가지였다. 천신도는 날이 없는 칼처럼 무기력하게 퉁겨져 나왔다.

"당신, 바보 아냐? 상당히 두꺼워 보이는 철문인데 연장도 아니고 그까짓 칼로 자르겠다는 거야?"

옆에서 은소예가 어이없다는 듯 하는 말이었다.

"이럴 리가 없는데… 어디 보자."

이번에는 팔성검이 나왔다. 그러나 결과는 마찬가지였다. 검은 허무하게 퉁겨져 나왔고, 철문에는 손톱만한 흔적조차 새겨지지 않았다.

"맹 시주, 그 검이 보검입니까?"

혜공의 질문에 맹정우는 대답 대신 바닥에 칼을 꽂았다. 팔성검은 손잡이만 남긴 채로 바닥에 푹 박혀 버렸다.

놀란 은소예의 눈이 휘둥그레지는 가운데, 혜공은 바닥에 박힌 검을 뽑았다.

"대단한 보검이로군요. 그런데……."

그가 팔성검으로 철문을 찔러보았지만 결과는 역시 마찬가지였다.

"이건 좀 이상합니다. 아무리 철문의 강도가 강하다 해도 최소한 표면에 흔적은 남아야 할 텐데, 그것조차 없으니 말입니다. 이것은 뭔가 수작을 부려놓은 것일 겝니다."

"수작이라면?"

"아마도 주술을 부려놓았겠지요. 이 기분 나쁜 동물 형상이 새겨져 있는 이유가 아마 그것일 겝니다. 이 문제는 조금 골치 아프니 일단 다른 출구를 찾아보는 좋을 듯하군요."

혜공의 말에 따라 일행은 통로를 조사하기 시작했다. 그러나 휘어진 통로 어느 곳에서도 다른 출구를 찾을 수 없었다. 혹시 벽 다음에 다른 복도가 있는 것이 아닐까 하여 통로 옆벽을 두들겨 보았지만 바위로 가득 찬 공간뿐이었다.

열심히 벽을 두들기는 맹정우를 누군가가 툭툭 쳤다. 고개를 돌리니 방구병이었다.

"왜?"

"아무리 생각해도 여기는 그 마교 잔당의 소굴이 아니야."

맹정우는 짜증 섞인 목소리로 대꾸했다.

"또 비급이 있는 비처타령이냐? 시체도 이곳에서 나온 게 확실한 것 같고, 이상한 액체가 담긴 항아리까지 발견했지 않냐. 전대기인의 비처치고는 너무 음산하잖아?"

"저 문! 저 문이 결정적인 증거야. 생각을 해봐라. 폐수 처리하는 장소라면 쓰레기장이라는 얘긴데, 쓰레기장 출입문이 얼마나 대단하길래 주술까지 걸어 열리지 못하게 한단 말이냐?"

"외부에서 수로를 찾아 우리처럼 들어오게 될까 두려워 그랬나 보지."

방구병은 답답한 듯 가슴을 쳤다.

"이런 바보! 그런 경우는 극히 드문, 거의 일어나기 힘든 일이다. 그러나 폐수나 쓰레기를 버리러 오는 일은 아주 빈번하게 일어날 일일 게 아니냐? 그렇다면 자기들 편의를 위해서라도 폐수 처리장 입구를 저리도 골치 아프게 만들어 여닫기 불편하게 할 만한 이유가 있겠어?"

듣고 보니 구병이의 말이 그럴 듯도 했다. 맹정우는 어깨를 으쓱 이며 대꾸했다.

"그래서, 어떻게 하잔 말이냐? 저 문이 네 말대로 전대기인의 비처로 가는 입구에 세워진 관문이라 치고 말이다."

방구병은 주변을 두리번거리더니 맹정우의 귀에 대고 귀엣말을 했다.

그의 말을 듣고 있던 맹정우의 표정이 점점 기이하게 변하더니, 마침내 일갈을 터뜨렸다.

"미친놈! 말이 좀 되는 소리를 지껄여라!"

"아니야, 잘 생각해 봐. 헤엄도 못 치면서 뭐 하러 너를 여기까지 죽자 사자 쫓아왔겠어? 밑져야 본전이니 함 물어보기나 하라고."

맹정우는 머리를 절레절레 저었다.

"난… 난 절대로 못한다. 그렇게 하고프면 네가 가서 얘기해 봐라."

"야, 그래도 네가 해야지. 제삼자가 나설 문제가 아니잖아?"

"아니, 내가 그 소리를 하면 죽이겠다고 달려들 게 뻔하다. 넌 오히려 삼자니까 욕이나 몇 마디 먹고 말걸?"

둘이 한참 실랑이를 벌였지만 종내 자신의 주장을 관철시키고 싶은 방구병이 나서야 했다.

그는 우선 수로 입구의 항아리가 쌓여 있는 곳으로 가서 자그마한 항아리 하나를 비웠다. 그리고는 그것을 들고 쭈뼛쭈뼛 은소예에게로 다가갔다.

은소예는 갑자기 다가오는 그를 경계심 어린 눈초리로 쳐다보며 말했다.

"무슨 일이죠?"

방구병은 어렵사리 입을 열었다.

"저… 은 소저, 혹시 회임(懷妊) 중 아니십니까?"

"뭐, 뭐요?"

일시간 그의 말뜻을 이해하지 못한 은소예는 잠시 어리둥절해했다. 그러나 방구병이 항아리를 내밀며 덧붙인 말에는 분노를 폭발시킬 수밖에 없었다.

"혹시 임신한 걸 아직 본인이 모를 수도 있으니, 나중에 소변이 마려우시걸랑 여기다 좀 쏴주시겠습니까? 실험해 볼 것이 있어서…….."

"이, 이 변태 같은 놈이 무슨 소릴 하는 거야?"

구부러진 통로 안에는 항아리 깨지는 소리와 매타작 소리, 그리고 연이어 따라붙는 방구병의 구슬픈 비명 소리가 한참 동안 울려 퍼졌다.

『영웅탄생』 3권에서…

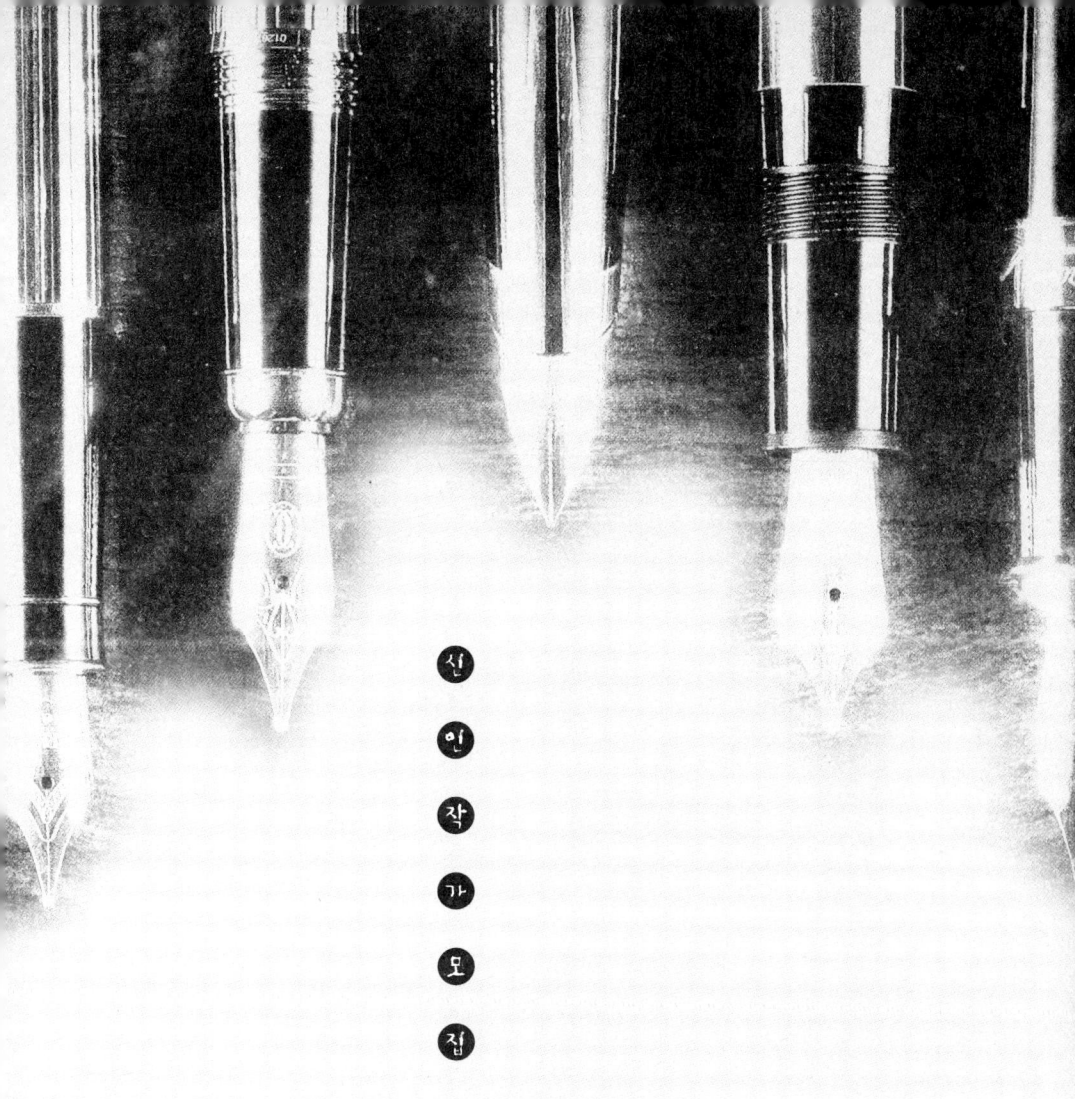